U0132110

我的生活情节不多，气氛很浓

余光中——著

海南出版社
HAINAN PUBLISHING HOUSE

余光中 著

本书由台北九歌出版社有限公司授权出版经北京时代墨客文化传媒有限公司代理

版权合同登记号：图字：30–2023–109 号

图书在版编目（CIP）数据

　我的生活情节不多，气氛很浓 / 余光中著 . —— 海口：
海南出版社，2024.5
　ISBN 978–7–5730–1516–7

　Ⅰ . ①我… Ⅱ . ①余… Ⅲ . ①散文集 – 中国 – 当代
Ⅳ . ① I267

中国国家版本馆 CIP 数据核字 (2024) 第 009705 号

我的生活情节不多，气氛很浓

WO DE SHENGHUO QINGJIE BU DUO, QIFEN HEN NONG

作　　者：余光中
策　　划：宣佳丽
责任编辑：崔子荃
特约编辑：吴　青　王桢吉
内文插画：林　田
封面设计：MM末末美书
　　　　　QQ:974364105
责任印制：杨　程
印刷装订：河北盛世彩捷印刷有限公司
读者服务：唐雪飞
出版发行：海南出版社
总社地址：海口市金盘开发区建设三横路 2 号
邮　　编：570216
北京地址：北京市朝阳区黄厂路 3 号院 7 号楼 101 室
电　　话：0898–66812392　010–87336670
电子邮箱：hnbook@263.net
经　　销：全国新华书店
版　　次：2024 年 5 月第 1 版
印　　次：2024 年 5 月第 1 次印刷
开　　本：787 mm×1 092 mm　1/32
印　　张：10.625
字　　数：188 千字
书　　号：ISBN 978–7–5730–1516–7
定　　价：52.00 元

能动也能静，能屈也能伸，能微笑也能痛哭，能像二十世纪人一样的复杂，也能像亚当夏娃一样的纯真，一句话，他心里已有猛虎在细嗅蔷薇。

一炉晚霞，
黄铜烧成赤金又化作紫灰与青烟，
壮哉崦嵫的神话，太阳的葬礼。

是惊蛰了啊。
也许地上的地下的生命
也许古中国层层叠叠的记忆皆蠢蠢而蠕，
也许是植物的潜意识和梦呓，那腥气。

听流星落在马尼拉湾里，而海水不减其咸。

夜很缄默，如在构思一首抒情诗，

孵着一个神秘的蛋。

中西部的秋季，是一场弥月不熄的野火，
从浅黄到血红到暗赭到郁沉沉的浓栗，
夜以继日以继夜地维持好几十郡的灿烂。

那年的冬季，
也不像往年那么长，那么严厉。
雪是下了，但不像那么深，那么频。

目 录
CONTENTS

时光好

从从容容地过日子，看花开花谢，人往人来，并不特别要追求什么，也不被"截止日期"所追迫。

辑二

少年真

人的一生有一个半童年。一个童年在自己小时候，而半个童年在自己孩子的小时候。童年，是人生的神话时代。

辑三

江湖中

能微笑也能痛哭，能像二十世纪人一样的复杂，
也能像亚当夏娃一样的纯真，一句话，他心里
已有猛虎在细嗅蔷薇。

辑四

一生念

有那么一座城，锦盒一般珍藏着你半生的脚印和指纹，光荣和愤怒，温柔和伤心，珍藏着你一颗颗一粒粒不朽的记忆。

时光好

辑一

从从容容地过日子，看花开花谢，人往人来，并不特别要追求什么，也不被「截止日期」所追迫。

沙田山居

　　书斋外面是阳台，阳台外面是海，是山，海是碧湛湛的一弯，山是青郁郁的连环。山外有山，最远的翠微淡成一袅青烟，忽焉似有，再顾若无，那便是，大陆的莽莽苍苍了。日月闲闲，有的是时间与空间。一览不尽的青山绿水，马远夏圭的长幅横披，任风吹，任鹰飞，任渺渺之目舒展来回，而我在其中俯仰天地，呼吸晨昏，竟已有十八个月了。十八个月，也就是说，重九的陶菊已经两开，中秋的苏月已经圆过两次了。

　　海天相对，中间是山，即使是秋晴的日子，透明的蓝光里，也还有一层轻轻的海气，疑幻疑真，像开着一面玄奥的迷镜，照镜的不是人，是神。海与山绸缪在一起，分不出，是海侵入了山间，还是山诱俘了海水，只见海把山围成一角角的半岛，山呢，把海围成了一汪汪的海湾。山色如环，困不住浩淼的南海，毕竟在东北方缺了一口，放樯桅出去，风帆进来。

最是晴艳的下午，八仙岭下，一艘白色渡轮，迎着酣美的斜阳悠悠向大埔驶去，整个吐露港平铺着千顷的碧蓝，就为了反衬那一影耀眼的洁白。起风的日子，海吹成了千亩蓝田，无数的百合此开彼落。到了夜深，所有的山影黑沉沉都睡去，远远近近，零零落落的灯全睡去，只留下一阵阵的潮声起伏，永恒的鼾息，撼人的节奏撼我的心血来潮。有时十几盏渔火赫然，浮现在阒黑的海面，排成一弯弧形，把渔网愈收愈小，围成一丛灿灿的金莲。

海围着山，山围着我。沙田山居，峰回路转，我的朝朝暮暮，日起日落，月望月朔，全在此中度过，我成了山人。问余何事栖碧山，笑而不答，山已经代我答了。其实山并未回答，是鸟代山答了，是虫，是松风代山答了。山是禅机深藏的高僧，轻易不开口的。人在楼上倚栏杆，山列坐在四面如十八尊罗汉叠罗汉，相看两不厌。早晨，我攀上佛头去看日出，黄昏，从联合书院的文学院一路走回来，家，在半山腰上等我，那地势，比佛肩要低，却比佛肚子要高些。这时，山什么也不说，只是争噪的鸟雀泄漏了他愉悦的心境。等到众鸟栖定，山影茫然，天籁便低沉下去，若断若续，树间的歌者才歇下，阜间的吟哦又四起。至于山坳下面那小小的幽谷，形式和地位都相当于佛的肚脐，深凹之中别有一番谐趣。山谷是一个爱音乐的村女，最喜欢学舌拟声，可惜太害羞，技巧不很高明。无论是鸟鸣犬吠，或是火车在谷口扬笛路过，她都要学叫一声，落后半拍，应人的尾音。

从我的楼上望出去，马鞍山奇拔而峭峻，屏于东方，使朝暾姗姗其来迟。鹿山巍然而逼近，魁梧的肩膂遮去了半壁西天，催黄昏早半小时来临，一个分神，夕阳便落进他的僧袖里去了。一炉晚霞，黄铜烧成赤金又化作紫灰与青烟，壮哉崦嵫的神话，太阳的葬礼。阳台上，坐看晚景变幻成夜色，似乎很缓慢，又似乎非常敏捷，才觉霞光烘颊，余曛在树，忽然变生咫尺，眈眈的黑影已伸及你的肘腋，夜，早从你背后袭来。那过程，是一种绝妙的障眼法，非眼睫所能守望的。等到夜色四合，黑暗已成定局，四围的山影，重甸甸阴森森的，令人肃然而恐。尤其是西屏的鹿山，白天还如佛如僧，蔼然可亲，这时竟收起法相，庞然而踞，黑毛茸蒙如一尊暗中伺人的怪兽，隐然，有一种潜伏的不安。

千山磅礴的来势如压，谁敢相撼？但是云烟一起，庄重的山态便改了。雾来的日子，山变成一座座的列屿，在白烟的横波回澜里，载浮载沉。八仙岭果真化作了过海的八仙，时在波上，时在弥漫的云间。有一天早晨，举目一望，八仙和马鞍和远远近近的大小众峰，全不见了，偶尔云开一线，当头的鹿山似从天隙中隐隐相窥，去大埔的车辆出没在半空。我的阳台脱离了一切，下临无地，在汹涌的白涛上自由来去。谷中的鸡犬从云下传来，从夐远的人间。我走去更高处的联合书院上课，满地白云，师生衣袂飘然，都成了神仙。我登上讲坛说道，烟云都穿窗探首来旁听。

起风的日子，一切云云雾雾的朦胧氤氲全被拭净，水光山色，纤毫悉在镜里。原来对岸的八仙岭下，历历可数，有着许多山村野店，水浒人家。半岛的天气一日数变，风骤然而来，从海口长驱直入，脚下的山谷顿成风箱，抽不尽满壑的咆哮翻腾。蹂躏着罗汉松与芦草，掀翻海水，吐着白浪。风是一群透明的野兽，奔踹而来，呼啸而去。

海潮与风声，即使撼天震地，也不过为无边的静加注荒情与野趣罢了。最令人心动而神往的，却是人为的骚音。从清早到午夜，一天四十多班，在山和海之间，敲轨而来，鸣笛而去的，是九广铁路的客车、货车、猪车。曳着黑烟的飘发，蟠蜿着十三节车厢的修长之躯，这些工业时代的元老级交通工具，仍有旧世界迷人的情调，非协和的超音速飞机所能比拟。山下的铁轨向北延伸，延伸着我的心弦。我的中枢神经，一日四十多次，任南下又北上的千只铁轮轮番敲打，用钢铁火花的壮烈节奏，提醒我，藏在谷底的并不是洞里桃源，住在山上，我亦非桓景，即使王粲，也不能不下楼去：

　　　　栏杆三面压人眉睫是青山
　　　　碧螺黛迤逦的边愁欲连环
　　　　叠嶂之后是重峦，一层淡似一层
　　　　湘云之后是楚烟，山长水远
　　　　五千载与八万万，全在那里面……

花鸟

客厅的落地长窗外，是一方不能算小的阳台，黑漆的栏杆之间，隐约可见谷底的小村，人烟暖暖。当初发明阳台的人，一定是一位乐观外向的天才，才会突破家居的局限，把一个幻想的半岛推向户外，向山和海，向半空晚霞和一夜星斗。

阳台而无花，犹之墙壁而无画，多么空虚。所以一盆盆的花，便从下面那世界搬了上来。也不知什么时候起，栏杆三面竟已偎满了花盆，但这种美丽的移民一点也没有计划，欧阳修所谓的"浅深红白宜相间，先后仍须次第栽"，是完全谈不上的。这么十几盆栽，有的是初来此地，不畏辛劳，挤三等火车抱回来的，有的是同事离开中大的遗爱，也有的，是买了车后供在后座带回来的。无论是什么来历，我们都一般看待。花神的孩子，名号不同，容颜各异，但迎风招展的神态都是动人的。

朝西一隅，是茎藤四延和栏杆已绸缪难解的紫藤，开的是一串串粉白带浅紫的花朵。右边是一盆桂苗，高只近尺，花时竟也有高洁清雅的异香，随风漾来。近邻是两盆茉莉和一盆玉兰。这两种香草虽不得列于《离骚》狂吟的芳谱，她们细腻而幽邃的远芬，却是我无力抵抗的。开窗的夏夜，她们的体香回泛在空中，一直远飘来书房里，嗅得人神摇摇而意惚惚，不能久安于座，总忍不住要推纱门出去，亲近亲近。比较起来，玉兰修长的白瓣香得温醇些，茉莉的丛蕊似更醉鼻餍心，总之都太迷人。

再过去是两盆海棠。浅红色的花，油绿色的叶，相配之下，别有一种民俗画的色调，最富中国韵味，而秋海棠叶的象征，从小已印在心头。其旁还有一盆铁海棠，虬蔓郁结的刺茎上，开出四瓣对称的深红小花。此花生命力最强，暴风雨后，只有她屹立不摇，颜色不改。再向右依次是绣球花，蟹爪兰，昙花，杜鹃。蟹爪兰花色洋红而神态凌厉，有张牙奋爪作势攫人之意，简直是一只花魔，令我不敢亲近。昙花已经绽过三次，一次还是双葩对开，真是吉夕素仙。夏秋之间，一夕盛放，皎白的千层长瓣，眼看她恣纵迅疾地展开，幽幽地吐出粉黄娇嫩的簇蕊，却像一切奇迹那样，在目迷神眩的异光中，甫启即闭了。一年含蓄，只为一夕的挥霍，大概是芳族之中最羞涩最自谦最没有发表欲的一姝了。

在这些空中半岛，啊不，空中花园之上，我是两园丁之一，专掌浇水，每日夕阳沉山，便在晚霞的浮光里，提一把白柄蓝身的喷水壶，向众芳施水。另一位园丁当然是阳台的女主人，专司杀虫施肥，修剪枝叶，翻掘盆土。有时蓓蕾新发，野雀常来偷食，我就攘臂冲出去，大声驱逐。而高台多悲风，脚下那山谷只敞对海湾，海风一起，便成了老子所谓"虚而不屈，动而愈出"的一具风箱。于是便轮到我一盆盆搬进屋来。寒流来袭，亦复如此。女园丁笑我是陶侃运甓。美，也是有代价的。

无风的晴日，盆花之间常依偎一只白漆的鸟笼。里面的客人是一只灰翼蓝身的小鹦鹉，我为它取名蓝宝宝。走近去看，才发现翅膀不是全灰，而是灰中间白，并带一点点蓝；颈背上是一圈圈的灰纹，两翼的灰纹则弧形相掩，饰以白边，状如鱼鳞。翼尖交叠的下面，伸出修长几近半身的尾巴，毛色深孔雀蓝，常在笼栏边拂来拂去。身体的细毛蓝得很轻浅，很飘逸。胸前有一片白羽，上覆浑圆的小蓝点，点数经常在变，少则两点，长全时多至六点，排成弧形，像一条项链。

蓝宝宝的可爱，不只外貌的娇美。如果你有耐性，多跟它做一会伴，就会发现它的语言天才。它参加我们的生活成为最受宠爱的"小家人"才半年，韩惟全由美游港，在我们家小住数日，首先发现它在牙牙学语，学我们的人语。起先我们不信，以为它时发时歇的咿唔唉喋，不过是禽类的哓哓自语，无意识的饶舌罢了。经惟全一提醒，蓝宝宝的断续鸟语，在侧耳细听之下，居然有点人话的意思。只是有时嗫嚅吞吐，似是而非，加以人腔鸟调，句逗含混不清，那意境在人禽之间，恐怕连公冶长再世，也难以体会，更无论圣芳济了。

幸运的时候，蓝宝宝会吐出三两个短句："小鸟过来""干什么""知道了""臭鸟不乖"，还有节奏起伏的"小鸟小鸟小小鸟"。小小曲喙的发音设备，毕竟和人嘴不可"同日而语"，所以人语的唇音齿音等等，蓝宝宝虽有娓娓巧舌，仍是模拟难工的。听说要小鹦鹉认真学话，得先施以剪舌的手术，剪了之后就不会那么"大舌头"了。此举是否见效，我不知道，但为了推行人语而违反人道，太无聊也太残忍了，我是绝对不肯的。无所不载无所不容的这世界，属于人，也属于花、鸟、虫、鱼；人类之间，禁止别人发言或强迫人人千口一辞，也就够威武的了，又何必向禽兽去行人政呢？因此，盆中的铁海棠，女园丁和我都任其自然，不加扭曲，而蓝宝宝呢，会讲几句人话，固然能取悦于人，满足主人的虚荣心，我们也任其自由发展，从不刻意去教它。写到这里，又听见蓝宝宝在阳台上叫了。不过这一次它是和外面的野雀呼应酬答，是在鸟语。

那样的啁啾，该是羽类的世界语吧。而无论蓝宝宝是在阳台上或是屋里，只要左近传来鸠呼或雀噪，它一定脆音相应，一逗一答，一呼一和，旁听起来十分有趣，或许在飞禽的世界里，也像人世一样，南腔北调，有各种复杂的方言，可惜我们莫能分辨，只好一概称为鸟语。

平时说到鸟语，总不免想起"生生燕语明如翦，呖呖莺声溜的圆"之类的婉婉好音，绝少想到鸟语之中，也有极其可怖的一类。后来参观底特律的大动物园，进入了笼高树密的鸟苑，绿重翠叠的阴影里，一时不见高栖的众禽，只听到四周怪笑吃吃，惊叹咄咄，厉呼磔磔，盈耳不知究竟有多少巫师隐身在幽处施法念咒，真是听觉上最骇人的一次经验。看过希区考克[①]的悚栗片《鸟》，大家惊疑之余，都说真想不到鸟类会有这么"邪恶"。其实人类君临这个世界，品尝珍馐，饕餮万物，把一切都视为当然，却忘了自己经常捕囚或烹食鸟类的种种罪行有多么残忍了。兀鹰食人，毕竟先等人自毙；人食乳鸽，却是一笼一笼地蓄意谋杀。

想到此地，蓝光一闪，一片青云飘落在我的肩上，原来是有人把蓝宝宝放出来了。每次出笼，它一定振翅疾飞，

---

① 希区考克：希区柯克（Alfred Hitchcock，1899—1980），英国电影导演。其作品情节曲折、气氛紧张，结局往往出人意料，在设置和运用悬念方面有独到之处，被誉为"悬念大师"。（全书注释为编者注）

在屋里回翔一圈，然后栖在我肩头或腕际。我的耳边、颈背、颏下，是它最爱来依偎探讨的地方。最温驯的时候，它会憩在人的手背，低下头来，用小喙亲吻人的手指，一动也不动地，讨人欢喜。有时它更会从嘴里吐出一粒"雀粟"来，邀你共享，据说这是它表示友谊的亲切举动，但你尽可放心，它不会强人所难的，不一会，它又迳自啄回去了。有时它也会轻咬你的手指头，并露出它可笑的花舌头。兴奋起来，它还会不断地向你磕头，颈毛松开，瞳仁缩小，嘴里更是呢呢喃喃，不知所云。不过所谓"小鸟依人"，只是片面的，只许它来亲人，不许你去抚它。你才一伸手，它立刻回过身来面对着你，注意你的一举一动，不然便是蓝羽一张，早已飞之冥冥。

不少朋友在我的客厅里，常因这一闪蓝云的猝然降临而大吃一惊。女作家心岱便是其中的一位。说时迟那时快，蓝宝宝华丽的翅膀一收，已经栖在她手腕上了。心岱惊神未定，只好强自镇静，听我们向她夸耀小鸟的种种。后来她回到台北，还在《联合副刊》发表《蓝宝》一文，以记其事。

我发现，许多朋友都不知道养一只小鹦鹉有多么有趣，又多么简单。小鹦鹉的身价，就它带给主人的乐趣说来，是非常便宜的。在台湾，每只约售六七十元，在香港只要港币六元，美国的超级市场里也常有出售，每只不过五六美金。在丹佛时，我先后养过四只，其中黄底灰纹的一只毛色特别娇嫩，算是珍品，则是花十五美金买来的。买小鹦鹉时，要注意两件事情。年龄要看额头和鼻端，额上黑纹愈密，鼻上色泽愈紫，则愈幼小，要买，当然要初生的稚婴，才容易和你亲近。至于健康呢，则要翻过身来看它的肛门，周围的细白绒毛要干，才显得消化良好。小鹦鹉最怕泻肚子，一泻就糟。

此外的投资，无非是一只鸟笼，两枝栖木，一片鱼骨和极其迷你的水缸粟钵而已。鱼骨的用场，是供它啄食，以吸取充分的钙质。那么小的肚子，耗费的粟量当然有限，再穷的主人也供得起的。有时为了调剂，不妨喂一点青菜和果皮，让它啄三五口，也就够了。熟了以后，可以放出笼来，任它自由飞憩，不过门窗要小心关好，否则它爱向亮处飞，极易夺门而去。我养过的近十头小鹦鹉之中，就有两头是这么无端飞掉的。有了这种伤心的教训，我只在晚上才敢把鸟放出笼来。

小鸟依人，也会缠人，过分亲狎之后，也有烦恼的。你吃苹果，它便飞来奇袭，与人争食。你特别削一小片喂它，它只浅尝三两口，仍纵回你的口边，定要和你分享大块。你看报，它便来嚼食纸边，吃得津津有味。你写字呢，它便停在纸上，研究你写些什么，甚至以为笔尖来回挥动是在逗它玩乐，便来追咬你的笔尖。要赶它回笼，可不容易。如果它玩得还未尽兴，则无论你如何好言劝诱或恶声威胁，都不能使它俯首归心。最后只有关灯的一招，在黑暗里，它是不敢飞的。于是你伸手擒来，毛茸茸软温温的一团，小心脏抵着你的手心猛跳，吱吱的抗议声中，你已经把它置回笼里。

蓝宝宝是大埔的菜市上六元买来的，在我所有的"禽缘"里，它是最乖巧可爱的一只，现在，即使有谁出六千元，我也不肯舍弃它的。前年夏天，我们举家回台北去，只好把蓝宝宝寄在宋淇府上，劳宋夫人做了半个月的"鸟妈妈"。记得交托之时，还郑重其事，拟了一张"养鸟须知"的备忘录，悬于笼侧，文曰：

一、小米一钵，清水半缸，间日一换，不食烟火，俨然羽仙。

二、风口日曝之处，不宜放置鸟笼。

三、无须为鸟沐浴，造化自有安排。

四、智商仿佛两岁稚婴。略通人语，颇喜传讹。闺中隐私，不宜多言，慎之慎之。

一九七七年五月

龙坑有雨

凌晨五点正我们就出发了。整个垦丁半岛都还在梦中，连昏昏的大尖山也不例外。天和海浑茫茫而未开。车首灯的强光挖隧道一样地推开夜色，一路炯炯地向前探去，路边的反光石曳成一条灿灿的金链子，那样醒目地抛过来迎接我们，有一点催眠。路又平稳，四轮无声，车内的仪表板一排燐燐①的绿光，很过瘾，梦游若星际旅行。

美中不足的是梦游得太短了，不是以光年计算。这样空静的世界，这样魔幻的路，应该永远游弋下去的。但是一道眈眈的白光从横里霍霍地扫来，把夜色腰斩成两半，旋斩旋合，旋合旋斩，有如神话的高潮。鹅銮鼻灯塔到了。

车向右转，碾过了一段卵石小径，停在一片黄土场上。

---

① 燐燐：纷繁闪烁。

大家下得车来，纷纷披上外套。单衣过冬的高岛，在长袖衫外竟也加了一件蓝背心；大家跟在后面，破晓前的暗昧里，只看见他负着登山行囊的健硕背影。一行七人在两把电筒的挥引下，踉踉跄跄地向龙坑进发。

正是耶诞节[①]的凌晨，冬至才过，夜长而昼短。已经快五点半了，阴云低压的天色灰漠漠湿湫湫的，单凭电筒的弱光还拨不开地面的混沌。土径窄处，林投树的长叶伸出带锯齿的绿刀向人脸挥来，手榴弹一般的果实，乍一瞥见，也令人吃惊。

每隔三十秒钟，灯塔的激光就在背后追扫过来，一刹那天惊地愕，七人顿成白晃晃的幽灵。一百八十万的烛光，从四等旋转透镜里射来，是多大的威力。我们就在光鞭的挥打下仓卒逃亡，每半分钟就挨一下鞭。明知其不必要，那种惶急的危机感却逼人而来，无可避免地，想起一些越狱高潮的镜头。对于惯看电影的人来说，生命，确是倒过来模仿艺术。

纷沓的脚步声里，电筒的光圈映出乱石杂草的土径和起落踢踏的脚。渐渐地，灌木丛中有鸟声啁啁，传来黎明的捷报。不久更听见一种野性的声籁，叹而复息，低抑而

---

① 耶诞节：即圣诞节，也称"耶稣圣诞瞻礼"，是基督教纪念耶稣诞生的节日。

又深沉。那野籁愈来愈近。一转弯我们已穿透了草海桐与林投树丛，整个暴露在空旷的平岸。

一排排的潮水连卷带撞，捣打在珊瑚礁暗褐色的百褶裙裾上，激起一丛丛飞碎的浪花。那花，旋开旋落，旋落又旋开，在强劲的海风里维持一个最生动的花季。那放纵的嘶啸恐怕是最狂野最即兴的噪音了，永远耐听。就这么，沿着这有声的花展，我们向横阻在岸边的一列怪岩走去。晓色渐透，是个水气弥漫的钝阴天。平旷的沙滩上散布着一截截拧曲的断枝，有的粗而多节，像是断干，为状奇丑，却可能是残株断梗癖患者崇而拜之的尤物。

"这些都是台风的遗迹。"君鹤说。

"要是给洪娴看到，"宓宓①笑道，"一定不远千里拖回家去。"

有人向我们走来，等到近前，原来是两位守兵，草绿色军装外罩着大氅，都佩了枪。

"有许可证吗？"其中一位拦住我们。

"有的。"我说着，转身向宓宓，要她把手提袋里的那张公文拿出来。

"既然有就好，"那守军一摆手，和气地说，"你们好好观赏吧。请注意保护生态。"说罢，两人便匆匆向前巡去。

---

① 宓宓：余光中妻子范我存小名"咪咪"，也作"宓宓"。

　　天色已经发白，只见满空的雨云在劲风里迟滞地飘移。雨云下，那一列怪岩杂错的长岬，布阵把关一般地阻绝了去路，那色调如锈如焦，那外壳如破烂如腐朽如凿如雕，是丑还是美都很难说，奇，却是奇定了。而且也无所谓挡住去路了，因为这就是龙坑，台湾最南端的半岛之半岛，太平洋和巴士海峡就在此转弯，长风对远云说，这里，就是天之涯，海之角。

　　龙坑名不浪得。从灯塔走来，路到尽头便成了峡谷，长约两百公尺①，底平而壁峭，即所谓坑。至于龙，就是两边峭壁陡坡堆叠而起的两条蜿蜒石山，山脊的石貌粗糙而错乱，但彼此在抵触之中若有呼应，相克之余似乎相生，那虚虚实实的关系，令美学家也对之束手，不过合而观之，却也一气呵成，不碍其蛟蟠龙蜿之势。所以龙有两条。里面的一条一面临谷，另一面连接沙坡，长满了青翠照眼的水芫花。外面的一条更为蜒长，头角峥嵘，遍体的层鳞都暴露在海水的阵前，不用说，千年万年的风波都已尝遍。

　　我们在外龙的腰身下，找到可以把手插脚的地段，步步为营地攀缘而上。那情形，就像在长满尖笋的陡坡上落脚寻路，不同的是，那不是笋，是瘦硬而不规则的尖石。

---

　　①　公尺：公制长度单位，米的旧称。

那些狰狞而阴险的多角体，不是碍肘就是碍膝，一个分神你就会擦上，撞上，跪上。若以为又皱又薄的石角脆而易断，就犯了大错。无论你如何撼摇或用硬物猛敲，都休想损得了它。这一大盘高位珊瑚礁，原来是从海神的地窖里缓缓升起，像一尊迟钝而有耐心的黑兽在浪里抬起身来，而我们都跨在它的背上。

我们都登上了龙脊，那上面的鳍鳞也很难立脚。幸喜有一条非桥非栈的方木板路，带我们直到悬崖边上。大家靠在危石上引颈下窥，自虐了一阵，正骇怪数仞下怒涛在轰袭千穿百孔的岩脚，激起一阵阵飞沫和盘涡，忽然下起雨来。虽然是斜斜的飘雨，外套也有了湿意。不久愈落愈密，竟然大起来了。钟玲和宓宓就避到一块倾危的麻孔大石下去，两人委委曲曲分据了石下的坳坑，只留下一角容我斜插进半脚。高岛、君鹤、金兆、环环是怎么避的，穴中的三鸵鸟就不暇兼顾了。

一早起身什么也没吃，钟玲正待诉苦饥寒交迫，雨却转小而停。高岛支起三脚架，准备照阴天清晨的潮水和太平洋上的两只船影。君鹤则选定一个较高且平的立脚点，开始润笔调色，要速写一幅水墨海景。宓宓和钟玲都拿了相机，在危险而又丑怪而又刺激的棱角之间横跳斜纵，侥幸取巧，并且乘风起浪涌的高潮，一举手捕捉龙坑一瞬万变却又终古不变的神貌。

风从北来，强劲中挟着阴湿，还带点海咸的水腥气，冲力不下于一个十三四岁的男孩，掀得每个人都脚步踉跄。这样的角力，加上海的抢攻，岸的顽守，脚下这怪石阵的阴谋狡诈，令人觉得冒险而兴奋，幻想之中已经落了好几次海。有些悬崖岌岌乎俯临在浪上，跟对面的另一片崖角若即若离，那样邻近，似乎在诱我、激我作英雄之断然一跃。待向下一窥，晕眩的空间却在峡壁的深处，以风和浪的声势、嶙峋石笋的阵容向我恫吓，一瞬间，我见到自己坠入了峡底，曳着失足的惊呼。

劲风当面掴来，使人寒颤而清醒。猛一转头，和对谷的内龙脊背上那一排乱石正打个照面。反负着沉郁的天色，那些乱石的轮廓分外怪异，一头头一匹匹蹲踞的匍匐的妖兽畸禽，蠢蠢然都伺机而动，但每次你一回首，它们，啊，诡谲的众兽却寂然凝定。这一景应该叫"噩梦大展"（the nightmare gallery）。所以探龙坑就该像我们这样赶破晓之前来，天色一晓，石精海怪便莫施其术了。要是黄昏之际来到，夜色一降，啊，灰者变褐，褐者变乌，黑蟒蟒的一片，就不敢说了。

若是顽石有灵，或能保佑这龙坑禁地，不让妄人擅自闯进来走私或破坏生态以图利。若真是有这种事情，我也不反对这些珊瑚礁的魂魄化成猛兽去逐赶恶徒，而噬其手足，嚼其心肝。

"你觉得吗，"宓宓小心翼翼，绕过一个芒角槎牙的兽头，一跳过来对我说，"这一带的海岸好像少了一样东西。"

"少了什么？"环环也听见了，从那兽头的背后探头问她。

"少了海鸥。"宓宓说。

"对呀，"我说，"潮来潮去，应该有几只鸥在其间飞逐，才够气韵。"

"什么缘故呢？"宓宓不解。

"不知道跟黑潮有没有关系，"我搪塞以应，"你看这一簇簇钩心斗角的恶兽吧，白净的海鸥哪里敢落脚停靠？要不是每夜有灯塔镇压，这群珊瑚石怪不知会怎样呢。"

大家都笑起来。隔了片刻，钟玲又说："真扫兴，一早来看日出，却碰上阴雨。太阳的架子好大。"

"其实诗人朝山拜海，多能感应神灵，而得偿所请。韩愈登衡岳而雨开日出，苏轼隆冬在登州而得见海市，都能在得意之余有诗为证。我来龙坑拜石拜海，却不能感动太阳，真是愧对古人——"

"你还想跟韩愈、苏轼去别苗头①哪？"钟玲笑了。

"岂敢。"我也一笑。

"别妄想出太阳了吧，"宓宓指指天空，"能求雨神不再

---

① 别苗头：方言，指比高低，较量。

下就够好了。"

　　"我的诗不能够求晴，也不能祈雨，更不能止雨，"我苦笑说，"唯一的办法就是快快回头，乘大雨还没追到。"

　　于是一行七人在潮声之中越出了噩梦大展。两侧的黑兽眈眈，假装没看见我们。

一九八七年二月四日

塔阿尔湖

一过大雅台（Tagaytay），山那边的世界倏地向我扑来。

数百里阔的风景，七五厘米银幕一般，迎眸舒展着。一瞬间，万顷的蓝——天的柔蓝，湖的深蓝——要求我盈寸的眼睛容纳它们。这种感觉，若非启示，便无以名之了。如果你此刻拧我的睫毛，一定会拧落几滴蓝色。不，除了蓝，还有白，珍珠背光一面的那种银灰的白。那是属于颇具芭蕾舞姿但略带性感的热带的云的。还有绿，那是属于湖这面山坡上的草地，椰林和木瓜树的。椰林并不美，任何椰树都不美；美的是木瓜树，挺直的淡褐色的树干，顶着疏疏的几片叶子，只要略加变形，丹锋说，便成为甚具几何美的现代画了。还有紫，迷惘得近乎感伤的紫，那自然属于湖那边的一带远山，在距离的魅力下，制造着神秘。还有黄，全裸于上午十时半热带阳光下的那种略带棕色的亮晃晃的艳黄，而那，是属于塔阿尔湖（Taal Lake）心的几座小岛的。

如果你以为我在用莫奈的笔画印象派的风景，那你就误会我的意思了。此刻偃伏于我脚下的美，是原始而性感的，并非莫奈那种七色缤纷的妩媚。它之异于塞纳河，正如高敢[①]的大溪地裸女之异于巴黎的少妇。这是北纬十四度的热带风景，正如菲律宾的女人所具的美，是北纬十四度的热带阳光鬃漆而成的一样。不知你注意过她们的肤色没有？喏，我怎么说呢，那种褐中带黑，深而不暗，沃而不腻，细得有点反光的皮肤，实在令我嘴馋。比起这种丰富而且强调的深棕色，白种女人的那种白皙反而有点做作，贫血，浮泛，平淡，且带点户内的沉闷感。

说起高敢，丹锋的手势更戏剧化了。他是现代画家，对于这些自然比我敏感。指着路边椰林荫里的那些小茅屋，他煽动地说：

"看见那些茅屋吗？竹编的地板总是离地三四尺高，架空在地上，搭一把竹梯走上去，凉快，简洁。你应该来这儿住一夜，听夜间丛林中的万籁，做一个海明威式的梦。或者便长住在这里，不，不要住在这里，向南方走，住在

————————

① 高敢：高更（Paul Gauguin，1848—1903），法国画家。后印象画派的主要代表。

更南的岛上，娶一个棕色皮肤亮眼睛的土女，好像高敢那样，告别文明，告别霓虹灯和警察，告别四面白墙形成的那种精神分裂症和失眠。"

"像高敢那样，像高敢那样……"我不禁喃喃了，"来到这里，我才了解高敢为什么要把他那高高的颧骨埋在大溪地岛上，而且抛掉那位丹麦太太，把整个情欲倾入棕色的肉体里……是吗？……不要再诱惑我了，You Satan[①]！我有一个很美的妻，两个很乖的女儿，我准备回到她们的身边！"

游览车上的女孩们笑成了一个很好听的合唱队。到了车站，我们跃下草地，在斜斜的山坡上像滑雪者一般半滑行着。凉爽得带点薄荷味的南风迎面拂来，气温约在华氏七十度左右。马尼拉热得像火城，或者，更恰当地说，像死海，马尼拉的市民是一百万条咸鱼，周身结着薄薄的一层盐花。而此地，在海拔二千米的大雅台山顶，去马尼拉虽仅两小时路程，气候却似夏末秋初之际。阳光落在皮肤上，温而不炙，大家都感到头脑清新，肺部松散。

在很潇洒的三角草亭下，各觅长凳坐定，我们开始野餐，野餐可口可乐，橘汁，椰汁，葡萄，烤鸡，面包，也野餐塔阿尔湖的蓝色。画家们也开始调颜料，支画架，各

---

① 　Satan：中文意思为撒旦，与《圣经》故事中的"魔鬼"同义。

自向画纸上捕捉塔阿尔湖的灵魂。在围观者目光的焦点上，丹锋，这位现代画家，姑妄画之地画着，他本来是反对写生的。洪洪原是水彩画的能手，他捕捉的过程似乎最短。蓝哥戴着梵谷①在阿尔戴的那种毛边草帽，一直在埋怨，塔阿尔湖强烈的色彩属于油画，不是抒情的水彩所能表现。有趣的是，画家们巴巴地从马尼拉赶来就湖，湖却闲逸而固执地卧在二千米下，丝毫不肯来就画家。出现在画纸上的只是塔阿尔湖的贫弱的模仿。而女孩子们窃语着，吃吃地笑着，很有耐心地看着。我想的是高敢的木屐和史蒂文森②的安魂曲，以及土人究竟用哪种刀杀死麦哲伦。

　　然而这是假日。空中嗅得到星期日的懒惰，热带植物混合的体香。芒果，香蕉，椰子，木瓜，金合欢，榴梿，和女孩们的发与裙。每一阵风自百里外吹来，都以那么优美的手势掀起她们的发。对着这一切跳动的丰富和豪华，我闭上了眼。一过巴士海峡，生命乃呈异样的色彩。一个月前，我在台湾的北部，坐在一扇朝北的窗下写一首忧郁的长诗。俯视我完成那苦修的工作的，是北极星，那有着

---

　　①　梵谷：凡·高（Vincent van Gogh，1853—1890），亦译"梵高"。荷兰画家。

　　②　史蒂文森：似为斯蒂文森（Robert Louis Stevenson，1850—1894），英国小说家。主要作品有小说《金银岛》等，大多描写冒险事迹或情节离奇的怪诞故事。还写有游记和小品文。

长髯的北极星。现在，我发现自己踩的是高敢的世界，黎刹的世界，曼纳萨拉与贺赛·贺雅①的世界——被西班牙混血种的大眼睛和马尼拉湾水平线上的桃色云照亮的一个世界。

几天前的夜间，诗人本予带我们去 Guernica②，那是一间西班牙风的酒店。节奏统治着那世界。弹吉他的菲律宾人唱着安达路西亚的民歌，台下和着，有节奏地顿足而且拍手，人们都回到自己当初出发的地方。唐吉诃德③们遂哭得很浪漫主义。幽幽的壁灯映着戈耶④的斗牛图和鲁本斯的贵族妇女。我们的脸开始作毕加索式的遁形。在狂热的 hurrah⑤ 声中，每个人都向冰威士忌杯中溺毙忧烦。

另一个夜里，我发现自己成为苏子的宾客。那是马尼拉有数的豪华酒店之一。（本予说，他没有一次进去不先检查自己的钱夹，这话我每次想起都好笑。）壁灯的柔光自天

---

①　贺赛·贺雅：似为戈雅（Francisco José de Goya y Lucientes，1746—1828），西班牙画家，其作品题材和技巧富有原创性，对后世画家影响深远。他的代表作尚有《卖牛奶的姑娘》《查理四世一家》和讽刺社会的铜版组画《幻景》等。

②　Guernica：中文意思为格尔尼卡，是西班牙北部小城，1937 年 4 月 26 日遭法西斯德国飞机轰炸。毕加索为控诉法西斯暴行，以此为题材创作了著名的壁面油画。

③　唐吉诃德：即堂吉诃德。

④　戈耶似指戈雅。

⑤　hurrah：中文意思为万岁，欢呼声。

花板上淡淡地反映下来，人们的脸朦胧如古老的浮雕。少焉，白衣黑裤的侍役为我们上烛。乳白的烛，昏黄的光，雕空的精致的烛罩与古典的烛台，增加了室内的清幽和窗外的深邃。苏子愀然，客亦愀然。大家似乎在倾听，听流星落在马尼拉湾里，而海水不减其咸。夜很缄默，如在构思一首抒情诗，孵着一个神秘的蛋。终于苏子开口了。苏子说，夜还很年轻，这酒店不到半夜是不会热闹的。可是我们在热闹之前来此。黑人琴师的黑指在分外皎白的琴键上挥开了一阶旋律。空气振荡着。萧邦① 开始自言自语。这是欧洲，欧洲的夜与烛。于是苏子恢复愀然，客亦愀然。

"看哪，诗人又在写诗了！"美美的呼声使我落回吕宋岛上。我从她手中接过椰子，恍惚地吸着椰汁。"我是一只具有复生命的巫猫，一瞬间维持着重叠的悲剧。"在那首阴郁的长诗中，我曾如此写过。我的生命从来没有完整过。黄用出国的前夕，我对他说："现在你可以经验五马分尸了。"黄用以为说中了他的感觉。翻开嘉陵江边的任何卵石，你可以看见我振翼飞去。同样地，你也可以翻开淡水河边，爱奥华② 河边，或是温哥华海滨的任何石块。正如一过巴士海峡，我将发现自己曾蜕皮于南吕宋的海岸。

---

① 萧邦：肖邦（Fryderyk Franciszek Chopin, 1810—1849），波兰作曲家、钢琴家。早期浪漫主义代表。

② 爱奥华：现译艾奥瓦（Lowa），美国联邦州之一，别名爱荷华。

两小时后,我们的车绕湖半周,在一座颇现代化的建筑物前气咻咻停下。我们坐在那餐馆的大幅玻璃窗内,看另一角度的塔阿尔湖,而且以银匙挖食剖成半圆的椰壳中盛着的冰淇淋。将近下午五点的光景,树影延长着。地平线上,暮云叆叇[①],迤逦如带,可百余里。俯视湖心,三座小岛迎着斜日依次而立。最前面的那座最小,顶端陷入如盆,那便是有名的塔阿尔火山。山色介于橙黄与茶褐之间,在阳光下,特别浓艳耀眼,宜于拍彩色片。土人叫它做"造云者"或"恐怖的东西",它一怒吼,菲律宾人的烦恼便开始了。诗人颖洲与亚薇告诉我说,在十八世纪,它曾爆发过几次,毁了附近好几座镇市。最近的一次在一九一一年一月三十日,先是喷烟且流溢熔浆,继以轰然爆炸,溶液、泥块与灰烬摧毁了九十方英里的面积,威力所及,甚至远达八百方英里的范围。遭难村庄甚多,死者共一千三百余人。痉挛性的震动持续了一个星期,到二月八日才恢复常态。此刻它悄悄地梦寐在下午的静谧中,像未断奶的婴孩。谁能断定下一刻它不会变成愤怒的巨人?塔阿尔湖长十七英里,宽十英里半,深十米许,湖面高出海面仅两米半。大雅台海拔二千尺,因此俯瞰湖面,下临涵虚,视域开阔,两岸山峰奇而秀,嶙峋入湖,犹如五指,

---

① 叆叇:àidài,形容浓云蔽日。

十分壮观。他们都说，塔阿尔湖之美，犹稍逊日月潭。我没见过日月潭，无从比较，但我想，日月潭无此豁然开朗的远景。

　　归途上，看魁梧的大雅台渐渐立起，遮住山后的另一世界。风在我们鬓边潺潺泻过，凉意从肘弯袭向腋下，我们从秋天驰回夏天。不久我们便将奔驰于平原，去加入死海中那百万条咸鱼群了。

　　　　　　　　　　　　一九六一年五月七日于马尼拉

山盟

山，在那上面等他。从一切历书以前，峻峻然，巍巍然，从五行和八卦以前，就在那上面等他了。树，在那上面等他。从汉时云秦时月从战国的鼓声以前，就在那上面。就在那上面等他了，虬虬蟠蟠，那原始林。太阳，在那上面等他。赫赫洪洪荒荒。太阳就在玉山背后。新铸的古铜锣。当地一声轰响，天下就亮了。

这个约会太大，大得有点像宗教。一边是，山，森林，太阳，另一边，仅仅是他。山是岛的贵族，正如树是山的华裔。登岛而不朝山，是无礼。这山盟，一爽竟爽了二十年。其间他曾经屡次渡海，膜拜过太平洋和巴士海峡对岸，多少山。在科罗拉多那山国一闭就闭了两年，海拔一英里之上，高高晴晴冷冷，是六百多天的乡愁。一万四千英尺以上的不毛高峰，狼牙交错，白森森将他禁锢在里面，远望也不能当归，高歌也不能当泣。他成了世界上最高的浪子，石囚。只是山中的岁月，太长，太静了，连摇滚乐的电吉他也不能一声划破。那种高高在上的岑寂，令他不安。一场大劫正蹂躏着东方，多少族人在水里，火里，唯独他学桓景登高避难，过了两个重九还不下山。

　　春秋佳日，他常常带了四个小女孩去攀落基山。心惊胆战，脚麻手酸，好不容易爬到峰颠。站在一丛丛一簇簇的白尖白顶之上，反而怅然若失了。爬啊爬啊爬到这上面来了又怎么样呢？四个小女孩在新大陆玩得很高兴。她们只晓得新大陆，不晓得旧大陆。"问君西游何时还？畏途巉岩不可攀。"忽然他觉得非常疲倦。体魄魁梧的昆仑山，在远方喊他。母亲喊孩子那样喊他回去，那昆仑山系，所有横的岭侧的峰，上面所有的神话和传说。落基山美是美雄伟是雄伟，可惜没有回忆没有联想不神祕。要神祕就要峨嵋山五台山普陀山武当山青城山华山庐山泰山，多少寺多少塔多少高僧，隐士，豪侠。那一切固然令他神往，可是最最萦心的，是噶达素齐老峰。那是昆仑山之根，黄河之源。那不是朝山，是回家，回到一切的开始。有一天应该站在那上面，下面摊开整幅青海高原，看黄河，一条初生的脐带，向星宿海吮取生命。他的魂魄，就化成一只雕，向山下扑去。浩大圆浑的空间，旋，令他目眩。

　　那只是，想想过瘾罢了。山不转路转，路不转人转。

七四七才是一只越洋大雕，把他载回海岛。一九七二年。昆仑山仍在神话和云里。黄河仍在诗经里流着。岛有岛神，就先朝岛上的名山吧。

上山那一天，正碰上寒流，气温很低。他们向冷上加冷的高处出发。朱红色的小火车冲破寒雾，在渐渐上升的轨道上奔驰起来，不久，嘉义城就落在背后的平原上了。两侧的甘蔗田和香蕉变成相思树和竹林。过了竹崎，地势渐高渐险，轨旁的林木也渐渐挺直起来，在已经够陡的坡上，将自己拔向更高的空中。最后，车窗外升起铁杉和扁柏，像十里苍苍的仪队，在路侧排开。也许怕风景不够柔媚，偶尔也亮起几树流霞一般明艳的复重樱花，只是惊喜的一瞥，还不够为车道镶一条花边。

路转峰回，小火车呜呜然在狭窄的高架桥上驰过。隔着车窗，山谷愈来愈深，空空茫茫的云气里，脚下远远地，只浮出几丛树尖，下临无地，好令人心悸。不久，黑黝黝的山洞一口接一口来吞噬他们的火车。他们咽进了山的盲肠里，汽笛的惊呼在山的内脏里回荡复回荡。阿里山把他们吞进去吞进去又吐出来，算是朝山之前的小小磨练。后来才发现，山洞一共四十九条，窄桥一共八十九座。一关关闯上去，很有一点西游记的味道。

过了十字路，山势益险，饶它是身材窈窕的迷你红火车，到三千多呎①的高坡上，也回身乏术了。不过，难不倒它。行到绝处，车尾忽然变成车头，以退为进，潇潇洒洒，循着"Z"字形 zigzagzig 那样倒溜冰一样倒上山去。同时森林愈见浓密，枝叶交叠的翠盖下，难得射进一隙阳光。浓影所及，车厢里的空气更觉得阴冷逼人。最后一个山洞把他们吐出来，洞外的天蓝得那样彻底，阿里山，已经在脚下了。

终于到了阿里山宾馆，坐在餐厅里。巨幅玻璃窗外，古木寒山，连绵不绝的风景匍匐在他的脚下。风景时时在变，白云怎样回合群峰就怎样浮浮沉沉像嬉戏的列岛。一队白鸽在谷口飞翔，有时退得远远的，有时浪沫一样地忽然卷回来。眺者自眺，飞者自飞。目光所及，横卧的风景手卷一般展过去展过去展开米家霭霭的烟云。他不知该餐脚下的翠微，或是，回过头来，满桌的人间烟火。山中清纯如酿的空气，才吸了几口，饥意便在腹中翻腾起来。他饿得可以餐赤松子之霞，饮麻姑之露。

"爸爸，不要再看了。"佩佩说。

"再不吃，獐肉就要冷了。"咪也在催。

回过头来，他开始大嚼山珍。

午后的阳光是一种黄橙橙的幸福，他和矗立的原始林

---

① 呎：英尺的旧译名。1 英尺 =12 英寸 =0.3048 米。

和林中一切鸟一切虫自由分享。如果他有那样一把剪刀，他真想把山上的阳光剪一方带回去，挂在他们厦门街的窗上，那样，雨季就不能围困他了。金辉落在人肌肤上，干爽而温暖，可是四周的空气仍然十分寒冽，吸进肺去，使人神清意醒，有一种要飘飘升起的感觉。当然，他并没有就此飞逸，只是他的眼神随昂昂的杉柏从地面拔起，拔起百尺的尊贵和肃穆之上，翠纛①青盖之上，是蓝空，像传说里要我们相信的那样酷蓝。

而且静。海拔七千英尺以上那样的，万籁沉淀到底，阒寂的隔音。值得歌颂的，听觉上全然透明的灵境。森林自由自在地行着深呼吸。柏子闲闲落在地上。绿鸠像隐士一样自管自地吟啸。所以耳神经啊你就像琴弦那么松一松吧今天轮到你休假。没有电铃会奇袭你的没有电话没有喇叭会施刑。没有车要躲灯要看没有繁复的号码要记没有钟表。就这么走在光洁的青板石道上，听自己清清楚楚的足音，也是一种悦耳的音乐。信步所之，要慢，要快，或者要停。或者让一只蚂蚁横过，再继续向前。或者停下来，读一块开裂的树皮。

或者用惊异的眼光，久久，向僵毙的断树桩默然致敬。整座阿里山就是这么一所户外博物馆，到处暴露着古木的

---

① 纛：dào，古代军队或仪仗队的大旗。

残骸。时间，已经把它们雕成神奇的艺术。虽死不朽，丑到极限竟美了起来。据说，大半是日治时代伐余的红桧巨树，高贵的躯干风中雨中不知矗立了千年百年，耄耄的斧斤过后，不知在什么怀乡的远方为栋为梁，或者凌迟寸磔，散作零零星星的家具器皿。留下这一盘盘一墙墙硕老无朋的树根，夭娇顽强，死而不仆，而日起月落秦风汉雨之后，虬蟠纠结，筋骨尽露的指爪，章鱼似地，犹紧紧抓住当日哺乳的后土不放。霜皮龙鳞，肌理纵横，顽比锈铜废铁，这些久僵的无头尸体早已风化为树精木怪。风高月黑之夜，可以想见满山蠢蠢而动，都是这些残缺的山魈。

　　幸好此刻太阳犹高，山路犹有人行。艳阳下，有的树桩削顶成台，宽大可坐十人。有的扭曲回旋，畸陋不成形状。有的枯木命大，身后春意不绝，树中之王一传而至二世，再传而至三世，发为三代同堂，不，同根的奇观。先主老死枯槁，蚀成一个巨可行牛的空洞；父王的僵尸上，却亭亭立着青翠的王子。有的昂然庞然，像一个象头，鼻牙嵯峨，神气俨然。更有一些断首缺肢的巨桧，狞然戟刺着半空，犹不甘忘却，谁知道几世纪前的那场暴风雨，劈空而来，横加于他的雷殛。

　　正嗟叹间，忽闻重物曳引之声，沉甸甸地，辗地而来。异声愈来愈近，在空山里激荡相磨，很是震耳。他外文系出身，自然而然想起凯兹奇尔的仙山中，隆隆滚球为戏的那群怪人。大家都很紧张。小女孩们不安地抬头看他。辗声更近了。隔着繁密的林木，看见有什么走过来。是——两个人。两个血色红润的山胞，气喘咻咻地拖着直径几约两呎的一截木材，辗着青石板路跑来。怪不得一路上尽是细枝横道，每隔尺许便置一条。原来拉动木材，要靠它们的滑力。两个壮汉哼哼哈哈地曳木而过，脸上臂上，闪着亮油油的汗光。

姐妹潭一掬明澄的寒水，浅可见底。迷你小潭，传说着阿里山上两姐妹殉情的故事。管他是不是真的呢，总比取些道貌可憎的名字好吧。

"你们四姐妹都丢个铜板进去，许个愿吧。"

"看你做爸爸的，何必这么欧化？"

"看你做妈妈的，何必这么缺乏幻想。管它。山神有灵，会保祐她们的。"

珊珊、幼珊、佩珊，相继投入铜币。眼睛闭起，神色都很庄重，丢罢，都绽开满意的笑容。问她们许些什么大愿时，一个也不肯说。也罢。轮到最小的季珊，只会嬉笑，随随便便丢完了事。问她许的什么愿，她说，我不知道，姐姐丢了，我就要丢。

他把一枚铜币握在手边，走到潭边，面西而立，心中暗暗祷道："希望有一天能把这几个小姐妹带回家去，带回她们真正的家，去踩那一片博大的后土。新大陆，她们已经去过两次，玩过密西根①的雪，涉过落基山的溪，但从未被长江的水所祝福。希望，有一天能回到后土上去朝山，站在全中国的屋脊上，说，看啊，黄河就从这里出发，长江就在这里吃奶。要是可能，给我七十岁或者六十五，给我一间草庐，在庐山，或是峨嵋山上，给我一根藤杖，一卷七绝，一个琴僮，几位棋友，和许多猴子许多云许多鸟。不过这个愿许得太奢侈了。阿里山神啊，能为我接通海峡对面，五岳千峰的大小神明吗？"

姐妹潭一展笑靥，接去了他的铜币。

"爸爸许得最久了。"幼珊说。

"到了那一天，无论你们嫁到多远的地方去，也不管我的事了。"他说。

"什么意思吗？"

"只有猴子做我的邻居。"他说。

"哎呀好好玩！"

"最后，我也变成一只——千年老猿。像这样。"他做出欲攫季珊的姿态。

"你看爸爸又发神经了。"

慈云寺缺乏那种香火庄严禅房幽深的气氛。岛上的寺庙大半如此，不说也罢。倒是那所"阿里山森林博物馆"，

---

① 密西根：即密歇根。

规模虽小，陈设也简陋单调，离国际水准很远，却朴拙天然，令人觉得可亲。他在那里面很低回了一阵。才一进馆，颈背上便吹来一股肃杀的冷风。昂过头去，高高的门楣上，一把比一把狞恶，排列着三把青锋逼人的大钢锯。森林的刽子手啊，铁杉与红桧都受害于你们的狼牙。堂下陈列着阿里山五木的平削标本，从浅黄到深灰，色泽不一，依次是铁杉、峦大杉、台湾杉、红桧、扁柏。露天走廊通向陈列室。阿里山上的飞禽走兽，从云豹、麂、山猫、野山羊、黄鼠狼到白头鼯鼠，从绿鸠、蛇鹰到黄鱼鸮，莫不展现它们生命的姿态。一个玻璃瓶里，浮着一具小小的桃花鹿胚胎，白色的胎衣里，鹿婴的眼睛还没有睁开。令他低回的，不是这些，是沿着走廊出来，堂上庞然供立，比一面巨鼓还要硕大的，一截红桧木的横剖面。直径宽于一只大鹰的翼展，堂堂的木面竖在那里，比人还高。树木高贵的族长，它生于宋神宗熙宁十年，也就是公元一〇七七年。中华民国元年，也就是明治四十五年，日本人采伐它，千里迢迢，运去东京修造神社。想行刑的那一天，须髯临风，倾天柱，倒地根，这长老长啸仆地的时候，已经有八百三十五岁的高龄了。一个生命，从北宋延续到清末，成为中国历史的证人。他伸出手去，抚摸那伟大的横断面。他的指尖溯帝王的朝代而入，止于八百多个同心圆的中心。多么神秘的一点，一个崇高的生命便从此开始。那时苏轼正是壮年，宋朝的文化正盛开，像牡丹盛开在汴梁，欧阳修墓土犹新，黄庭坚周邦彦的灵感犹畅。他的手指按在一个古老的春天上。美丽的年轮轮回着太阳的光圈，一圈一圈向外推开，推向元，推向明，推向清。太美了。太奇妙了。这些黄褐色的曲线，不是年轮，是中国脸上的皱纹。推出去，推向这海岛的历史。哪，也许是这一圈来了葡萄牙人的三桅战船。这一年春天，红毛鬼闯进了海峡。这一年，国姓爷的楼船渡海东来。大概是这一圈杀害了吴凤。有一年龙旗降下升起太阳旗。有一年他自己的海轮来泊在基……不对不对，那是最外的一圈之外了，哪，大约在这里。他从古代的梦中醒来，用手指划着虚空。

"爸爸，你在干什么呀？"季珊抬头看着他。

他抓住她的小手指，从外向内数，把她的指尖按在第十六圈上。

"公公就是这一年。"他说。

"公公这一年怎么啦？"她问。

走回宾馆，太阳就下山了。宋朝以前就是这样子，汉以前周以前就是这太阳，神农和燧人以前。在那尊巨红桧的心中，春来春去，画了八百圈年轮的长老，就是这太阳。在他眼中，那红桧，和岛上一切的神木，都像小孩子一样幼稚吧。后羿留给我们的，这太阳。

此刻他正向谷口落下去，像那巨红桧小时候看见的那样，缓缓落了下去。千树万树，在无风的岑寂中肃立西望，参加一幕壮丽无比的葬礼。火葬烧着半边天。宇宙在降旗。一轮橙红的火球降下去，降下去，圆得完美无憾的火球啊怪不得一切年轮都是他的摹仿因为太阳造物以他自己的形相。

快要烧完了。日轮半陷在暗红的灰烬里，愈沉愈深。山口外，犹有殿后的霞光在抗拒四周的夜色，横陈在地平线上的，依次是惊红骇黄怅青惘绿和深不可泳的诡蓝渐渐沉溺于苍黛。怔望中，反托在空际的林影全黑了下来。

最后，一切都还给纵横的星斗。

但是太阳会收复世界的，在玉山之颠。在崦嵫山里这只火凤凰会铸冶新的光芒。高处不胜苦寒。他在两条厚毛毯里，瑟缩犹难入梦，盘盘旋旋的山路，还在腿上作麻。夜，太静了。毛黑茸茸的森林似乎有均匀的鼾息。不要错过日出不要，他一再提醒自己。我要亲眼看神怎样变戏法，那只火凤凰怎样突破蛋黄怎样飞起来，不要错过不要。他似乎枕在一座活火山上，有一种美丽的不安。梦是一床太短的被，无论如何也盖不完满。约会女友的前夕，从前，也有过这症状。无以名之，叫它做幸福症吧。睡吧睡吧不要真错过了不要。

走到祝山顶上，已经是六点半了。虽然是华氏四十度的气温，大家都喘着气，微有汗意。脸上都红通通的，"阿

里山的姑娘"，他戏呼她们。天色透出鱼肚白，群峰睡意尚
未消尽。雾气在下面的千壑中聚集。没有风。只有一只鸟，
在新鲜的静寂中试投着它的清音。啾啾唧啾啾唧唪唪唧
唧。屏息的期待中，东方的天壁已经炙红了一大片。"快起
来了，快起来了。"他回过头去，观日楼下的广场上，已然
麇集了百多位观众，在迎接太阳的诞生。已经冻红的脸上，
更反映着熊熊的霞光。

　　"上来了！"

　　"上来了！"

　　"太阳上来了上来了！"

　　浩阔的空间引爆出一阵集体的欢呼。就在同时，巍峨
的玉山背后，火山猝发一样迸出了日头，赤金晃晃，千臂
投手向他们投过来密密集集的标枪。失声惊呼的同时，一
阵刺痛，他的眼睛也中了一枪。簇簇的光，簇新簇新的光，
刚刚在太阳的丹炉里炼成，猬集他一身。在清虚无尘的空
中飞啊飞啊飞了八分钟，扑倒他身上这簇光并未变冷。巨
铜锣玉山上捶了又捶，神的噪音金熔熔的赞美诗火山熔浆
一样滚滚而来，观礼的凡人全擎起双臂忘了这是一种无条
件降服的仪式在海拔七千呎以上。一座峰接一座峰在接受
这样灿烂的祝福，许多绿发童子在接受那长老摩挲头颅。
不久，福建和浙江也将天亮。然后是湖北和四川。庐山与
衡山。秦岭与巴山。然后是漠漠的青海高原。溯长江溯黄

河而上噫吁戏危乎高哉天苍苍野茫茫的昆仑山天山帕米尔的屋顶。太阳抚摸的，有一天他要用脚踵去膜拜。

可是他不能永远这样许下去，这长愿。四个小女孩在那边喊他。小红火车在高高的站上喊他，因为嘉义在下面的平原上喊小红火车。该回家了，许多声音在下面那世界喊他。许多街许多巷子许多电话电铃许多开会的通知限时信。许多电梯许多电视天线在许多公寓的屋顶。许多许多表格在阴暗的许多抽屉等许多图章的打击。第二手的空气。第三流的水。无孔不入无坚不摧，文明的赞美诗，噪音。什么才是家呢？他属于下面那世界吗？

火车引吭高呼。他们下山了。六千呎。五千五。五千。他的心降下去，四十九个洞。八十九座桥。煞车的声音起自铁轨，令人心烦。把阿里山还给云豹。还给鹰和鸠。还给太阳和那些森林。荷兰旗。日本旗。森林的绿旌绿帜是不降的旗。四十九个洞。千年亿年。让太阳在上面画那些美丽的年轮。

一九七二年二月廿八日

南太基

从什么时候起甲板上就有风的，谁也说不清楚。先是拂面如扇，继而浸肘如水，终于鼓腋翩翩欲飞。当然谁也不愿意就这样飞走。满船海客，纷纷披上夹克或毛衫。黄昏也说它冷了。于是有更多的鸥飞过来加班，穿梭不停，像真的要把暝色织成更浓更密的什么。不再浮光耀金，落日的海葬仪式已近尾声，西南方兀自牵着几束马尾，愈曳愈长愈淡薄。收回渺渺之目，这才发现原是庞然而踞的大陆，已经夷然而俯，愈漂愈远，再也追不上来了。红帽子，黄烟囱，这艘三层乳白渡轮，正踏着万顷波纹，施施驶出浮标夹道的水巷，向江洋。

仍有十几只鸥，追随船尾翻滚的白浪，有时急骤地俯冲，争啄水中的食物。怪可怜的芭蕾舞女，黄喙白羽，洁净而且窈窕，正张开遒劲有力的翅膀，循最轻灵最柔美的曲线，在风的背上有节奏地溜冰。风的背很阔，很冰。风的舌有咸水的腥气。乌衣巫的瓶中，夜，愈酿愈浓。北纬四十一度的洋面，仍有一层翳翳的毛玻璃的什么，在抵抗黑暗的冻结。进了公海，什么也摸不到握不着了。我们把自己交给船，船把自己交给虚无，谁也负不了责任的完整无憾的虚无。蓝黝黝的浑沦中，天的茫茫面对海的茫茫面对的仍是天的茫茫，分辨不清，究竟是天欲掬海，或是海欲溺天。

前甲板风大，乘客陆续移到后甲板来。好几对人影绸缪在那边的角落里。一个年轻的妈妈，抱着幼婴，倚在我左侧的船舷。昏朦中，她的鼻梁仍俏拔地挺出，衬在一张灰白欲溶的云上。妈妈和婴孩都有略透棕色的金发，母女相对而笑的瞳仁中，映出一些澹澹的波影。一个白发老叟陷在镂空的凉椅内，向自己的烟斗，吞吐恍惚。海客们在各自的绝缘中咀嚼自己的渺小，面对永不可解的天之谜，海之谜，夜之谜。空空荡荡，最单纯的空间和时间最难懂，也最耐读。就像此刻，从此地到好望角到挪威的长长峡湾，多少亿公秉的碧洪咸着同样的咸，从高纬度的防波堤咸到低纬度的船坞，天文数字的鲨、鲸、鲕、鳕和海豚究竟在想些什么？希腊的人鱼老了。西班牙的楼船沉了。海盗在公海上已绝迹，金币未锈，贪婪的眼珠都磨成了珍珠。同样的咸咸了多少世纪，水族们究竟在想些什么？就像此刻，我究竟在想什么？读天，读夜，读海。三本厚厚的空空的书，你读了又读，仍然什么也没有读懂但仍然爱读，即使你念过每一丛珊瑚每一座星。三小时的航程，短暂的也是永恒的过程，从一个海岸到另一个海岸。海岸与海岸间，你伸向过去和未来，把躯体遗在现在，说，陆地不存在，时间静止，空间泯灭，让我从容整理自己的灵魂。因为这只是过渡，逝者已逝，来者犹未来，你是无牵无挂的自己。一切都纯粹而且透明。空间湮灭。时间休止。而且，我实在也很倦了。长沙发陷成软软的盆地，多安全的盆地啊。我想，我实在应该横下去了。

不知道自己究竟睡了好久。只知道醒来时，渡轮的汽笛犹曳着尾音，满港的回声应和着。"南太基到了。"一个中年的美国太太对我笑笑。仓促间，我提起行囊加入下船的乘客，沿着海藻和蛤蜊攀附的浮桥，踏上了南太基岛。冽冽的海风中，几盏零零落落的街灯，在榆树的浓荫和幢幢古屋之间，微弱地抵抗四围的黑暗。敞向码头的大街，人影渐稀。我沿着红砖砌成的人行道走过去，走进十七世纪。摸索了十几分钟，我不得不对自己承认是迷路了。对街的消火栓旁，正立着一个警察。我让过一辆一九五七或五八年的老福特，向他走去。

用疑惑的神情打量了我好一会，他才说："要找旅馆吗？前面的小巷子向左转，走到底，再向右转，有一家上等的客栈。"遵循他的指示，我进了那个小巷子，但数分钟后，又迷了路。冷落的街灯和树影里，迷魂阵的卵石路和红砖路，尽皆曲折而且狭窄而且一脚高后是一脚低。这条巷子貌似那条巷子冒充另一条含糊的巷子巷子。一度我闯进了一条窄街，正四顾茫然间，鬼火似的街灯拨出一方朦胧，凑上去细细辨认，赫然 Coffin[①] 六个字母！惶然急退出来，惊疑未定，忆起似乎在《白鲸记》的开头几章见过那条"棺材街"。幸而再转一个弯，便找到一家"殖民客栈"。也幸好，客舍女主人是一个爱笑的棕发碧睛的小妇人，可亲的笑容里，找不出任何诡谲的联想。讲妥房价，我在旅客登记簿上签了自己的名字：Pai Ch'in。于是那双碧睛说："派先生，让我带你去你的房间吧。"欣然，我跟她上楼并走过长长的回廊，一面暗暗好笑，那只是中文"白鲸"的罗马拼音。

　　一切安顿下来，已经是午夜了。好长的一天。从旭日冒红就踹上了新英格兰的公路，越过的州界多于跨过的门槛，三百英里的奔突，两小时半的航行之后，每一片肌肉都向疲乏投降了。淋浴过后，双人床加倍地宽大柔软。不久，大西洋便把南太基摇成了一只小摇篮了。

　　再度恢复知觉，感到好冷，淅沥的行板自下面的古砖

---

　　① Coffin：中文意思为棺材。

道传来。岛上正在落雨。寒湿的雨气漾进窗来，夹着好新好干净的植物体香。拉上毛毡，贪馋地嗅了好一阵，除了精致得有点臊鼻搔心的蔷薇清芬，辨不出其他成分来。外面，还是黑沉沉的。掏出夜光表，发现还不到四点钟。蔷薇的香气特别醒脑，心念一动，神智爽爽，再也睡不着了。就这样将自己搁浅在夜的礁上，昨天已成过去，今天尚未开始。就这样孤悬在大西洋里，被围于异国的鱼龙，听四周汹涌着重吨的蓝色之外无非是蓝色之下流转着压力更大的蓝色，我该是岛上唯一的中国人，虽然和中国阻隔了一整个大陆加上一整个大洋。绝缘中的绝缘，过渡中的过渡。雨，下得更大了。寒气透进薄薄的毛毡。决定不能再睡下去，索性起来，披上厚夹克，把窗扉合上。街上还没有一点破晓的消息。坐在临窗的桌前，捻亮壁灯，想写一封长长的航空信，但是信纸不够。便从手提袋里，捡出《白鲸记》，翻到"南太基"一章，麦尔维尔沉雄的男低音遂震荡着室内的空气。

"南太基！拿出你的地图来看一看。看它究竟占据世界的哪个角落；看它怎样立在那里，远离大陆，比砥柱灯塔更孤独。你看——只有一座土岗子，一肘湾沙；除了岸，什么背景都没有。此地的沙，你拿去充吸墨纸，二十年也用不完。爱说笑的人会对你说，岛民得自种野草，因为岛上原无野草；说蓟草要从加拿大输来；说为了封住一只漏油桶，岛民得去海外订购木塞；说他们在岛上把木片木屑携来携去，像在罗马携带十字架真迹的残片一样；说岛民都在门前种蕈[①]，为了夏天好遮阴；说一片草叶便成绿洲，一天走过三片叶子便算是草原；说岛民穿流沙鞋子，像拉布兰人[②]的雪靴；说大西洋将他们关起来，系起来，四面八方围起来，堵起来，隔成一个纯粹的岛屿，怪不得他们坐的椅子用的桌子都会发现粘着小蛤蜊，像黏附在玳瑁的背甲上那样。这些耸听的危言莫非说明南太基不是伊利诺伊罢了。

"莫怪这些出生在岸边的南太基人要向海索取生活了！开始他们在沙滩上捉蟹；胆子大些，便涉水出去网鲭；经验既多，便坐船出海捕鳕；最后，竟遣出整队的艨艟巨舟，去探索水的世界，周而复始地环绕着泽国；或远窥白令海峡；不分季节，不分海域，向《旧约》洪水也淹不死的最雄壮的宏伟兽群无尽止地挑战，最怪异的最嵯峨的兽群！

"就像这样，这些赤条条的南太基人，这些海上隐士，从他们海上的蚁丘出发，去蹂躏去征服水的世界，如众多的亚历山大；且相约分割大西洋、太平洋、印度洋，像海

---

　　① 蕈：xùn，真菌的一类，生长在树林里或草地上。种类很多，可食者如香蕈（香菇）等，有毒者如毒蝇蕈等。

　　② 拉布兰人：似指拉普兰人，即萨米人（Saamis），生活于挪威海和白海沿岸一带。

霸三邦瓜分波兰。任美国将墨西哥并入得克萨斯，吞罢加拿大再吞古巴；任英国占领印度，悬他们的火旗在太阳上；我们的水陆球仍有三分之二属南太基人。因为海是南太基人的；他们拥有海，正如帝王拥有帝国；其他的舟子只能过路罢了。南太基的商船只是延长的桥梁；南太基的武装的船只是浮动的堡垒，即使海盗与私掠船员，纵横海上如响马纵横陆上，毕竟掠劫的只是其他的船只，像他们自身一样的飘零的陆地罢了，何曾要直接向无底的海洋讨生活。南太基人，只有他们才住在海上喧嚷在海上；只有他们，如《圣经》所载，是骑舟赴海，往返耕海像耕自己的大农场，海是他们的家；海是他们的生意，诺亚的洪水亦无法使之中断，虽然它淹没中国的亿万生灵……"

这真是《山海经》了。麦尔维尔只解诺亚避洪，未闻大禹治水罢了。窃笑一声，我继续读下去："南太基人生活在海上，像松鸡生活在平原；他们遁于波间，他们攀波浪像羚羊的猎人攀阿尔卑斯。陆上无家的海鸥，日落时收敛双翼，在波间摇撼入梦；相同地，夜来时，南太基人望不见陆地，卷起船帆卧下来休息，就在他们枕下，成群的海象和鲸冲波来去。"

不知何时雨已经歇了。下面的街上开始有人走动。不久，卵石道上曳过辘辘的车声。壁灯的黄晕，在渐明的曙色里显得微弱起来。阖上厚达八百页的《白鲸记》，捻熄了壁灯，我走向略有红意的曙色，把窗扉推开。蔷薇的嘘息浮在空中，犹有湿湿的雨味自泥中漾起。清晨嫩得簌簌新，没有一条皱纹。当街一排大榆树，垂着新沐的绿发，背光处的丛叶叠着层次不同的翠黑。饫着洗得透明的空气，忽然，我感到饿了。

从"殖民客栈"出来，一个灿亮而凉爽的早晨在外面迎我，立刻感觉头脑清醒，肺叶纯净，每一次呼吸都是一次新生。出了窄巷子，满身鲜翠的树影，榆树重叠着枫叶的影子，在刚炼出炉的金阳光中，一拍，便全部抖落了。粗卵石铺砌的大街上，晨曦亮得撩人眉睫。两边的红砖人行道，浮着荇藻纵横的树荫，菜贩子、瓜果贩子、卖花童子，在薄雾中张罗各自的摊位，烘出一派朝气。那淡淡的雾氛，要叠叠不拢，要牵牵不破，在无风的空中悬着一张光之网。

大街向港口斜斜敞开，蓝色的水平被高矮不齐的船桅所分割，白漆的船身迎着太阳加倍地晃眼。星条旗在联邦邮局的上空微微拂动。圣玛丽天主堂从殖民式的白屋间巍然升起。终于走进一家海味店，点了一碗蛤蜊浓羹，面海而坐。港内泊着百十来只精巧的游艇和渔船，密樯稠桅之间，船的白和水的蓝对比得鲜丽刺眼。港外，是鸥的跑道鲸的大街，盛得满满蓝得恍恍惚惚的大西洋。这里是南太基，十九世纪中叶以前，这里是渔人的迦太基帝国，世界

捕鲸业的京城。一八四〇年，全盛期的南太基点亮了大半
个世界的蜡烛，那时，眼前的这港中，矗立七十艘三桅捕
鲸船的幢幢帆影。在那以前，岛上住着四个印第安部落。
然后是十七世纪的教友派移民。然后有人用三十金镑外加
两顶海狸帽子就把南太基买了下来。但那些都是好久好久
以前的事了。阖上厚厚的《白鲸记》，就统统给盖起来了。
不信，你可以去问大西洋，它一定蓝成一种健忘的蓝来，
把一切一切赖得一干二净。"哪，你点的蛤蜊浓羹！"浆得
挺硬的女侍的白衣裙遮住了港景。

　　食罢蛤粥，沿着已经醒透了的大街缓缓步回市中心，
向岛上唯一的租车行租到一辆敞篷汽车。那是一辆老克莱
斯勒，车身高耸而轮廓鲁钝，一副方头大耳的土像，叙起
年资来，至少至少是五六、五七①以前的出品，可以当我那
辆小道奇的舅公而有余。只好付了五十元押金，跨上招摇
的驾驶台，敧斜倾侧，且吆且喝地一路闯出城去。

　　过了浸信会教堂，过了曾掀起荷兰风的十七世纪老磨
坊，老克莱斯勒转进一条接一条的红砖巷子。丛丛盛开的
白蔷薇红玫瑰，从乳色的矮围栅里攀越出来，在蜘蛛吐丝
的无风的晴朗里，从容地，把上午酿得好香。更烂更烂的
花簇，从浅青的斜屋顶上泻落到篱门或夏廊，溅起多少浪

---

　　① 指一九五六、一九五七年。

沫。已经是九点多钟了，还有好多红顶白墙的漂亮楼房，赖在深邃的榆荫里不出来晒太阳。一出了橙子街，公路便豪阔地展开在沙岸，向司康赛那边伸延过去。我向油门狠狠踩下，立刻召来长长的海风，自起潮的水面。没遮拦的敞篷车在更没遮拦的荒地上迎风而起，我的须发，我的四肢百骸千万个汗毛孔皆乘风而起，变成一只怪狼狈的风筝。麦尔维尔所说一草成林的旱象，委实是夸张了。也许百年前确是如此，但眼前的海岸上，虽因岛小风大高树难生，在浅沼和洼地之间，仍有一蓬蓬的蓟和矮灌木。沙地起伏，成缓慢土丘。除了一座遗世独立的灯塔，和几堆为世所遗的苍黑色块垒，此外，便只有一片蓝蒙蒙的虚无，名字叫大西洋，从此地一直虚无到欧洲。吞吐洋流的硕大海兽，仍在虚无的蓝域中，喷洒水柱，对着太阳和月亮和诺亚以前就是那样子的星象。十九世纪似乎从未发生过，《白鲸记》只是一个雄壮的谣言，麦尔维尔的玩笑开得太大了。魁怪客，塔士提哥。依希美尔和阿哈布船长。梅老胡子啊，倒真像有那回事似的。

在纯然的蓝里浸了好久。天蓝蓝，海蓝蓝，发蓝蓝，眼蓝蓝，记忆亦蓝蓝乡愁亦蓝蓝复蓝蓝。天是一个珐琅盖子，海是一个瓷釉盒子，将我盖在里面，要将我咒成一个蓝疯子，青其面而蓝其牙，再掀开盖子时，连我的母亲也认不出是我了。我的心因荒凉而颤抖。台湾的太阳在水陆球的反面，等他来救我时，恐怕我已经蓝入膏肓，且蓝发而死，连蓝遗嘱也未及留下。细沙岸上，曝着被鸥啄空了的鲲骸，连绵数英里的腐鱼腥臭。乃知死亡不必是黑色的。巴巴地从纽约赶到这荒岛上来，没有看到充塞乎天地之间的那座白鲸，没有看到鼓潮驱浪的巨鲸队，不，连一扇鲸尾都没有看到，只捡到满湾的小鲲尸骸。我迟来了一百多年。除非敲开一道蓝色的门，觐海神于千㖊①之下，再也看不到十九世纪的捕鲸英雄了，再也看不到殉宝的海盗船，为童贞女皇开拓海疆的舰队，看不见，滑腻而性感的雌人鱼。海是最富的守财奴，永不泄露秘密的女巫。我迟来了好几千年。

　　我看我还是回去的好。风渐起。浪渐起。那蓝眼巫的咒语愈念愈凶了。何必调遣那么多哩②的深阔，来威胁一个已够荒凉的异乡人？蓝色的宇宙围成三百六十度的隔绝，将一切都隔绝在蓝的那边，将我隔绝在蓝的这边，在一个既不古代也不现代的遗忘里。因为古代已锁在塔里，在我的祖国，已锁在我胸中，肺结核一般锁在我胸中。因为现代在高速而晕眩的纽约，食蚁兽吮人一般的纽约。因为你是不现实而且不成熟的，异乡人，只为了崇拜一支男得充

---

① 㖊：英寻旧称，英美制计量水深的单位，1 英寻等于 6 英尺。

② 哩：英里的旧译名。1 英里 =5280 英尺 =1.609 千米。

血的笔，一种雄厚如斧野犷如碑的风格，甘愿在大西洋的水牢里，做海神的一夕之囚。因为像那只运斤手一样，你也嗜伐嗜斫，总想向一面无表情的石壁上砍出自己的声音来。因为像它一样，你也罹了史诗的自大狂，幻想你必须饮海止渴嚼山充饥，幻想你的呼吸是神的气候，且幻想你的幻想是现实。

敞篷车在蓝色的吆喝声中再度振翼，向南太基港。所有的浪全卷过来拦截。回程船票仍在我袋中，渡轮仍在港里。这是越狱的唯一机会了。风渐小，浪渐不可闻。进了市区，在捕鲸业博物馆前停下来，不熄引擎，任克莱斯勒喃喃诉苦如一只大号的病猫。仍想在离去前再闯一次十九世纪的单行道。一跨进梁木枒杈的大陈列室，我的心膨胀起来。二十世纪被摒于门外。这是古鲸业史诗的资料室。百年前千年前的潮涨潮落，人与海的争雄与巍巍黑兽群的肉搏，节奏铿然起自每一件遗物。泪，从我的眶中溢出。泪是咸的，泪是对海的一声回答，说，我原自咸中来我不能忘记。在吊空的帆索和锚链中走过去，在四分仪和六分仪之间，在三桅船的模型和航海日志和单筒望远镜之间走过去，向一艘捕鲸快艇的真迹，耳际是十九世纪的风声，是鳕角到好望角到南中国海的涛声。我似乎呼吸着阿哈布船长呼吸过的恐怖和绝望的愤怒。昂起头来，横木板钉成的阔壁上，犀利的短鱼叉排列成严厉的秩序，两柄长铁叉斜交而倚于其间。这是捕鲸人的兵器架；这些嗜血的凶手仍保持金属敌意的沉默，铮铮鏦鏦的沉默，虽然它们熟悉掷叉手的膂力和孤注一掷的意志，熟悉山岳般黑色的惊惶和绝望，和十几英亩的蓝被捣成鼎沸的白的那种混乱。

　　在一片巨大的阴影下回过头来，赫然，一柱史无前例的双头狼牙棒，头下尾上地倒立着，阻我的去路，石灰色的匙形骨分峙在左右，交合处是柱的根部。目光攀柱而上，越过粗大的梁木，止于柱尖的屋顶。两排巨齿深深地嵌在牙床里，最低的齿间钉着一张硬卡片，上书："世界最大鲸颚，长十八呎，左右齿数各为廿三。雄鲸身长八十三呎。"所以这便是鱼类的砧板啊渔人万劫不返的地狱门！塔士提哥们魁怪客们走过去便走不过来了。独脚船长走过去便走不回来了。我走过来了可能走——渡轮的汽笛忽然响起，震动整个海港，而尤重要的是，震破了蓝眼巫咒语的效力，及时震断了我的迷失和晕眩。大陆在砧板和地狱门的那边喊我，未来的一切在门外等我。因为，汽笛又响了。南太基啊，我想我应该走了。

一九六六年九月二十六日

附注：

　　南太基（Nantucket）是美国东北角马萨诸塞州鳕岬之南的一个小岛，长十四哩，宽三哩半，距大陆约三十哩。十七世纪以迄十九世纪中叶，南太基一直是世界捕鲸业及制烛业中心之一。麦尔维尔（Herman Melville）的不朽巨著《白鲸记》（*Moby Dick*）开卷数章即以该岛为背景。一九六五年六月三十日，特去岛上一游，俾翻译《白鲸记》时，更能把握其气氛。文中所引"南太基"一章各段，原系艺术效果的安排，因此颇有删节，幸勿以译文不全罪我。

西欧的夏天

　　旅客似乎是十分轻松的人，实际上却相当辛苦。旅客不用上班，却必须受时间的约束；爱做什么就做什么，却必须受钱包的限制；爱去哪里就去哪里，却必须把几件行李蜗牛壳一般带在身上。旅客最可怕的噩梦，是钱和证件一起遗失，沦为来历不明的乞丐。旅客最难把握的东西，便是气候。

　　我现在就是这样的旅客。从西班牙南端一直旅行到英国的北端，我经历了各样的气候，已经到了寒暑不侵的境界。此刻我正坐在中世纪达豪士古堡（Dalhousie Castle）改装的旅馆里，为《隔海书》的读者写稿，刚刚黎明，湿灰灰的云下是苏格兰中部荒莽的林木，林外是隐隐的青山。晓寒袭人，我坐在厚达尺许的石墙里，穿了一件毛衣。如果要走下回旋长梯像走下古堡之肠，去坡下的野径漫步寻幽，还得披上一件够厚的外套。

从台湾的定义讲来，西欧几乎没有夏天。昼蝉夜蛙，汗流浃背，是台湾的夏天。在西欧的大城，例如巴黎和伦敦，七月中旬走在阳光下，只觉得温暖舒适，并不出汗。西欧的旅馆和汽车，例皆不备冷气，因为就算天热，也是几天就过去了，值不得为避暑费事。我在西班牙、法国、英国各地租车长途旅行，其车均无冷气，只能扇风。

巴黎的所谓夏天，像是台北的深夜，早晚上街，凉风袭肘，一件毛衣还不足御寒。如果你走到塞纳河边，风力加上水气，更需要一件风衣才行。下午日暖，单衣便够，可是一走到楼影或树荫里，便嫌单衣太薄。地面如此，地下却又不同。巴黎的地车比纽约、伦敦、马德里的都好，却相当闷热，令人穿不住毛衣。所以地上地下，穿穿脱脱，也颇麻烦。七月在巴黎的街上，行人的衣装，从少女的背心短裤到老妪的厚大衣，四季都有。七月在巴黎，几乎天天都是晴天，有时一连数日碧空无云，入夜后天也不黑下来，只变得深洞洞的暗蓝。巴黎附近无山，城中少见高楼，城北的蒙马特也只是一个矮丘，太阳要到九点半才落到地平线上，更显得昼长夜短，有用不完的下午。不过晴天也会突来霹雳：七月十四日法国国庆那天上午，密特朗总统

在香热里榭 ① 大道主持阅兵盛典，就忽来一阵大雨，淋得总统和军乐队狼狈不堪。电视的观众看得见雨气之中，乐队长的指挥杖竟失手落地，连忙俯身拾起。

法国北部及中部地势平坦，一望无际，气候却有变化。巴黎北行一小时至卢昂 ②，就觉得冷些；西南行二小时至露娃河中流，气候就暖得多，下午竟颇燠热，不过入夜就凉下来，星月异常皎洁。

再往南行入西班牙，气候就变得干暖。马德里在高台地的中央，七月的午间并不闷热，入夜甚至得穿毛衣。我在南部安达露西亚地区及阳光海岸（Costa del Sol）开车，一路又干又热，枯黄的草原，干燥的石堆，大地像一块烙饼，摊在酷蓝的天穹之下。路旁的草丛常因干燥而起火，势颇惊人。可是那是干热，并不令人出汗，和台湾的湿闷不同。

英国则趋于另一极端，显得阴湿，气温也低。我在伦敦的河堤区住了三天，一直是阴天，下着间歇的毛毛雨。即使破晓时露一下朝暾，早餐后天色就阴沉下来了。我想

---

① 香热里榭：又译香榭丽舍。香榭丽舍大道位于法国巴黎市中心商业繁华区，卢浮宫与新凯旋门连心中轴线上，又被称为凯旋大道，是世界三大繁华中心大街之一。

② 卢昂：鲁昂（Rouen），法国西北部港市，历史文化名城。位于塞纳河下游，为巴黎的外港。

英国人的灵魂都是雨蕈，撑开来就是一把黑伞。与我存走过滑铁卢桥，七月的河风吹来，水气阴阴，令人打一个寒噤，把毛衣的翻领拉起，真有点魂断蓝桥的意味了。我们开车北行，一路上经过塔尖如梦的牛津，城楼似幻的勒德洛（Ludlow），古桥野渡的蔡斯特（Chester），雨云始终罩在车顶，雨点在车窗上也未干过，销魂远游之情，不让陆游之过剑门。进入肯布瑞亚的湖区之后，遍地江湖，满空云雨，偶见天边绽出一角薄蓝，立刻便有更多的灰云挟雨遮掩过来。真要怪华滋华斯①的诗魂小气，不肯让我一窥他诗中的晴美湖光。从我一夕投宿的鹰头（Hawkshead）小店栈楼窗望出去，沿湖一带，树树含雨，山山带云，很想告诉格拉斯米教堂墓地里的诗翁，我国古代有一片云梦大泽，也出过一位水气逼人的诗宗。

　　　　　　　　　　一九八五年八月十八日《联副》

---

　　① 华滋华斯：华兹华斯（William Wordsworth，1770—1850），英国诗人，湖畔派代表。1843 年被封为桂冠诗人。代表作有长诗《序曲》，组诗《不朽颂》《露西》，抒情诗《孤独的割麦人》等。

拜冰之旅

一

　　一生何其有幸，蒙海青睐，直到现今。先是香港中文大学的宿舍，阳台临海，吐露港的水光粼粼，十年都看之不足，依依难舍。幸而再回台湾不是回台北，而是来了高雄，海缘得以不断。高雄中山大学宿舍的阳台，竟也遥接水天，里面是高雄港，而越过旗津，外面烟波浩荡，竟是海峡。我的研究室也有巨幅长窗，可以恣览海景，看一线长弧沿着微微隆起的汪洋水镜，把夕照的火球炙炙接走。

　　天长地久，朝夕与海为邻的这种缘分，不是高攀而是"阔交"。加上读厦门大学那半年，迄今我的海缘已长达三十二年，占了我年岁的五分之二，对爱海的人来说，真是够阔的了。当然，像我这样的人只是近海，还说不上亲海。至于要与海深交，那只能徒羡水手、水兵、渔夫、潜夫、蛙人了。折中一下，岸上人要亲海尚有一途，就是航海了，只要不晕船，还是很有趣的。

近年空运发达，远行的人都乘机，不再坐船了。飞行比航行固然便捷，但是反过来却失去航海的逍遥从容。飞行像是蜻蜓点水，点的却是繁忙紧张的机场。航行则不同，反正一切都交给船了，船当然也交给海了，做定了海的长客，几天，甚至几星期都不用理会陆上的烦恼了，可以心安理得地逃避现实。让人间缩成一条水平线吧，让日月星辰陪着你从容踱步，世界上没有地方比长长的甲板更便于思前想后，想不完心事的了。比起甲板的海阔天空，坐飞机简直像坐牢，比坐牢还挤，进餐时，大丈夫只能屈而不敢伸，如厕呢，算了吧。我深深怀念有船可乘的从前。

我这一代人当然是常坐船的。不提河船，第一次航海是父母带我从上海回福建。第二次是抗战时母亲带我，自沪过港去越南。第三次是内战时从上海去厦门，半年后又从厦门去香港，最后则是从香港坐船首次来台湾，在基隆上岸。最远最久的一次却是一九五九年从美国坐招商局的货轮"海上号"，横越太平洋，停泊横滨，绕过鹅銮鼻，由高雄登陆回到台湾，历时将近一个月。

之后就很久没坐海船了。其间曾经乘风破浪，从法国

的加莱 ①（Calais）去英国的福克斯东（Folkstone），或从苏格兰西岸开车上船，去离岛斯开（Isle of Skye），都只能算是近渡，而非远航。

所以在香港十一年，每次在尖沙咀码头，赫然看见远洋的游轮来停泊，都非常惊喜。乳白色的船影，映得整个维多利亚港顿然亮丽起来，高雅而优越的姿态令人联想到一只白天鹅，临水自鉴。"伊丽莎白号"来港停泊，我正在太平山顶的旋转餐厅上，用一览无遗的高度俯瞰她雍容安稳地泊定在码头，足足高兴了一天。苏联的游轮"高尔基号"停靠岸边时，我和国彬用俄文的拼音读出了МАКСИМГОРЬКИЙ②，兴奋得沿舷而奔，似乎要窥破铁幕的深邃。那气氛，跟"伊丽莎白号"自不相同。

二

二〇〇六年是我们夫妻的金婚之年，四个女儿早就"蠢蠢欲动"，迫不及待地在讨论该如何庆祝了。饮水思源，她们理应关心，因为半世纪前若非妈妈为了爸爸披上婚纱，她们怎会一个接一个密集地来厦门街的古屋报到，演成八

---

① 加莱：即加来，法国北部港市。
② МАКСИМГОРЬКИЙ：中文意思为马克西姆·高尔基。

根小辫子满屋笑摇的盛会呢？可是金婚庆典的讨论会并不简单：四姊妹天各一方，近者在高雄、台中，远者在纽约、温哥华，长途电话打了又打，海底电缆想必为之线热。四姊妹都长大了，变成"熟女"，每人一个大"异果"（ego），所以屡敲不定。最后留下了两路待选：陆路是驾车去加拿大的落基山区游邦夫或贾斯帕公园①，水路则是乘大游轮去阿拉斯加看冰河。起点同样是温哥华。

　　水路是我的选择，始终不曾动摇。我的理由是：陆路也许较有弹性，随时可以修正计划，但自由的代价是不断要找旅馆，三餐要找饭店，而三代九人同游，一辆厢型车太挤，分驾两车又联络不便，而行李之复杂，装车加提取之纷扰，更是烦心。女人又特别多，每天要等齐了可以上路，总不会在十点以前。如此折腾来去，游则游矣，逍遥则未必，辛苦定难免。李白早就说过："嗟尔远道之人，胡为乎来哉！"

　　反过来呢，如果走水路，就稳当而逍遥，把一切都交给一条船，一艘无所不备无所不纳的远洋巨舶，旅馆与餐厅全在其中，而行程呢，她本身就是世上载重行远的最大行宫。祖孙三代的九人行，全由她轻轻松松地接下，而且不用鸡零狗碎地付账找钱：一张船票就全都付了。

---

　　① 邦夫或贾斯帕公园：指班夫国家公园或贾斯珀国家公园。

做爸爸的详陈其利，何况还真有魁伟奇丽的冰河会在船头巍然崛起。妈妈的想法也一样。我们毕竟是金婚的双主角啊，四位千金加起来，怎么敌得过五十年历劫不换的真金呢？女儿和女婿拗不过我们，于是，有这么一艘巨舶，就远在温哥华等我们了。

三

高架凌空的狮桥大门已过了，我们的冰川之旅终于起程。全程一千九百八十七海里，相当于两千两百八十七英里，一连七夜都住在船上。途中只靠三个港口，第一个港口锡特卡，要第三天中午才到，所以第一段水程八百多英里一直以船为家，满船海客也只有一心一意把什么都交给海了。

出航的兴奋加上海天空阔的自由，把海客留在甲板上，不愿回舱休息。何况高纬近五十度的八月中旬，黄昏来得很迟，一望无垠的水面尚无暮感。累，是有点累了。倒不是上船时有多纷乱，因为乘客应该知道或预备的事情，在船票预售时早已详细交代，所以到时登舟，码头上秩序井然，先接行李，后上乘客，一一分区依号，步骤清楚而且流畅。乘客随侍役引导，住进各自的舱房，一小时后，行李就送到门口了。一切比预期的都简捷得多。于是你确信，全程的服务必然一流。

　　有一点累，是因为上船从下午一点开始，粗定之后，所有乘客都必须参加开船之前的救生训练。五点整警铃一响，逾千乘客必须分区集合，穿上救生衣，随船上的官佐赶到各自的救生艇前，等候指示。这行动虽然只是预习，却也令人有些紧张，不禁想到"泰坦尼克号"。预习完毕，五点三刻，我们的游轮"无限号"（Infinity）准时开船。

　　一连七天，我们赖以安身立命的都是这艘"无限号"：二〇〇一年在法国建造，吨位九万一千，全长九百六十四英尺，近于五分之一英里，动力为燃气轮机，时速二十四海里，相当于四十四公里。像一切远航游轮，她也是一艘楼船，高十一层，有电梯十座。至于乘载量，也是海量，能容乘客两千零三十八人，船员九百五十人。官佐清一色是希腊籍，船长和大副、轮机长等都出生于雅典的海港派瑞厄斯（Piraeus）。舱房与餐厅的职员非常国际化，来自五十多国；各种活动的安排则多由美国籍职员负责。

　　厨房当然热闹非凡。一连七天，要让三千人饕餮无缺，贮藏也极可观。单说牛肉，就预备了九千两百五十磅，还不包括两千两百五十磅小牛肉。鱼带了六千磅，鸡三千磅，蔬菜两万六千磅，水果三万六千磅。至于各式各样的酒，从让人微醺的啤酒到让人酩酊的伏特加，一共带了一万三千八百瓶。我能够吞的咽的，虽然远在平均的一人份之下，但想想有这么多佳肴美酒，库满舱盈地来助游兴，总还是令人高兴的，尤其是为那些贪嘴馋肠。

不少人会以为，要跻身于如此的豪华远航之列，一定得破一笔小财吧？倒也未必。若是要住进顶楼的套房，敞舱与阳台均宽逾一千平方英尺，那票价当然可观。其实有窗朝外的所谓"海景舱"（oceanview stateroom），也有两百三十五间，已经很正点了。我们夫妻住的这样一间，设备也颇齐全，而最重要的是有一圆窗，直径三英尺半，阔蓝的海景浩荡，一望无阻。就凭这一面魔镜，整海的波涛都召之即来，任我检阅。所以舱不嫌小，窗不嫌大，海呢，不嫌其变化无穷。我们的海景舱在第七层，房号7007，贴近船头，要去船尾用餐，得沿深长的内廊越过"船腰"（midship section），迈步疾走至少六百步。

至于票价，夫妻同舱，是三千一百六十美元。这价钱绝不算贵：想想看，七宿加二十一餐再乘以二，加各种设备、各种活动，加清新的海风、变幻的海景、停靠的港口、壮丽的冰河，再加这日间的逍遥行宫夜间的千人摇篮，不，水床，为你两千里一路乘风破浪。再加上管理完善，态度周到，真令人觉得毫无遗憾，值得重游。老帝国主义加上新科技万能，好到不行。

　　船上的设备堪称多元：除了大小各式餐馆、酒吧之外，还有戏院、赌场、泳池、健身房、电脑室、照相馆等等，再加上简直像一条街那样密集排列的珠宝店、民俗店、时装店、糕饼店等。至于活动，更多姿多彩。我们看过一次油画拍卖，觉得作品都不高明。赌场必须穿越，却不觉得诱惑。甲板上的推铁饼戏，倒和女儿玩过几回。戏院也是常去，看了一些老片。孙女姝婷常跟着我们，但似乎不太懂阿姨们在讲什么。她的十三岁哥哥飞黄，习于独来独往，在船上巧遇了美国同学，就跟着去全船乱窜，往往不知此刻究竟在第几层的何处，呈半失踪状态。九万吨的大船像一座深山，我们和四个女儿、一个大女婿，也经常在山里捉迷藏。

四

　　加拿大的西岸面对太平洋，陆上多山，水上多岛，船行其间，海客左顾右盼，山姿岛态再添上倒影波光，简直应接不暇。那绵延的山岭贴近岸边，与其后的落基主脉大致平行，可以视为副脉。屏风一般的近海群岛，或断或续，其实也是海底起伏的丘陵，不甘寂寞的一些，爱出峰头，探出水面，就成了小屿大岛。最大的一座屏于温哥华沿岸，形状有如扁长的台湾，面积也有台湾的六分之五。近岸多岛，又与岸平行，就有许多海峡，由南往北，依次名为乔治亚、江斯通、夏洛蒂皇后、黑卡蒂；再往北，小岛与窄峡就更纷繁，而且岸区已属阿拉斯加东南部的狭长地带，状如勺柄。"无限号"的冰川之旅，停泊的三个港口，锡特卡、朱诺、凯其根，全在阿拉斯加，要看的赫巴德冰川（Hubbard Glacier）与满汀河冰川（Mendenhall Glacier），也在朱诺一带。"无限号"驶到赫巴德冰川，乃是此行的北端，余程就回头南下了。

正是八月中旬，台湾方苦于酷暑，高纬的加拿大与阿拉斯加却冷如台湾的隆冬：温哥华近北纬五十度，相当于布拉格；阿拉斯加首府朱诺近北纬六十度，已相当于圣彼得堡了。我们的航程，气温总在二十一摄氏度至十一摄氏度之间。当风立在甲板上，往往觉得更冷，必须戴帽。

一路往北，前半程岛多岸近，常有转折，好像行于狭长的回廊，只觉风平浪静。过了加拿大西岸的北限，进入阿拉斯加的水域，渐觉海阔岛渺，真正入了海神的辖区：大哉水的帝国，岛的棋盘，以经纬纵横恣画方格，让水族浮潜，鲸鲨出没，永远开放的蓝色公路，让有鳍的有尾的有桨的有舵的有帆的有轮机辘辘有声呐与雷达的甚至仅凭四肢伶俐的一切一切，自由来去。

第二天的夜里，背肌与肩头上的压力有些变化，直觉有一点风浪，啊，出外海了。船是海之子，我们是船之子。

海是摇篮轻轻地摇，船是摇篮轻轻地摇着，我们的梦。这
跟我第一次从美国乘船回台湾大不相同。那一次是将近半
世纪前，乘的是货船，有一万多吨，而越的是整个太平洋。
全程风浪撼人，近日本时遭遇台风，我有诗为证："看大台
风煽动满海的波涛都叛变 / 练习在抛物线上走索且呕吐。"

　　出来外海，才真正告别了陆地，也才真正懂得：在我
们的水陆大球上谁是庄家，而大洋占百分之七十一是什么
意思。四望无岛无鸟无船空无一物，只有这浅蓝起伏之外，
之下，是更多更深的蓝波蓝澜。什么坐标都没有，除了日
月。但日月也在移动，不知是什么神力把这双魔球此起彼
落，东抛而西接。视界的世界净化成三个圆，水平之圆仰
对阴阳之双圆，构成几何学之美学。海上正闲，但是带去
的几本书一本也没看，海，倒是看了又看。海之为书也深
邃而神秘，风把波浪一页接一页直掀到天边，我读得十分
入迷却读不透其主题。也许那主题太古老了几乎与造化同
寿，能接通生命的起源历万劫千灾而迄今，但如何追溯回
去历白垩纪、侏罗纪，直到奥妙的奥陶纪？太久了，我们
早已经失忆。面对这一片汪洋浩渺的深蓝色隐喻，我们的
潜意识蠢蠢不安，虽欲潜而不够深，不能像线锤一样直探
到海底。鲸群之歌连声呐也未必能听懂。人鱼的传说也许
是跨界的试探，可惜潜水艇探的是敌情而非人情。

　　在甲板上这样倚舷的想入非非，被姝婷上来传婆婆的话

打断，说大家在下面的餐厅等我入席呢，今晚的盛宴要正式
穿着。

五

　　赫巴德冰河等我们虽然已经好几百年，但我们直到第
四天近午才得以觐见。船速慢了下来，迎面而来的浮冰越
来越多，也越来越大，半透明的结晶通体浅蓝色，远望像
一杯鸡尾酒，似乎叮当有声。终于满海都漂着冰了，小的
不能再称为块，大的几乎可称为丘，或长或尖，或扁或凸，
或不规则成奇形怪状。庄重的"无限号"更慢了，显然不
愿做破冰船，为冰所破。迎面的冰风挟着细雨，雾气弥漫。
甲板上挤满了人，都披上雨衣，拉起套帽，也有人打起了
伞。船，极其缓慢地在转头。

　　薄雾后面隐隐约约似有一脉山岭横陈，高约二十多
层楼，却似无峰头崛起，山壁绝峭，石颜上也似乎没有树
木，只见一片浅陶土色，笼着一层不很确定的浅蓝带绿。
再后面就没有山了，而这道怪石屏风的前面，凌乱堆陈着
欲化不化的冰淇淋或奶昔（milk-shake）一类的尾食甜品。
再近一些，啊，原来这就是天地之间、山海之间积雪成冰，
拥冰自重，任太阳用烈焰千百年烤问而顽固如故坚不吐实
的，割据阿拉斯加东南陡坡的，啊，冰川。这正是赫巴德

冰川的峻颜冷面，削平的颅顶高三百英尺，其宽却横陈六英里。凭我们九万吨的巨舶岂敢一触眼前这亿兆吨的超级冰壁，早在半里路外就踯躅不进，开始大转其弯了。再往前开就太险了，恐怕遭冰城炮轰，因为这凛凛的顽冰深处常有空气被囚在冷牢里，一闷就几十年几世纪，好不容易等到哪一个夏日，天气稍暖，冰锁稍懈，就会……啊，破狱而出，城破冰飞，不可收拾。

"爸爸，你听见嗞嗞声没有？"佩珊转头问我。

"我没听见。"我笑答。

"一爆开来，"她说，"重则如开炮，轻则如开汽水。书上说的。"

大家都笑了。好像是回应我们的轻佻，忽然从远处，不，是从莫名的深处，传来沉郁顿挫的闷雷，像要发又发不透彻的警讯，继而有重浊撞击的骚响，下坠不已。显然，量以吨计的晶体结构，在冰壁森严的某处失去了平衡，在颓然解体。该是一种反叛冷酷的解构主义吧。骇耳惶然，告诉骇目睁大了去找，却只闻噼里啪啦，找不到究竟在何处坍塌。

终于冰崩壁裂恢复了平衡，冷寂又恢复了秩序。大家一惊，一笑。笑声立刻被冰风吹熄。甲板上挤满了人和伞，此外只见海天漠漠，雨雾凄凄，听不见一声鸟鸣。三千海客，听不见人语喧闹。"无限号"如履薄冰，在敌阵中小心地转向。我们像是闯进了一颗外星，被陌生的地形威慑得噤声。笑声显得格格不入，亵渎了大冰帝国肃静的清规。除了脚下所踏的这艘高科技游轮之外，百里内找不到任何东西证明我们在人间。而这，就是此行最高的遁世之乐了。

六

不过拜冰之旅也不全是遁世之乐，而是站在更远处更古时来看我们这水陆大球。人类奢夸大陆，其实五大洲只是被海洋包围的几个超级大岛，当初泡在母怀的"洋水"里，像婴孩投胎一般，没有"洋水"，陆地就难活了。同样重要的是：全球的陆地被冰覆盖的面积占十分之一，有一个半中国那么大；而全球可饮的淡水有四分之三是藏在冰山、冰川、冰原里，三倍于所有的江河湖泊与大气中的水分。一旦大冰帝国崩溃，海洋就要涨潮，多少繁荣的港城、水都被吞没，不知文明又要遭多久的浩劫。所以冰川长冻，不知为人类保全了多少水库，为洪水又设了多少巨闸。

一条冰川的身世颇为曲折。冰川的身份，简言之便是"潜移之冰"（ice in motion）。冰川的出身，是某一地区，特别是高寒的地区，降雪多过化雪。先是雪片凝成雪珠，积压多了便成雪饼，就是冰了。等到积重难挽，冰层底部抵不住引力，便顺着坡势下移，成为慢镜头的雪崩，慢者一日一寸，快者一日七尺。就这么，冰川会爬了，一面爬下坡去，一面势挟碎石与断岩，其量以百万吨计，辟出一道下山之路，志在入海。沿路的磐石磊磊就这么给推到两边，久之就塑出了峡江深谷。壮大的冰川潜移而不默化，很有耐性，终于抵达河口，却被造化拦下。几经海风吹拂，开始松软，再加海水浸蚀，领头的冰面就会崩落坠海，场面可观。据说霍普金斯冰川落冰之多，令人只敢在两英里外遥望冰崖。

赫巴德冰川背后的"靠山"都逼近海岸，高峻的飞峨威慑山（Fairweather Mountain）海拔四千六百六十三公尺，另一座魁岭（Crillon Mountain）也有三千八百七十九公尺。太平洋温和的西风被山势所阻，上升后遇到冷气凝缩，在海面便下雨；到山顶便下雪，一整个冬天会达一百英尺之多。到了夏天，内陆化雪，但在阿拉斯加东南这一带，太平洋的水汽湿润，沿岸仍然阴冷，年复一年，积雪永不化尽，乃累积成许多冰川。地理、气候与阿拉斯加相似的挪威、智利，也是山高近海，坡陡河急，难留重冰，成为冰川奇观的三大胜景。

七

回航途中，船泊朱诺港，亦即阿拉斯加的州府。我们意犹未尽，再去朝拜了一道冰川，名为满汀河。朱诺在十九世纪末淘金潮中盛极一时，如今仍为渔业、林业中心。镇上人口不到三万，辖区之广却超过三千平方英里，管的却不是人而是冰。不是几块冰而是一整片朱诺冰原（Juneau Ice Field），其面积依气候变化而定，大时达五千平方英里，为台湾的三分之一强，缩时也有一千五百平方英里，近于香港的四倍。气候暖化，那片冰原就因化冰而退缩。十三世纪到十八世纪，从冰原蠕蠕南移的满汀河远长于今日，但从一七七〇年迄今，这道冰川一直往高处退却。二十世纪二十年代，其"下游"露出了一个盆地，雪水注入，竟成一湖。今天隔着湖水，可以望见冰川的前端，学者称为"颜面"（face），宽达三英里，高二百英尺，曳着后面的身躯，长达十二英里，像一只无以名之又无以状之的史前怪兽，遍身白毛，正倒伏在长长的坡谷间，欲就湖饮水。

我们沿湖北行，走近诺吉特溪口，看急湍成瀑，白沫飞溅，嚣嚣注入湖中。那白毛巨兽却似未惊醒，仍斜伏在谷坡上做他的冷梦。两侧的斜坡上密覆蓊蓊郁郁的雨林，与了无动静的冰川对照成趣。下面的湖水冰清石静，对悠久的地质史并不感兴趣：她毕竟生于二十世纪，造化怀中还在做娇娇孙女，只顾着在她的妆镜中寻找云踪。

早来的游人已经回头去等车了。"无限号"规定八点半要开船，我们已经来不及乘直升机直接降在冰川上，再换钉鞋去走冰川，听脚下冰库、冰窖的深处，哪一个冬季在吹气或呻吟，咆哮或崩溃。但已经来不及了，"无限号"在朱诺港的码头上，层层乳白的楼窗与阳台像凭空添加一整条亮丽的街屋，正等待我们回去，去继续拜冰之旅的余程。但高潮已经过去了。向望远镜筒再一次扫描，把白毛兽召来眼前：那不是白毛，而是一片一片如削如剥的鳞甲，淡青的鳞上蒙着一层赭灰，一片片，一瓣瓣，一波波，一直排列到谷顶，终被远坡遮住。向导说，那无穷无尽的皱褶，是因为冰川在下山时，下层的冰比较能屈能伸，而面上的一些较脆，挣扎之际，冰面就开裂成如此的刀雕图案。

　　我回头对千刀万剐的冰川再看一眼，心中默祷："坚持下去吧，坚守你高寒凛冽的冰城冰阵。切莫放水，切莫推波助澜，助长再一次洪水的声势。阿拉斯加大冰箱里，不能少你这一片冰场。"

二〇〇七年四月

少年真

辑二

人的一生有一个半童年。一个童年在自己小时候，而半个童年在自己孩子的小时候。

童年，是人生的神话时代。

假如我有九条命

假如我有九条命，就好了。

一条命，就可以专门应付现实的生活。苦命的丹麦王子说过：既有肉身，就注定要承受与生俱来的千般惊扰。现代人最烦的一件事，莫过于办手续；办手续最烦的一面莫过于填表格。表格愈大愈好填，但要整理和收存，却愈小愈方便。表格是机关发的，当然力求其小，于是申请人得在四根牙签就塞满了的细长格子里，填下自己的地址。许多人的地址都是节外生枝，街外有巷，巷中有弄，门牌还有几号之几，不知怎么填得进去。这时填表人真希望自己是神，能把须弥纳入芥子，或者只要在格中填上两个字："天堂"。一张表填完，又来一张，上面还有密密麻麻的各条说明，必须皱眉细阅。至于照片、印章，以及各种证件的号码，更是缺一不可。于是半条命已去了，剩下的半条勉强可以用来回信和开会，假如你找得到相关的来信，受得了邻座的烟熏。

一条命，有心留在台北的老宅，陪伴父亲和岳母。父亲年逾九十，右眼失明，左眼不清。他原是最外倾好动的人，喜欢与乡亲契阔谈宴，现在却坐困在半昧不明的寂寞世界里，出不得门，只能追忆冥隔了二十七年的亡妻，怀念分散在外地的子媳和孙女。岳母也已过了八十，五年前断腿至今，步履不再稳便，却能勉力以蹒跚之身，照顾旁边的朦胧之人。她原是我的姨母，家母亡故以来，她便迁来同住，主持失去了主妇之家的琐务，对我的殷殷照拂，情如半母，使我常常感念天无绝人之路，我失去了母亲，神却再补我一个。

一条命，用来做丈夫和爸爸。世界上大概很少全职的丈夫，男人忙于外务，做这件事不过是兼差。女人做妻子，往往却是专职。女人填表，可以自称"主妇"（housewife），却从未见过男人自称"主夫"（house husband）。一个人有好太太，必定是天意，这样的神恩应该细加体会，切勿视为当然。我觉得自己做丈夫比做爸爸要称职一点，原因正是有个好太太。做母亲的既然那么能干而又负责，做父亲的也就乐得"垂拱而治"了。所以我家实行的是总理制，我只是合照上那位俨然的元首。四个女儿天各一方，负责通信、打电话的是母亲，做父亲的总是在忙别的事情，只在心底默默怀念着她们。

一条命，用来做朋友。中国的"旧男人"做丈夫虽然只是兼职，但是做起朋友来却是专任。妻子如果成全丈夫，让他仗义疏财，去做一个漂亮的朋友，"江湖人称小孟尝"，便能赢得贤名。这种有友无妻的作风，"新男人"当然不取。不过新男人也不能遗世独立，不交朋友。要表现得"够朋友"，就得有闲、有钱，才能近悦远来。穷忙的人怎敢放手去交游？我不算太穷，却穷于时间，在"够朋友"上面只敢维持低姿态，大半仅是应战。跟身边的朋友打完消耗战，再无余力和远方的朋友隔海越洲，维持庞大的通讯网了。演成近交而不远攻的局面，虽云目光如豆，却也由于鞭长莫及。

一条命，用来读书。世界上的书太多了，古人的书尚未读通三卷两帙，今人的书又汹涌而来，将人淹没。谁要是能把朋友题赠的大著通通读完，在斯文圈里就称得上是圣人了。有人读书，是纵情任性地乱读，只读自己喜欢的书，也能成为名士。有人呢是苦心孤诣地精读，只读名门正派的书，立志成为通儒。我呢，论狂放不敢做名士，论修养不够做通儒，有点不上不下。要是我不写作，就可以规规矩矩地治学；或者不教书，就可以痛痛快快地读书。假如有一条命专供读书，当然就无所谓了。

一条命，用来教书。书要教得好，也要全力以赴，不能随便。老师考学生，毕竟范围有限，题目有形。学生考老师，往往无限又无形。上课之前要备课，下课之后要阅卷，这一切都还有限。倒是在教室以外和学生闲谈问答之间，更能发挥"人师"之功，在"教"外施"化"。常言"名师出高徒"，未必尽然。老师太有名了，便忙于外务，席不暇暖，怎能即之也温？倒是有一些老师"博学而无所成名"，能经常与学生接触，产生实效。

　　另一条命应该完全用来写作。台湾的作家极少是专业，大半另有正职。我的正职是教书，幸而所教与所写颇有相通之处，不致于互相排斥。以前在台湾，我日间教英文，夜间写中文，颇能并行不悖。后来在香港，我日间教三十年代文学，夜间写八十年代文学，也可以各行其是。不过艺术是需要全神投入的活动，没有一位兼职然而认真的艺术家不把艺术放在主位。鲁本斯任荷兰驻西班牙大使，每天下午在御花园里作画。一位侍臣在园中走过，说道："哟，外交家有时也画几张画消遣呢。"鲁本斯答道："错了，艺术家有时为了消遣，也办点外交。"陆游诗云："看渠胸次隘宇宙，惜哉千万不一施。空回英概入笔墨，生民清庙非唐诗。向令天开太宗业，马周遇合非公谁？后世但作诗人看，使我抚几空嗟咨。"陆游认为杜甫之才应立功，而不应仅仅立言，看法和鲁本斯正好相反。我赞成鲁本斯的看法，认为立言已足自豪。鲁本斯所以传后，是由于他的艺术，不是他的外交。

　　一条命，专门用来旅行。我认为没有人不喜欢到处去看看：多看他人，多阅他乡，不但可以认识世界，亦所以认识自己。有人旅行是乘豪华邮轮，谢灵运再世大概也会如此。有人背负行囊，翻山越岭。有人骑自行车环游天下。这些都令我羡慕。我所优为的，却是驾车长征，去看天涯海角。我的太太比我更爱旅行，所以夫妻两人正好互作旅伴，这一点只怕徐霞客也要艳羡。不过徐霞客是大旅行家、大探险家，我们，只是浅游而已。

　　最后还剩一条命，用来从从容容地过日子，看花开花谢，人往人来，并不特别要追求什么，也不被"截止日期"所追迫。

一九八五年七月七日《联副》

日不落家

一

　　壹圆的旧港币上有一只雄狮，戴冕控球，姿态十分威武。但七月一日以后，香港归还了中国，那顶金冠就要失色，而那只圆球也不能号称全球了。伊丽莎白二世在位，已经四十五年，恰与一世相等。在两位伊丽莎白之间，大英帝国从起建到瓦解，凡历四百余年，与汉代相当。方其全盛，这帝国的属地藩邦、运河军港，遍布了水陆大球，天下四分，独占其一，为历来帝国之所未见，有"日不落国"之称。

　　而现在，日落帝国，照艳了香港最后这一片晚霞。"日不落国"将成为历史，代之而兴的乃是"日不落家"。

　　冷战时代过后，国际日趋开放，交流日见频繁，加以旅游便利，资讯发达，这世界真要变成地球村了。于是同一家人辞乡背井，散落到海角天涯，昼夜颠倒，寒暑对照，便成了"日不落家"。今年我们的四个女儿，两个在北美，两个在西欧，留下我们二老守在岛上。一家而分在五地，你醒我睡，不可同日而语，也成了"日不落家"。

幼女季珊留法五年，先在翁热修法文，后去巴黎读广告设计，点唇画眉，似乎沾上了一些高卢风味。我家英语程度不低，但家人的法语发音，常会遭她纠正。她擅于学人口吻，并佐以滑稽的手势，常逗得母亲和姐姐们开心，轻则解颜，剧则捧腹。可以想见，她的笑语多半取自法国经验，首先自然是法国男人。马歇·马叟是她的偶像，害得她一度想学默剧。不过她的设计也学得不赖，我译的王尔德喜剧《理想丈夫》，便是她做的封面。现在她住在加拿大，一个人孤悬在温哥华南郊，跟我们的时差是早八小时。

长女珊珊在堪萨斯修完艺术史后，就一直留在美国，做了长久的纽约客。大都会的艺馆画廊既多，展览又频，正可尽情饱赏。珊珊也没有闲着，远流版两巨册的《现代艺术理论》就是她公余、厨余的译绩。华人画家在东岸出画集，也屡次请她写序。看来我的"序灾"她也有份了，成了"家患"，虽然苦些，却非徒劳。她已经做了母亲，男孩四岁，女孩未满两岁。家教所及，那小男孩一面挥舞恐龙和电动神兵，一面却随口叫出梵谷和蒙娜丽莎的名字，把考古、科技、艺术合而为一，十足一个博闻强记的顽童。四姐妹中珊珊来得最早，在生动的回忆里她是破天荒第一声婴啼，一婴开啼，众婴响应，带来了日后八根小辫子飞舞的热闹与繁华。然而这些年来她离开我们也最久，而自己有了孩子之后，也最不容易回台，所以只好安于"日不落家"，不便常回"娘家"了。她和幺妹之间隔了一整个美洲大陆，时差，又早了三个小时。

凌越渺渺的大西洋更往东去，五小时的时差，便到了莎士比亚所赞的故乡，"一块宝石镶嵌在银涛之上"。次女幼珊在曼彻斯特大学专攻华滋华斯，正襟危坐，苦读的是诗翁浩繁的全集，逍遥汗漫，优游的也还是诗翁俯仰的湖区。华滋华斯乃英国浪漫诗派的主峰，幼珊在柏克莱写硕士论文，仰攀的是这翠微，十年后径去华氏故乡，在曼城写博士论文，登临的仍是这雪顶，真可谓从一而终。世上最亲近华氏的女子，当然是他的妹妹桃乐赛[1]（Dorothy Wordsworth），其次呢，恐怕就轮到我家的二女儿了。

幼珊留英，将满三年，已经是一口不列颠腔。每逢朋友访英，她义不容辞，总得驾车载客去西北的坎布利亚，一览湖区绝色，简直成了华滋华斯的特勤导游。如此贡献，只怕桃乐赛也无能为力吧。我常劝幼珊在撰正论之余，把

---

　①　桃乐赛：现译多萝西·华兹华斯。

她的英国经验，包括湖区的唯美之旅，一一分题写成杂文小品，免得日后"留英"变成"留白"。她却惜墨如金，始终不曾下笔，正如她的幺妹空将法国岁月藏在心中。

幼珊虽然远在英国，今年却不显得怎么孤单，因为三妹佩珊正在比利时研究，见面不难，没有时差。我们的三女儿反应迅速，兴趣广泛；而且"见异思迁"：她拿的三个学位依次是历史学士、广告硕士、行销博士。所以我叫她做"柳三变"。在香港读中文大学的时候，她的钢琴演奏曾经考取八级，一度有意去美国主修音乐；后来又任《星岛日报》的文教记者。所以在餐桌上我常笑语家人："记者面前，说话当心。"

回台以后，佩珊一直在东海的企管系任教，这些年来，更把本行的名著三种译成中文，在"天下""远流"出版。今年她去比利时做市场调查，范围兼及荷兰、英国。据我这做父亲的看来，她对消费的兴趣，不但是学术，也是癖好，尤其是对于精品。她的比利时之旅，不但饱览佛朗德斯①名画，而且遍尝各种美酒，更远征土耳其，去清真寺仰听尖塔上悠扬的呼祷，想必是十分丰盛的经验。

---

　　①　佛朗德斯：即佛兰德斯（Flanders）。欧洲历史地区名。位于今法国西北部、比利时西部和荷兰南部，临加来海峡（多佛尔海峡）。

二

世界变成了地球村，这感觉，看电视上的气象报告最为具体。台湾太热，温差又小，本地的气象报告不够生动，所以爱看外地的冷暖，尤其是够酷的低温。每次播到大陆各地，我总是寻找沈阳和兰州。"哇！零下十二度耶！过瘾啊！"于是一整幅雪景当面掴来，觉得这世界还是多彩多姿的。

一家既分五地，气候自然各殊。其实四个女儿都在寒带，最北的曼彻斯特约当北纬五十三度又半，最南的纽约也还有四十一度，都属于高纬了。总而言之，四个女儿纬差虽达十二度，但气温大同，只得一个"冷"字。其中幼珊最为怕冷，偏偏曼彻斯特严寒欺人，而读不完的华滋华斯又必须久坐苦读，难抵凛冽。对比之下，低纬二十二度半的高雄是暖得多了，即使嚷嚷寒流犯境，也不过等于英国的仲夏之夜，得盖被窝。

黄昏，是一日最敏感最容易受伤的时辰，气象报告总是由近而远，终于播到了北美与西欧，把我们的关爱带到高纬，向陌生又亲切的都市聚焦。陌生，因为是寒带；亲切，因为是我们的孩子所在。

"温哥华还在零下！"

"暴风雪袭击纽约，机场关闭！"

"伦敦都这么冷了，曼彻斯特更不得了！"

"布鲁塞尔呢，也差不多吧？"

坐在热带的凉椅上看国外的气象，我们总这么大惊小怪，并不是因为没有见识过冰雪，或是孩子们还在稚龄，不知保暖，更不是因为那些国家太简陋，难以御寒。只因为父母老了，念女情深，在记忆的深处，梦的焦点，在见不得光的潜意识底层，女儿的神情笑貌仍似往昔，永远珍藏在娇憨的稚岁，童真的幼龄——所以天冷了，就得为她们加衣，天黑了，就等待她们一一回来，向热腾腾的晚餐，向餐桌顶上金黄的吊灯报到，才能众辫聚首，众瓣围苞，辐辏成一朵哄闹的向日葵。每当我眷顾往昔，年轻的幸福感就在这一景停格。

人的一生有一个半童年。一个童年在自己小时候，而半个童年在自己孩子的小时候。童年，是人生的神话时代，将信将疑，一半靠父母的零星口述，很难考古。错过了自己的童年，还有第二次机会，那便是自己子女的童年。年轻爸爸的幸福感，大概仅次于年轻妈妈了。在厦门街绿荫深邃的巷子里，我曾是这么一位顾盼自得的年轻爸爸，四个女婴先后裹着奶香的褓褓，投进我喜悦的怀抱。黑白分明，新造的灵瞳灼灼向我转来，定睛在我脸上，不移也不眨，凝神认真地读我，似乎有一点困惑。

"好像不是那个（妈妈）呢，这个（男人）。"她用超语言的混沌意识在说我，而我，更逼近她的脸庞，用超语言的笑容向她示意："我不是别人，是你爸爸，爱你，也许比不上你妈妈那么周到，但不会比她较少。"她用超经验的直觉将我的笑容解码，于是学起我来，忽然也笑了。这是父女间第一次相视而笑，像风吹水绽，自成涟漪，却不落言诠，不留痕迹。

为了女婴灵秀可爱，幼稚可哂，我们笑。受了我们笑容的启示，笑声的鼓舞，女婴也笑了。女婴一笑，我们以笑回答。女婴一哭，我们笑得更多。女婴刚会起立，我们用笑勉励。她又跌坐在地，我们用笑安抚。四个女婴马戏团一般相继翻筋斗来投我家，然后是带爬、带跌、带摇、带晃，扑进我们张迎的怀里——她们的童年是我们的"笑季"。

为了逗她们笑，我们做鬼脸。为了教她们牙牙学语，我们自己先儿语牙牙："这是豆豆，那是饼饼，虫虫虫虫飞！"成人之间不屑也不敢的幼稚口吻、离奇动作，我们在孩子面前，特权似的，却可以完全解放，尽情表演。在孩子的真童年里，我们找到了自己的假童年，乡愁一般再过一次小时候，管它是真是假，是一半还是完全。

快乐的童年是双全的互惠：一方面孩子长大了，孺慕儿时的亲恩；一方面父母老了，眷念子女的儿时。因为父母与稚儿之间的亲情，最原始、最纯粹、最强烈，印象最久也最深沉，虽经万劫亦不可磨灭。坐在电视机前，看气象而念四女，心底浮现的常是她们孩时，仰面伸手，依依求抱的憨态，只因那形象最萦我心。

最萦我心是第一个长夏，珊珊卧在白纱帐里，任我把摇篮摇来摇去，乌眸灼灼仍对我仰视，窗外一巷的蝉嘶。是幼珊从躺床洞孔倒爬了出来，在地上颤颤昂头像一只小胖兽，令众人大吃一惊，又哄然失笑。是带佩珊去看电影，她水亮的眼珠在暗中转动，闪着银幕的反光，神情那样紧张而专注，小手微汗在我的手里。是季珊小时候怕打雷和鞭炮，巨响一迸发就把哭声埋进婆婆的怀里，呜咽久之。

不知道她们的母亲，记忆中是怎样为每一个女孩的初貌取景造形。也许是太密太繁了，不一而足，甚至要远溯到成形以前，不是形象，而是触觉，是胎里的颠倒蜷伏，手撑脚踢。

当一切追溯到源头，混沌初开，女婴的生命起自父精巧遇到母卵，正是所有爱情故事的雏形。从父体出发长征的；万头攒动，是适者得岸的蝌蚪宝宝，只有幸运的一头被母岛接纳。于是母女同体的十月因缘奇妙地开始。母亲把女婴安顿在子宫，用胚胎喂她，羊水护她，用脐带的专线跟她神秘地通话，给她暧昧的超安全感，更赋她心跳、脉搏与血型，直到大头蝌蚪变成了大头宝宝，大头朝下，抱臂交股，蜷成一团，准备向生之窄门拥挤顶撞，破母体而出，而且鼓动肺叶，用尚未吃奶的气力，嗓音惊天地而动鬼神，又像对母体告别，又像对母亲报到，洪亮的一声啼哭，"我来了！"

三

母亲的恩情早在孩子会呼吸以前就开始。所以中国人计算年龄，是从成孕数起。那原始的十个月，虽然眼睛都还未睁开，已经样样向母亲索取，负欠太多。等到降世那天，同命必须分体，更要断然破胎、截然开骨，在剧烈加速的阵痛之中，挣扎着，夺门而出。生日蛋糕之甜，烛火之亮，是用母难之血来偿付的。但生产之大劫不过是母爱的开始，日后母亲的辛勤照顾，从抱到背，从扶到推，从拉拔到提掖，字典上凡是手字部的操劳，哪一样没有做过？《蓼莪》篇说："哀哀父母，生我劬劳。"其实肌肤之亲、操劳之勤，母亲远多于父亲。所以《蓼莪》又说："母兮鞠我，拊我畜我，长我育我，顾我复我，出入腹我。欲报之德，昊天罔极？"其中所言，多为母恩。"出入腹我"一句形容母不离子，最为传神，动物之中恐怕只有袋鼠家庭胜过人伦了。

从前是四个女儿常在身边，顾之复之，出入腹之。我存肌肤白皙，四女多得遗传，所以她们小时我戏呼之为"一窝小白鼠"。在丹佛时，长途旅行，一窝小白鼠全在我家车上，坐满后排。那情景，又像是所有的鸡蛋都放在同一只篮里。我手握驾驶盘，不免倍加小心，但是全家同游，美景共享，却也心满意足。在香港的十年，晚餐桌上热汤蒸腾，灯氛温馨，四只小白鼠加一只大白鼠加我这大老鼠围成一桌，一时六口齐张，美看争入，妙语争出，叽叽喳喳喧成一片，鼠伦之乐莫过于此。

而现在，一窝小白鼠全散在四方，这样的盛宴久已不再。剩下二老，只能在清冷的晚餐后，向国外的气象报告去揣摩四地的冷暖。中国人把见面打招呼叫做寒暄。我们每晚在电视上真的向四个女儿"寒暄"，非但不是客套，而且寓有真情，因为中国人不惯和家人紧抱热吻，恩情流露，每在淡淡的问暖嘘寒，叮嘱添衣。

往往在气象报告之后，做母亲的一通长途电话，越洋跨洲，就直接拨到暴风雪的那一端，去"寒暄"一番，并且报告高雄家里的现况，例如父亲刚去墨西哥开会，或是下星期要去川大演讲，她也要同行。有时她一夜电话，打遍了西欧北美，耳听四国，把我们这"日不落家"的最新动态收集汇整。

看着做母亲的曳着电线，握着听筒，跟九千里外的女儿短话长说，那全神贯注的姿态，我顿然领悟，这还是母女连心、一线密语的习惯。不过以前是用脐带向体内腹语，而现在，是用电缆向海外传音。

　　而除了脐带情结之外，更不断写信，并附寄照片或剪稿，有时还寄包裹，把书籍、衣饰、药品、隐形眼镜等等，像后勤支援前线一般，源源不绝向海外供应。类此的补给从未中止，如同最初，母体用胎盘向新生命送营养和氧气：绵绵的母爱，源源的母爱，唉，永不告竭。

　　所谓恩情，是爱加上辛苦再乘以时间，所以是有增无减，且因累积而变得深厚。所以《诗经》叹曰："欲报之德，昊天罔极？"

　　这一切的一切，从珊珊的第一声啼哭以前就开始了。若要彻底，就得追溯到四十五年前，当四个女婴的母亲初遇父亲，神话的封面刚刚揭开，罗曼史正当扉页。到女婴来时，便是美丽的插图了。第一图是父之囊。第二图是母之宫。第三图是育婴床，在内江街的妇产医院。第四图是摇婴篮，把四个女婴依次摇啊摇，没有摇到外婆桥，却摇成了少女，在厦门街深巷的一栋古屋。以后的插图就不用我多讲了。

　　这一幅插图，看哪，爸爸老了，还对着海峡之夜在灯下写诗。妈妈早入睡了，微闻鼾声。她也许正梦见从前，有一窝小白鼠跟她捉迷藏，躲到后来就走散了，而她太累，一时也追不回来。

　　　　　　　　　　　　　　　　　　　一九九七年四月

两张地图，一本相簿

一

我从来没有见过自己的岳父，虽然他给了我这么一个好妻子。他去世很早，只有三十九岁，留下的孤女，我存，当时也只有七岁。所以给我的印象止于岳母与我存之间零星的追思，加起来也只是远距离镜头的朦胧轮廓：只知道他早年毕业于东南大学，参加勤工俭学留学法国，后来在浙江大学任园艺系教授，并兼主任一年。抗战初年，随浙大迁去贵州的遵义，但因其地阴湿，不适合他养肺病，乃应四川大学之邀，想北上成都，却因病重滞留在乐山，不久便逝于肺病。

抗战时期我存与我都在四川，她在大渡河汇岷江的乐山，我在嘉陵江入长江的重庆，两人并不相识。表兄妹初见，是在南京。从那时到现在，两人之间半世纪之长的对话，一直是用川语。五十多年的川语川流不休，加起来该比四川更长了。

就是用没有入声的川语，她常会向我述忆乐山。那是她的小学时代，印象最深。她最乐道而我也最乐闻的，是岷江岸边的那尊大佛，远在江上就庞然可见。她说那佛像又高又大，乐山人都传说，要是涨水淹到佛脚，乐山城就会淹水了。有一次在沙田，她又对朋友们夸说佛像之大：

"连佛的耳朵——"她正要形容。

"——都藏了一座庙！"我接口说。

朋友们哈哈大笑。

二

一九九六年十一月中旬，我去四川大学访问。演讲与座谈之余，易丹教授陪伴我们夫妇南下，去眉山瞻仰三苏祠，并重游乐山。

到乐山已经天晚，第二天早上才去朝拜大佛。佛像雕在岷江岸边的石壁上面，坐东朝西，在岸上反而难见法相。易丹带我们登上游艇，放乎中流，好从江面上远远仰观。那天十分阴寒，江风削面，带着腥浊的水气，天色灰茫茫的，水色也混沌不清。江上看佛，仍须颇大的仰度，约莫二十层楼高。雕的是弥勒佛坐像，佛手按着双膝，面容宁静中含着慈祥，据称是唐朝开元年间所建，石色年湮代久，也是灰沉沉的，与阴天一般黯淡。

游艇在江上巡礼了一圈，把乘客又还给了岸上。我们到佛脚下又举头伸颈，仰瞻了一番。佛脚大而厚实，上面简直可容百僧并坐诵经。想起"临时抱佛脚"的成语，不禁可哂。晒谷场这么大的脚背，怎么抱法？

接着我们跟随众客，沿着巨像左侧的贴壁石阶，奋力仰攻，攀天梯一般一级级向崖顶爬去。好不容易爬到佛脐的高度，抬头一看，弥勒佛的下巴仍在半空，并不理会我们，地藏菩萨却早已在下面扯我们后跟。渐渐，爬近了佛乳、佛肩，觉得那一双狭长的法眼隐隐在转眼，转向僭妄的我们。此刻我们的惴惴不安，颇像几只小老鼠偷上佛龛，在觊觎油灯一样。终于，攀到佛耳近旁了。单是那贴面的耳垂，就比人还高。不过耳窝之大足可栖僧，还不能藏庙。

从弥勒的兜率天下来，易丹又带我们回乐山城，去寻找我岳父的墓地。

半世纪来，我存对父亲的孺慕耿耿，渺无依附，除了一本色调灰黄的老照相簿，和两张手绘的地图。地图是用当年的航空信纸画的，线条和文字都精细而清楚，不可能是七岁女孩的手迹，当是岳母所制。一张是乐山城区，呈三角形，围以城墙，东城是岷江南下，城南是大渡河西来，会合于安澜门外。另一张则是墓地专图，显示岳父的墓在城西瞻峨门外的胡家山上，坐北朝南，背负小丘，面对坡下的大渡河水。

这两张地图折痕深深，现在正紧握在我存手里，像开启童年之门的金钥。但是像许多地图一样，上面绘的不仅是地理，更是时间。在这多变的世界，哪一张地图是合用五十年的呢，哪一个地址是永久地址？不要说上海大变特变了，连上海人出门都会"欲往城南望城北"，就如乐山这样的边城，也早已变得沧桑难认，不可能按图索墓了。

易丹皱着眉头，把两张旧地图跟乐山市区的新图，左顾右盼，比对了许久，才迟疑地说："这胡家山在新地图上根本找不到了，哪，应该就在这一带了，变成师范学校的校园了。"

我存俯看地图，又仰看山坡上屋树掩映的校园说："那就开进去吧，上去看看。"

箱型车在师范学校的校园里左转右弯，哪里找得到什么墓地，更无任何碑石为志。不过整个校区，高高低低，都在山坡上面，坡势还颇陡斜，应该就是从前的胡家山了。一连问了几个路人，都不得要领。最后有人建议，不妨问问老校工。那老校工想了一下说："以前是有几座坟墓的，后来就盖了房子了。"他指指坡上的几间教室，说好像就在那下面。

我们的车在教室对面的坡道旁停定，我帮着我存把带在车上的一束香点燃，插在教室墙外一排冬青的前面。我和易丹站开到一边，让我存一人持香面壁，吊祭无坟可拜无碑可认的亡魂。那天好像是星期天，坡上一片寂静，天色一直阴冷而灰淡，大渡河水在远处的山脚下隐隐流着。幸好是如此，要是人来车往，川流不歇，恐怕连亡魂也感到不安了。

我存背对着我们，难见她的表情。但我强烈感到，此刻在风中持香默立的，不是一个六十五岁的坚强妇人，也不是我多年的妻子，而是一个孤苦的小女孩，牵着妈妈的手，来上爸爸的新坟——那时正当抗战，远离江南，初到这陌生的川西僻乡，偏偏爸爸仓猝间舍她们而去，只留下母女二人，去面对一场漫长的战争。想想看，如果珊珊姐妹在她这稚龄，而我竟突然死了，小女孩们有多么无助，又多么伤心。

易丹在旁，我强忍住泪水。却见我存的背影微微颤动，肩头起伏，似乎在抽搐。

易丹认为我应该过去"安慰师母一下"。

我说："不用。此刻她正在父亲身边，应该让他们多聚一下，不要打断他们。其实，能痛哭一场最好。"

三

我存虽然不时提起她的父亲，更爱回忆战前她家在杭州的美好岁月，但是吉光片羽，总拼不起完整的画图。毕竟父亲亡故，她才七岁，至于杭州经验，更在她六岁以前，有些记忆恐怕还是从母亲口中得来。

不过那两张地图和一本照相簿却是有凭有据的信史。那照相簿在三十年代应该算是豪华的了。篇幅二十五公分①乘十九公分，封面墨绿烫金，左上端是金色大字 Album②，右下角是汉英对照的金色小字"杭州圣亚美术馆制"。里面的照片有大有小，大的像明信片大，小的几乎像邮票，当然一律黑白，不过大半保存完善，并不怎么泛黄。我存小时候的照片，独照和跟父母合照的，有十几张；其中有的很可爱，有的豆蔻年华，竟已流露早熟的情韵，"我见犹怜"，有的呢照得不巧，只见羽毛未丰，唉，只能算丑小鸭了。

最令我着迷的却是她父母的合影，尤其是在新婚时期。有一张是在照相馆所摄，背景是厚重的百褶绒幕，新婚夫妻都着雪白的长衫，对称鲜明。新娘坐在靠背椅上，两脚交叉，两手也文静地交叠在膝头，目光灼灼，凝视着镜头。

---

① 公分：公制长度单位，厘米的旧称。
② Album：中文意思为照相簿。

新郎侍立于侧，一只手扶着椅背，戴着浑圆的黑框眼镜，身材高挑而文弱，一派五四文人的儒雅。那正是我无缘拜见的岳父范赉，但是岳母似乎一直以他的字"肖岩"相称。

　　当时的读书人似乎都戴这种圆形细边的黑框眼镜，不但徐志摩如此，梁思成如此，细细想来，西方的文人如乔伊斯也是这么打扮的。不知为何，现在看来却感到有些滑稽，也许是太圆滚了，正好把眼睛圈在中央，像是猫头鹰。至于岳母的坐姿与手势，似乎当时的淑女都应如此，才够lady-like①。更有趣的，是她的乌发是头顶向左右分梳，分发线就在头的中央。民初的女子也常见如此梳发，林徽因在许多照片里也是这发型。岳母老来一直容颜清雅，年轻时候原来丰满端丽，真是一位美人，加上当日的衣妆与发型，竟有几分像林徽因。

　　照相簿里有一张多人的合照，只有两张名片大小，半世纪后已略发黄，更因镜头是中远距离，人物只有三公分高，要一一指认，不很容易。我存可能曾向我简述，那是留法同学会某次在杭州聚会，也可能说过其中一人是林风眠，为她父亲好友。不过后来我淡忘了，因为早年我一直不曾体会林风眠乃二十世纪中国的一大画家，而晚至七十年代末期，连大陆中华书局出版的《辞海》香港版，也未

---

　　① lady-like：中文意思为女士般，像淑女一样。

列林风眠、傅抱石、李可染的条目。

一九七六年，"文革"总算结束了。次年十月底林风眠才摆脱了冤狱的阴影，从上海去了香港，直到一九九一年在港病逝，没有再回大陆。他去了香港后，又设法为义女冯叶申请出境，一九七八年冯叶乃能赴港与义父相聚，并陪侍他度尽晚年。林风眠擅长的仕女主题，颇有几幅的眉眼情韵就似乎取材于冯叶，画得分外姣好。

在香港时我始终没有见过林风眠，只在收藏林氏作品最力也最丰的王良福家中，观赏过不少真迹。倒是我存认识了冯叶，并由冯小姐陪同，去林氏的画室参观。那天我存见过林风眠，十分高兴，回来时对我说，她曾告诉林风眠她的父亲是谁，不但也是勤工俭学的留法学生，而且战前在浙大任教，与当时在杭州主持艺专的林氏颇有往来云云。我存又说，她也很喜欢冯叶，觉得冯叶温婉可亲，并说林风眠历经冤狱的劫难，临老又独客香江，幸有这知己的义女随伴照顾。

谁能不喜欢冯叶呢？中国现代画的一代宗师，幸有她温婉的风姿给他灵感，更有她坚毅的意志给他照顾：凡是林风眠艺术的信徒，谁不领她的情呢？

今年是林风眠诞生百年，高雄市美术馆与《民生报》合办"林风眠百岁纪念画展"，展出他各种题材各种风格的代表作一百幅，即由冯叶任总策划。她由香港赶来高雄参加开幕典礼，并将我存交给她的照片，留法同学在杭州重聚的那张合照，带回香港，把它放大后再寄回给我们。

那张小照片给放大了四倍，清楚多了。究竟是相中人一下子逼近到我的面前，还是我突然逆向着魔的光阴闯回了历史的禁区？只见里面的十九个人目光灼灼全向我聚焦射来，好像我是"未来"的赫赫靶心。但是说他们目光灼灼，也并不对，因为十九个人全在那一刻被时光点了穴，目光凝定，都出了神，再叫他们，都不会应了。岁月当然在抗战以前，很可能是一九三五或一九三六。相中人看来也都在壮年；我的岳父范肖岩与林风眠同年，今年都满一百岁了。相中这些归国的壮年，迄今也都应在百岁上下，敢说全都不在了。

可是那天的盛会，看来应是秋天，因为台阶两侧摆着好几盆菊花，众人的西服也显非夏装。盛会一散，众人将必各奔前程去了。不久八年战争的炮火将冲散他们：有的不幸，将流离失所而客死他乡，像我的岳父；有的何幸，历经千灾百劫挫而不败，终于成就一生的事业，像林风眠。

前排最右边的一位，戴黑框圆镜着深色西服而两手勾指者，是我岳父。后排站在极左、方额宽阔饱满而黑发平整覆顶者，是林风眠。冯叶又认出了两人：唯一的女子，长发蔽眉者，是蔡元培的女儿蔡威廉；站在她右边、被唯一的长衫客当胸挡住的，是她的丈夫画家林文铮，也是当日杭州艺专的教务长。这其中一定还有别的豪俊，是中土所生，法兰西所导，却隐名埋姓，长遁于时间之阴影。但愿有谁慧眼，能一声叫醒英灵。

二〇〇〇年十一月二十九日

片瓦渡海

一

从江北国际机场出来，天已经黑下来了。毕竟是大陆性气候，正在寒露与霜降之间，夜凉侵肘，告诉远客，北回归线的余炎早抛在背后了。明蓉把我们接上工商大学的校车，平直宽坦的高速公路把我们迎去南岸。路灯高而且密，灯光织成繁华的气氛。不过长途的终点若是一个陌生的城市，而抵达时又已天黑，就会有梦幻之感，感到有点恍惚不安。

说重庆是一个"陌生"城市，未免可笑。少年时代我在这一带足足住过七年，怎么形容也绝非陌生；但毕竟是六十年前的事情，沧桑之余，无论如何也绝非"熟悉"了。车向南行，渐浓的夜色中，明蓉指着对江的一簇簇摩天楼说："那边正是重庆，你还认得出吗？"我怎么认得出呢？成簇成丛的蜃楼水市，千门万户，几乎都在五十层以上。六十年不见，重庆不但长大了，而且长高了那么多，而且灯火那么热闹，反而年轻起来。不但我不敢认他，他，只怕更不认我了吧？

第二天一早，王崇举校长就来翠林宾馆，陪我们夫妻在校园散步。校园很广，散布在斜向江岸的山坡上，高楼丛树，随坡势上下错落，回旋掩映，所以散步就是爬山。秋雨霏霏，王校长和我共伞，一面指点着寒林深涧，有山泉泠泠流来，穿石桥更往下注。他又带我们和徐学转上一条很陡的山径，青板石阶盘旋南去，没入蔽天林荫。他说这条路叫做"渝黔古道"，工商大学的校园正是起点。我们仰望一径通幽，怀古未已，王校长又带我们曲折下山，来到一个井旁。那是一口开敞的古井，宽约四尺见方，水面一片虚明。王校长说这是传说已久的仙泉，饮之可除百病，而且不论雨旱，总是水量饱满。我立刻用瓢舀了仙水，浅尝了一口，顿觉清甘入喉，又喂了我存一口。这才注意到附近的瓶瓶罐罐，散置了一地，村民或用手提，或用车推，几乎不绝于途。黄老之治的校长在一旁顾而乐之，有福与民共享。

两岸交流以来，这是我第三次访蜀，却是第一次访渝。承蒙蜀人厚爱，每一次待我都像游子还乡，媒体报道都洋溢乡情。这一次回重庆，前后七天，演讲三次，前两次在工商大学与教育学院，依次是《中文不朽——面对全球化的母语》《诗与音乐》。第三讲在三峡博物馆，题为《旅行与文化》。此外，工商大学更为我安排了紧凑的日程，先后带我去了朝天门、磁器口、悦来镇、大足石刻博物馆、江碧波画室、重庆艺术学院。

二

凡是未登朝天门北望的人，都不能自称到过重庆。因为这是水陆重庆的看台，巴蜀向世界敞开的大门。有人不免会想到三峡，不过三峡长胜于宽，历史与传说回音不断，就像河西走廊一样，与其说是大门，不如说是长廊。

门谓朝天，据说是明初戴鼎建城，依九宫八卦之数置门十七之多：朝天门在重庆半岛尖端，面向帝都金陵，百官迎接御史，就在此门。

细雨洒面，烟波浩渺，嘉陵江从西来，就在广场的脚下汇入了长江的主流，共同滚滚北去，较清的一股是嘉陵之水，主流则呈现黄褐。江面颇宽，合流处更形空阔。俯临在水域上空，重庆、江北、南岸，鼎立而三，矗起的立体建筑，遥遥相望，加上层楼背后的山影叠翠，神工之雄伟，人力之壮丽，那气象，该是西南第一。

倚立在螺旋形栏杆旁边，我有"就位"之感。此刻我站的位置，正是少年时代回忆的焦点，因为两条大河在此合流，把焦点对准了。人云回乡可解乡愁，其实未必。时代变得太快，沧桑密度加深。六十年前，在这码头随母亲登上招商局的轮船，一路顺流回去"下江"的，是一个十八岁的男孩，胜利还乡的喜悦，并不能抵偿离蜀的依依。那许多好同学啊，一出三峡，此生恐怕就无缘重见了。那时的重庆，尽管是战时的陪都，哪有今日的重庆这么高俊、挺拔？朝天门简陋的陡坡上，熙熙攘攘，大呼小叫的，多是黝黑瘦小的挑夫、在滑竿重负下喘息的轿夫、背行李提包袱的乡人，或是蹲在长凳上抽旱烟的老人。因为抗战苦啊蜀道更难，我这羞怯的乡下孩子进一趟城是天大的事，步行加上骑小川马，至少一整个下午；而坐小火轮顺嘉陵江南下，一路摇摇摆摆，马达声虐耳扑扑不停，也得耗两个钟头。那时候，泡茶馆是小市民主要的消遣；加一包花生、瓜子或蚕豆，就可以围着四方小桌或躺在竹睡椅上，逍遥半个夏日，或打瞌睡，或看旧小说与帝俄小说的译本，或看晚报，或与三两好友"摆龙门阵"。这一切比起今日的咖啡馆、火锅店、星巴克店，似乎太土太老旧了，但今日的重庆，新而又帅，高而又炫，却无门可通我的少年世界。

不过倚望着逝者如斯，不舍昼夜，我仍然有"归位"

的快感。人造的世界虽剧变而难留，神辟的天地仍凿凿可以指认。脚下这两条洪流，长江远从漠漠的青藏高原，嘉陵江远从巍巍的秦岭，一路澎湃，排开千山万壁的阻碍，来这半岛的尖端会师，然后北上东去，去撞开三峡的窄门，浩荡向海。这千古不爽的约会，任何人力都休想阻挡。如果黄河是民族的父河，长江该是民族的母江，永不断奶，永远不可以断奶。江河是山岳派去朝海的使者，支流与溪川，扈从无数。嘉陵江簇拥着长江，是何等壮阔的气派，这气派，到下游汉水率百川来追随，我也曾在晴川阁上豪览。

　　我这一生，不是依江，便是傍海，与水世界有缘。生在南京，童年多在江南的泽国，脚印无非沿着京沪铁轨，广义说来，长江下游是我的摇篮、木马。抗战时期，日本人把我从下游赶来上游，中学六年就在这脚下茫茫的江水，嘉陵投怀于母水的三角地带，涛声盈耳地度过。战后回到石头城，又归位于浩荡的下游。所以我的大陆岁月，总离不开这一条母河。至于后来的岁月，不是香港，就是台湾，河短而海阔，一条水平线伴我，足足三十二年。

　　而今重上朝天门，白首回望，虽然水非前水，但是江仍故江，而望江的我，尽管饱经风霜，但世故的深处仍未泯，当年那"川娃儿"跃跃的童心。

三

那一片未泯的童心引我，在访渝的第五天，载欣载奔，终于回到悦来场。

毕竟是六十年前的事了，为了我能够顺利寻根，重庆工商大学的胡明蓉女士事先曾三度到北郊的悦来场，去探访我的母校与故居。时光的迷雾岂能一拨就开？苏武回头不过十九年，陆游再遇也仅四十年，而过了六十载呢，岂能奢求母校与故居依旧，痴痴地等一个少年回家。明蓉锲而不舍，旧址是找到了，但是屋舍都已经拆了改建，连老树也未能逃过斧锯。所幸长寿的人还留下一些，犹可见证我劫后归来的幼稚前身。

最后，她给了我一张"清单"，上面的十五个人名分成四类，计有青年会中学的同班同学两人，校友十人，童年玩伴两人，校工一人，每人名后还注明现况与电话号码。她还说，名单上的人大半会来迎接，住得远的会有的士接送。

那一天阴雨顿歇，一行人乘了两辆车向北驶去。悦来场在重庆北方约四十公里，是渝北区所辖，现已改名悦来镇。到镇上已近中午，与区镇领导、媒体记者等有简短的会谈，接着便去看江边的码头。

浓绿的树荫下，石阶宽阔，顺着坡势斜落向江边。连日秋雨，阶石和草坡还没有收干，泥味和水气沆瀣一体，唤醒记忆深处蠢蠢的嗅觉。青苔满布在石砌的短栏上，阴郁一如当年。最难忘的是坡底滔滔的江水，一路迂回从秦中流来，到此江阔水盛，已成下游，流势却仍湍急，与我少年的脉搏呼应。

我在外这么多年，大陆的江湖由大变小，由深变浅，由清波变成浊流，最令回头的浪子伤心。黄河，你怎么瘦了呢？长江，你怎么浊了呢？最令我惘然的，是水运宪、李元洛带我在岳阳楼下坐小艇去君山，湖波浩渺，与天争地，那气象，仍然说得上"乾坤日夜浮"。千层的浪头起伏，汽艇快时，似乎犯了众怒，汹汹然都来船头拦阻，来船尾追逐。遗憾的是湖水一概混浊，实在对不起古来咏湖的名句。在外多年，我常对着地图，幻想思乡之渴可以豪饮洞庭。但眼前这不清的洪涛，岂能解渴？"浮光耀金，静影沉璧"的透彻，只能向《岳阳楼记》去奢求了吧。

所以近年在大陆水上行旅，偶见清波畅流，就特别赏心注目，甚至喜极泪下。去年端午在汨罗江边祭屈，见到水清流畅，觉得这样的江水还值得一投。此刻我回到嘉陵江边，发现流势仍旺，水色未浑，梦中的童话竟然未损，终于宽心一笑，向坡底的沙岸走去。

水边铺石为台，就算是小码头了，但不见船来投靠，一如六十年前。只有三五妇人，对着江水在洗衣服，背后散置着五颜六色的塑胶桶或竹篓，令我想起当年粗衣陋桶，木杵捣搥的村姑。她们见一糟老头子，后面跟着一群领导和媒体，约略知道是怎么回事，再见有人照相，就纷纷要把大篓小桶之类清出现场。我大声说："不要拿开，就是要照你们随便的样子，愈乱愈好！"大家笑了。我又对她们说："我又不是外人，只是当年的'下江人'。你们还没有出世，我就常来这江边了。我在悦来场山上的中学读书，家就在上游五里的清溪口。每星期回家一定要经过这里，不但在河里洗过脚，有时还在沙滩上小便呢。"她们哈哈大笑，我又补一句："那时蹲在这里洗衣服的，大概是你们的祖母或者婆婆。"

终于大家让我独自面对江水，冥想过去悠悠的岁月。那时，我的父亲和母亲不但健在，甚至年轻。那时，我有许多小同学、小玩伴，食则同桌，睡则连床，上课时坐在同一条长板凳上，六十年后我还能说出十几个人的名字，甚至绰号。江水静静地流着，在我面前闪闪逝去的，是水光呢还是时光？对江的山色在眼前还是在梦里？水平线上是一排密实方正的巨岩，有三层楼高，更上面迤逦不断的是竹林连着竹林，翠影疏处掩映着灰瓦人家。河太阔了，听不出有无狗叫。一切浑茫的记忆，顿时对准了焦点。那时夜里，间歇的是犬吠，不断的是江声……忽然有人在坡顶叫喊，说我的同学们到了。

四

六十年不见的同学，也一直未曾通讯，应该是什么样子呢？当年也无非乡下的孩子，村童村姑而已，男孩子不是惨绿少年，女孩子也不是闺秀少艾。就算是出自绅良人家，在当年的学风与战时的简朴之中，也不可能怎么矜持摆谱。温馨记忆里的小朋友，一回头，忽然都变了脸，改了相，成了名副其实的"老同学"，情何以堪。

说时迟，那时快，从镇口的牌坊下，四五十级的长板石阶斜斜垂落，放一道时光之梯下来，迎我上去。人群从牌坊下涌出，簇拥着八九个老人步下阶来，笑语喧阗，神情兴奋。明蓉立刻为我们"介绍"。老同学面面相觑，我的双手都来不及握。大家的表情，惊喜里有错愕，亲切中有陌生，忘我的天真之中又有些尴尬。岁月欺人，大家都老了，可堪一叹。不过都还健在，而且不怎么龙钟，也无须搀扶，又值得高兴。笑语稍稍退潮，我才大致分出一点头绪：女生来会的有四位，男生则有五位。不知怎的，她们似乎保养得好些，反应也较敏捷；他们就更显风霜，也许羞怯，也显得比较迟缓。

其中一位女生李义芳，远在丰都，本来不想长途坐车，幸好她孙女在课本上念过我的《乡愁》，不但鼓动祖母，而且一路陪同。另一位女生朱伯清，是我初中同班同学，更

显得亲切，还说得出同班其他人的名字。除了笑时眯眼曳
出鱼尾纹外，她脸上仍然白净无斑，可以想见当年的姣好。
大家七嘴八舌，都忘情忆旧。返老还童，这一景跨世纪的
重逢，引来满街的镇民围观，看时光的魔术如何变化。我
拥着朱伯清的肩头，回头用川话向观众嚷道："你们晓不晓
得，六十年前她们都是美女！"

　　大家一阵哄笑，又簇拥我们到一家茶馆里去坐定。十
个初中同学，加起来近八百岁了，围住四方的木桌，用传
统的盖碗冲浓郁的沱茶，气氛非常怀古。接着就上了一辆
大车，开去上坡五里外的青中旧址。

　　说是旧址，因为当年从南京迁来的青年会中学早已撤
走，后来校舍也拆了，不但人非，物也面目大变了。一行
人踩着雨后泥湿的田埂，越过一丛又一丛竹林，来到旧址，
面对着残留的一面山形粉刷高墙，在一个半废的院子停下。
护墙木板纵横成方格，空洞的窗框里伸出些干包谷叶。我
指着危墙说："那后面就是男生宿舍了。女生宿舍要讲究
些，有典雅的月洞门可通，却是男生的禁区。"

　　"你还记得别的东西吗？"朱伯清说。

　　"那太多了，"我说，"教室、饭堂都不见了。"

　　"去教室的小路，"她说，"还通过橘树园。"

　　"对。橘树不高，可是绿油油的树荫，结了许多果子。"
我说，"对了，那棵大白果呢？"

"早锯掉了。"萧利权说。

"太可惜了，"我叹息，"树老成精，它是校园里最老的生命，晴天的太阳总先照到树顶，风雨来时，丛叶沙沙总最先知道。"

"你的散文里曾经写过。"徐学说。

"是呀，"我说，"一下过雨，满树银杏就落了一地。我们捡起来，夜自修时在桐油灯上烤熟了，剥地一响，就香气扑鼻，令人吞口水。在海外，每次见到银杏树，就舌底生津，怀念四川。"

看见我存在一旁忙着照相，就叫她过来，对大家说："这就是我的堂客。"

满院子的人都笑了，我转头对徐学说："你们现在叫爱人，四川话以前把妻子叫做堂客。"我对大家又说："她小时候也在四川，住在乐山，天天看到大佛。我们当时没有见面，后来在南京一见面就讲四川话，夫妻之间只讲四川话，直到现在。"

这时乡人带了一老妪前来介绍，说她的丈夫是以前的校工。我脱口便问她："田海青还好吧？"她眼睛红红的，黯然低语："早已过世了。"我说："我记得田海青，他一出现，手里拿着铃，就是要下课了。他的下课铃最受欢迎了，尤其是空肚子等午饭的第四堂课。"

五

浸沉在久别乍聚的喜悦之中，往事一幕半景，交叠杂错，忽明忽灭，欲显又隐，匆促间岂能理清头绪？十个初中同学如果悠然久坐树下，对着茶香袅袅，水田汪汪，追述共同度过的少年，相信回溯时光之旅，定能深入上游，更加尽兴。但是村民围观，儿童嬉笑，加上数码相机眈眈又闪闪，兴奋而混乱的重逢，忽然又要分手了。尤其是远来的同学，还得赶回家去，于是就在当年共数朝夕的旧地，再度分手。此生再聚，就算蜀道不难，世道不乱，但高龄如此，海峡如彼，恐怕是渺乎其茫了吧？

余人陪我，与我存、徐学、明蓉，再度上车，去凭吊最后的一站，朱氏宗祠。

祠堂独据嘉陵江边一座小山丘顶，俯瞰一里外江水滔滔，从坡底的沙洲浩荡过境，气势雄豪。父亲在重庆上班，但机关疏散下乡，母亲就带我住在祠堂的最后一进。宽大的四合院子，两侧的厢房有二楼，就住了父亲好几家同事，鸡犬相闻，颇不寂寞。抗战的次年我们住进去，胜利的次年才下山回乡。那是我第一次，和一大群小朋友朝夕嬉戏在一座大杂院里，大门的木槛一尺高，跨进去时大家都还是小把戏，走时再跨出来，已经变成大孩子了。

从祠堂走路去寄宿的青年会中学，大约有十里路，大半是在爬坡。先是小径蟠蜿，一路下到江边。然后沿着平岸，逍遥踏沙而行。一时江声盈耳，波光迎目，天地间唯我一人与造化意接神通。悦来场远远在望，不久就俯临坡顶，于是拾级上阶，穿过牌坊，走出镇口，再爬五里坡道，就看见校前的水田了。

就这么，从十二岁到十八岁，一个江南的孩子在巴山蜀水里从容长大，吸巴山的地气，听蜀水的涛声，被大盆地的风云雨露所鼓舞、滋润。那七年中，我慢慢地成长像一株橘树，与四季同其节奏，步履不出江北县的范围。四围山色围我在蕊心，一层又一层的青翠剥之不尽，但我并不觉得是被囚，因为嘉陵江日夜在过境，提醒我，上游的涓滴是秦山派来，下游的洪流要追汇长江，应召赴海。总有一天战争要结束，我也要乘此江水，顺流东下，甚至到海，甚至出洋。世界在外面，在下面等着你呢，嘉陵江说。

所以那几年我一点也不寂寞。嘉陵江永远在过境，却永远过不完。他什么也没说，可是我听到了许多。尤其到夜里，万籁齐寂，深沉的他的男低音，就从山下一直传到我耳畔，摇撼我敬畏的心神。他的喉音流入我血管，鼓动我诗的脉搏。

从前那少年在那山城的盆地，曾渴望有一天能走出来。但出川愈久，离川愈远，他要回川的思念就愈强。他要回来再看那沛然的江流，再听那无尽的江声，因为那江水可以见证，那是他和母亲最亲近的岁月。日后他写的《乡愁》一诗，"小时候／乡愁是一枚小小的邮票／我在这头／母亲在那头"，正是当初他寄宿在学校，怀念母亲在朱氏宗祠的心情。

在一座村舍的前院车停了下来，我们终于到了朱家祠堂——的故址。四顾只见三五瓦屋，灰瓦层叠如浪，一直斜覆到屋檐上，悬着瓦当。一行行的瓦槽，低调的暗澹之中有怀古的温馨。粗糙的墙壁用杂石和红土砌成，梁木从屋内伸出，架着晾衣的竹竿。这是萧利权的住家，三代同堂。他把儿子和媳妇叫出来，和我们照相，小孙女则在一旁看热闹。我们坐在前院喝茶，摆起龙门阵来。

近邻闻风而至，都挤来我们面前欢迎远客，想从眼前这老头的身上，依稀揣摩出当年从下江来的那少年。听到我们夫妻流利的川语，数当年的琐细历历，村人更感亲切。我对大家嚷道："我哪用你们欢迎呢，你们根本还没有出世，我早就来悦来场了。我欢迎你们还差不多！"

大家哄笑起来，更围得拢些。看得出，一张张笑得尽兴的面孔，对我地道的重庆话十分惊喜，对我感念四川不远千里来探望也很领情。看得出，他们的衣着都很整洁，甚至光鲜，也许是刻意盛装迎客，但是比起六十年前他们的祖辈来，却是体面多了，令我非常欣慰。那一场的盛情、真情，够我用几年几月，够解我六十年乡愁而有余。

徐学在旁一直顾而乐之，并频举相机。我对他大发议论，说什么今日回蜀之乐哪个作家享受得到，因为这需要两个条件，一是长寿而仍堪跋涉，二是时代要太平。

这时村民引一老叟来见，说他当年常来朱家祠堂，不但记得我，甚至还记得我的父亲。

"你的爸爸叫余超英。你妈妈人很好。"他的眼睛牵动着鱼尾皱纹，满含笑意，似乎在望着当年的我。我没有准备有这么一句，惊讶加上感动，一时无从接嘴。他竟然说得出我父亲的名字，当然是真的了，就像一张落叶，飘飘忽忽，竟被树根接住。

"余先生也待我很好，"萧利权在一旁对我存说，"我是附近人家的小孩，常来祠堂张望。看见下江人的小孩玩在一起，家境比较好，文化水平比较高，非常羡慕。余先生那时是小孩头，领着大家一起耍，对我们并不见外，总是让我参加。"

"那时我们从下江来，你们还叫我们'脚底下的人'呢！"我存笑道，"都是小鬼头啦，一耍就熟了，谁还分什么下江、上江啊。你看余先生跟我，一直到现在，这么老了，夫妻之间还在讲四川话！"

十月下旬的半下午，雨虽已停，而秋阴漠漠，江声隐隐，向晚还颇有寒意。我存仰望灰沉沉的屋顶，直赞檐际云纹的瓦当古色斑斓，令人怀旧。村人便说这古董多得是，喜欢的话，不如带几块回去，留个纪念。又说屋上这些瓦片瓦当，正是拆祠堂时所遗留。于是七嘴八舌，竟就教人取来梯子，要上屋去拿。我们直说不可，何况这东西棱角突兀，装箱不便，还是让它留在屋檐上，守住我的童年吧。村人哪里肯听，一定要拿下来。最后，认得我父亲的老叟说：

"就拿一块也好，代表我们大家的一点心意。这种东西一年比一年少，现在不留，将来哪里去找？有一天，只怕连瓦屋都不见了。"

顿时我流出泪来，便不再推让，要我存收了下来。幸好是收下来了，而且带过了海来，现在才能俯临在客厅的柜顶，苔霉隐隐，似乎还带着嘉陵江边的雨气。毕竟，逝去的童年依依，还留下美丽的物证。

临别四顾，找不到当年祠堂前浓荫蔽天的大黄葛树，向萧利权问起，他说早就锯掉了。迟来的讣闻仍令我黯然。这黄葛老树遮过我孩时大半个天空，春天毛毛虫落纷纷，夏天蝉噪得满山不宁，总是姑息我们这一群顽童在它的庇荫下嬉戏。祠堂前要是少了这顶天立地的巨灵，风景就顿失主角，鸟雀就无枝可依，四季也无戏可演了。是这棵老黄葛和校园里那棵巨银杏，使孩时的曦霞和星月有了童话的舞台。竟然都不肯等到我回来：树犹如此，人何可依。

萧利权在山顶的路头停下，为我指点一径断续，下山没谷，然后盘盘出谷，绕过邻丘，没于坡后。更远处水光明媚，便是嘉陵江了。

这一景有如朝天门，胎记一般地不可磨灭。此刻我站的地方，正是六十多年前母亲常站的山头。星期天的下午，我拎起布包动身回校，母亲照例送我跨出祠堂的高槛，越过黄葛树荫的土坪，然后就站在这坡径的起头，望着我孤独的背影渐远渐低，随山转折，时隐时现，终于被远坡遮没。就在坡回路转之际，我总会回头仰望，只见母亲的身影孤立在山顶，衬着云天。我就依依向她挥手，她也立刻挥手回应。母子连心，这一刻永烙不磨。我转过身去赶路，背心还留着母爱眼神的余温。

"每次我回校，母亲总站在这里目送。"我转头告诉徐学，"我走到远处回头看她，独立天外，宛如一块'望子石'。最后我们离川，也是从这块石板下山去的。"

六

悦来场的重聚，有一位同班同学近在重庆，却未能赴会，那便是石大周。他曾担任当地的大报《重庆晚报》的总编辑，历时六年，贡献颇大，近年因病退休，在家调养。三年前，他得知我在台湾近况，乃写了《归来吧，诗人》一诗，托人带来台湾给我，并促我回重庆一游；后来更将此诗与我的回信一起刊登于《重庆晚报》，并将我们母校的悦来场旧址摄影多帧，随文刊出。于是我的乡心就更加波动了。

离开重庆那天的上午，明蓉带我们去看大周。他坐在客厅的长沙发上等我，两人"一见如故"，其实当然都老了，一时惊喜加惘然，半个多世纪不知从何说起。两人历数初中的种种往事，兴奋如回到孩时；他的家人在一旁听着，都觉得好笑。我们说到当年那银杏巨树，不觉都神往于灯上烤白果的香味。我告诉大周抗战时期学生常说的一则笑话，说当年八人同桌，晚饭打牙祭，争食之余，有同学见盘中还剩一块肉，便噗的一声吹熄了桐油灯，先下手为强。结果呢，他没有抓到肉，只抓到七只手。

大家哄堂一笑，明蓉提醒访客，时间到了，得赶去机场了。我起身向大周告别，已经握过了手，将要出门。忽然我感到不舍：就这么分手，心有不甘，难道，又要等六十年才再聚吗？

我回身走向沙发，半俯半跪，将大周紧紧抱住，像抱住抱不住的岁月，一秒，一秒，又一秒，直到两人都流下了泪来。

二〇〇六年五月

失帽记

二〇〇八年的世界有不少重大的变化，其间有得有失。这一年我自己年届八十，其间也得失互见：得者不少，难以细表；失者不多，却有一件难过至今——我失去了一顶帽子。

一顶帽子值得那么难过吗？当然不值得，如果是一顶普通的帽子，甚至是高价的名牌。但是去年我失去的那顶，不幸失去的那一顶，绝不普通。

帅气、神气的帽子我戴过许多顶，头发白了稀了之后尤其喜欢戴帽。一顶帅帽遮羞之功，远超过假发。丘吉尔和戴高乐同为二战之英雄，但是戴高乐戴了高帽尤其英雄，所以戴高乐戴高帽而乐之，也所以我从未见过戴高乐不戴高帽。戴高乐那顶高卢军帽丢过没有，我不得而知。我自己好不容易选得合头的几顶帅帽，却无一久留，全都不告而别。其中包括两顶苏格兰呢帽，一顶大概是掉在英国北境某餐厅，另一顶则应遗失在莫斯科某旅馆。还有第三顶是在加拿大维多利亚港的布恰花园所购，白底红字，状若戴高乐的圆筒鸭舌军帽而其筒较低，当日戴之招摇过市，风光了一时，后竟不明所终。

一个人一生最容易丢失也丢得最多的，该是帽与伞。其实伞也是一种帽子，虽然不戴在头上，毕竟也是为遮头而设，而两者所以易失，也都是为了主人要出门，所以终于和主人永诀，更都是因为同属身外之物，一旦离手离头，几次转身就给主人忘了。

帽子有关风流形象。独孤信出猎暮归，驰马入城，其帽微侧，吏人慕之，翌晨戴帽尽侧。千年之后，纳兰性德的词集亦称《侧帽》。孟嘉重九登高，风吹落帽，浑然不觉。桓温命孙盛作文嘲之，孟嘉也作文以答，传为佳话，更成登高典故。杜甫七律《九日蓝田崔氏庄》并有"羞将短发还吹帽，笑倩旁人为正冠"之句。他的《饮中八仙歌》更写饮者的狂态："张旭三杯草圣传，脱帽露顶王公前。"尽管如此，失帽却与风流无关，只和落拓有份。

去年十二月中旬，香港中文大学图书馆为我八秩庆生，举办了书刊手稿展览，并邀我重回沙田去签书、演讲。现场相当热闹，用媒体流行的说法，就是所谓人气颇旺。联合书院更编印了一册精美的场刊，图文并茂地呈现我香港时期十一年，在学府与文坛的各种活动，题名《香港相思——余光中的文学生命》，在现场送给观众。典礼由黄国彬教授代表文学院致词，除了联合书院冯国培院长、图书馆潘明珠副馆长、中文系陈雄根主任等主办人之外，与会者更包括了昔日的同事卢玮銮、张双庆、杨钟基等，令我深感温馨。放眼台下，昔日的高足①如黄坤尧、黄秀莲、樊善标、何杏枫等，如今也已做了老师，各有成就，令人欣慰。

演讲的听众多为学生，由中学老师带领而来。讲毕照例要签书，为了促使长龙蠕动得较快，签名也必须加速。不过今日的粉丝不比往年，索签的要求高得多了：不但要你签书、签笔记本、签便条、签书包、签学生证，还要题上他的名字、他女友的名字，或者一句赠言，当然，日期也不能少。那些名字往往由索签人即兴口述，偏偏中文同音字最多。"什么 whay②？恩惠的惠吗？""不是的，是智慧的慧。""也不是，是恩惠的惠加草字头。"乱军之中，常常被这么乱喊口令。不仅如此，一粉丝在桌前索签，另一粉丝却在你椅后催你抬头、停笔、对准众多相机里的某一镜头，与他合影。笑容尚未收起，而夹缝之中又有第三只手伸来，要你放下一切，跟他"交手"。

---

①　高足：敬辞，称呼别人的学生。文中指自己的学生。后同。

②　whay：汉语拼音为 huì。

这时你必须全神贯注，以免出错。你的手上，忽然是握着自己的笔，忽然是他人递过来的，所以常会掉笔。你想喝茶，却鞭长莫及。你想脱衣，却匀不出手。你内急已久，早应泄洪，却不容你抽身疾退。这时，你真难身外分身，来护笔、护表、护稿、扶杯。主办人焦待于漩涡之外，不知该纵容或喝止炒热了的粉丝。

去年底在中文大学演讲的那一次，听众之盛况不能算怎么拥挤，但也足以令我穷于应付，心神难专。等到曲终人散，又急于赶赴晚宴，不遑检视手提包及背袋，代提的主人又川流不息，始终无法定神查看。餐后走到户外，准备上车，天寒风起，需要戴帽，连忙逐袋寻找。这才发现，我的帽子不见了。

事后几位主人回去现场，又向接送的车中寻找，都不见帽子踪影。我存和我，夫妻俩像侦探，合力苦思，最后确见那帽子是在何时、何地，所以应该排除在某地、某时失去的可能，诸如此类过程。机场话别时，我仍不放心，还谆谆嘱咐潘明珠、樊善标，如果寻获，务必寄回高雄给我。半个月后，他们把我因"积重难返"而留下的奖牌、赠书、礼品等等寄到台湾。包裹层层解开，真相揭晓，那顶可怜的帽子，终于是丢定了。

仅仅为了一顶帽子，无论有多贵或是多罕见，本来也不会令我如此大惊小怪。但是那顶帽子不是我买来的，也不是他人送的，而是我身为人子继承得来的。那是我父亲生前戴过的，后来成了他身后的遗物，我存整理所发现，不忍径弃，就说动我且戴起来。果然正合我头，而且款式潇洒，毛色可亲，就一直戴下去了。

那顶帽子呈扁楔形，前低后高，戴在头上，由后脑斜压向前额，有优雅的缓缓坡度，大致上可称贝瑞软帽[①]（heret），常覆在法国人头顶。至于毛色，则圆顶部分呈浅陶土色，看来温暖体贴。四周部分则前窄后宽，织成细密的十字花纹，为淡米黄色。戴在我的头上，倜傥风流，有欧洲名士的超逸，不止一次赢得研究所女弟子的青睐。但帽内的乾坤，只有我自知冷暖，天气愈寒，尤其风大，帽内就愈加温暖，仿佛父亲的手掌正护在我头上，掌心对着脑门。毕竟，同样的这一顶温暖曾经覆盖过父亲，如今移爱到我的头上，恩佑两代，不愧是父子相传的忠厚家臣。

回顾自己的前半生，有幸集双亲之爱，才有今日之我。当年父亲爱我，应该不逊于母亲。但小时我不常在他身边，始终呵护着我庇佑着我的，甚至在抗战沦陷区逃难，生死同命的，是母亲。呵护之亲，操作之劳，用心之苦，凡她力之所及，哪一件没有为我做过？反之，记忆中父亲从来没打过我，甚至也从未对我疾言厉色，所以绝非什么严父。

---

　　① 　贝瑞软帽：即贝雷帽。

不过父子之间始终也不亲热。小时他倒是常对我讲论圣贤之道，勉励我要立志立功。长夏的蝉声里，倒是有好几次父子俩坐在一起看书：他靠在躺椅上看《纲鉴易知录》，我坐在小竹凳上看《三国演义》。冬夜的桐油灯下，他更多次为我启蒙，苦口婆心引领我进入古文的世界，点醒了我的汉魄唐魂。张良啦，魏徵啦，太史公啦，韩愈啦，都是他介绍我初识的。

后来做父亲的渐渐老了，做儿子的越长大了，各忙各的。他宦游在外，或是长期出差下南洋，或担任同乡会理事长，投入乡情侨务；我则学府文坛，烛烧两头，不但三度旅美，而且十年居港，父子交集不多。自中年起他就因关节病苦于脚痛，时发时歇，晚年更因青光眼近于失明。二十三年前，我接台湾中山大学之聘，由香港来高雄定居。我存即毅然卖掉台北的故居，把我的父亲、她的母亲一起接来高雄安顿。

许多年来，父亲的病情与日常起居，幸有我存悉心照顾，并得我岳母操劳陪伴。身为他的独子，我却未能经常省视侍疾，想到五十年前在台大医院的加护病房，母亲临终时的泪眼，谆谆叮嘱："爸爸你要好好照顾。"实在愧疚无已。父亲和母亲鹣鲽情深，是我前半生的幸福所赖。只记得他们大吵过一次，却几乎不曾小吵。母亲逝于五十三岁，长她十岁的父亲，尽管亲友屡来劝婚，却终不再娶，鳏夫的寂寞守了三十四年，享年，还是忍年，九十七岁。

可怜的老人，以风烛之年独承失明与痛风之苦，又不能看报看电视以遣忧，只有一架古董收音机喋喋为伴。暗淡的孤寂中，他能想些什么呢？除了亡妻和历历的或是渺渺的往事，除了独子为什么不常在身边。而即使独子在身边时，也从未陪他久聊一会，更从未握他的手或紧紧拥抱住他的病躯。更别提四个可爱的孙女，都长大了吧，但除了幼珊之外，他又能听得见谁的声音？

长寿的代价，是沧桑。

所以在遗物之中竟还保有他常戴的帽子，无疑是继承了最重要的遗产。父亲在世，我对他爱得不够，而孺慕耿耿也始终未能充分表达。想必他深心一定感到遗憾，而自他去后，我遗憾更多。幸而还留下这么一顶帽子，未随碑石俱冷，尚有余温，让我戴上，幻觉未尽的父子之情，并未告终，幻觉依靠这灵媒之介，犹可贯通阴阳，串联两代，一时还不至径将上一个戴帽人完全淡忘。这一份与父共帽的心情，说得高些，是感恩，说得重些，是赎罪。不幸，连最后的这一点凭借竟也都失去，令人悔恨。

寒流来时，风势助威，我站在岁末的风中，倍加畏冷。对不起，父亲。对不起，母亲。

二〇〇九年四月

朋友四型

一个人命里不见得有太太或丈夫，但绝对不可能没有朋友。即使是荒岛上的鲁滨孙，也不免需要一个"礼拜五"。一个人不能选择父母，但是除了鲁滨孙之外，每个人都可以选择自己的朋友。照说选来的东西，应该符合自己的理想才对。但是事实又不尽然。你选别人，别人也选你。被选，是一种荣誉，但不一定是一件乐事。来按你门铃的人很多，岂能人人都令你"喜出望外"呢？大致来说，按铃的人可以分为下列四型：

第一型，**高级而有趣**。这种朋友理想是理想，只是可遇而不可求。世界上高级的人很多，有趣的人也很多，又高级又有趣的人却少之又少。高级的人使人尊敬，有趣的人使人欢喜，又高级又有趣的人，使人敬而不畏，亲而不狎，交结愈久，芬芳愈醇。譬如新鲜的水果，不但甘美可口，而且富于营养，可谓一举两得。朋友是自己的镜子。一个人有了这种朋友，自己的境界也低不到哪里去。东坡先生杖履所至，几曾出现过低级而无趣的俗物？

第二型，**高级而无趣**。这种人大概就是古人所谓的诤友，甚至畏友了。这种朋友，有的知识丰富，有的人格高超，有的呢，"品学兼优"像一个模范生，可惜美中不足，都缺乏那么一点儿幽默感，活泼不起来。你总觉得，他身上有那么一个窍没有打通，因此无法豁然恍然，具备充分的现实感。跟他交谈，既不像打球那样，你来我往，此呼彼应，也不像滚雪球那样，把一个有趣的话题愈滚愈大。精力过人的一类，只管自己发球，不管你接不接得住。消极的一类则以逸待劳，难得接你一球两球。无论对手是积极或消极，总之该你捡球，你不捡球，这场球是别想打下去的。这种畏友的遗憾，在于趣味太窄，所以跟你的"接触面"广不起来。天下之大，他从城南到城北来找你的目的，只在讨论"死亡在法国现代小说中的特殊意义"，或是"爱斯基摩人①对于性生活的态度"。为这种畏友捡一晚上的球，疲劳是可以想见的。这样的友谊有点像吃药，太苦了一点。

第三型，**低级而有趣**。这种朋友极富娱乐价值，说笑

---

① 爱斯基摩人：因纽特人的旧称，意为"生食者"，现渐趋弃用。北极地区原住民。

话，他最黄；说故事，他最像；消息，他最灵通；关系，他最广阔；好去处，他都去过；坏主意，他都打过。世界上任何话题他都接得下去，至于怎么接法，就不用你操心了。他的全部学问，就在于不让外行人听出他没有学问。至于内行人，世界上有多少内行人呢？所以他的马脚在许多客厅和餐厅里跑来跑去，并不怎么露眼。这种人最会说话，餐桌上有了他，一定宾主尽欢，大家喝进去的美酒还不如听进去的美言那么"沁人心脾"。会议上有了他，再空洞的会议也会显得主题正确，内容充沛，没有白开。如果说，第二型的朋友拥有世界上全部的学问，独缺常识，那么这一型的朋友则恰恰相反，拥有世界上全部的常识，独缺学问。照说低级的人而有趣味，岂非低级趣味，你竟能与他同乐，岂非也有低级趣味之嫌？不过人性是广阔的，谁能保证自己毫无此种不良的成分呢？如果要你做鲁滨孙，你会选第三型还是第二型的朋友做"礼拜五"呢？

第四型，**低级而无趣**。这种朋友，跟第一型的朋友一样少，或然率[1]相当之低。这种人当然自有一套价值标准，非但不会承认自己低级而无趣，恐怕还自以为又高级又有趣呢。然则，余不欲与之同乐矣。

一九七二年五月

---

[1]　或然率：概率的旧称。

梵谷的向日葵

梵谷一生油画的产量在八百幅以上，但是其中雷同的画题不少，每令初看的观众感到困惑。例如他的自画像，就多达四十多幅。阿罗时期的《吊桥》，至少画了四幅，不但色调互异，角度不同，甚至有一幅还是水彩。《邮差鲁兰》和《嘉舍大夫》也都各画了两张。至于早期的代表作《食薯者》，从个别人物的头像素描到正式油画的定稿，反反复复，更画了许多张。梵谷是一位求变、求全的画家，面对一个题材，总要再三检讨，务必面面俱到，充分利用为止。他的杰作《向日葵》也不例外。

早在巴黎时期，梵谷就爱上了向日葵，并且画过单枝独朵，鲜黄衬以亮蓝，非常艳丽。一八八八年初，他南下阿罗，定居不久，便邀高敢从西北部的布列塔尼去阿罗同住。这正是梵谷的黄色时期，更为了欢迎好用鲜黄的高敢去"黄屋"同住，他有意在十二块画板上画下亮黄的向日葵，作为室内的装饰。

梵谷在巴黎的两年，跟法国的少壮画家一样，深受日本版画的影响。从巴黎去阿罗不过七百公里，他竟把风光明媚的普罗旺斯幻想成日本。阿罗是古罗马的属地，古迹很多，居民兼有希腊、罗马、阿拉伯的血统，原是令人悠然怀古的名胜。梵谷却志不在此，一心一意只想追求艺术的新天地。

到阿罗后不久，他就在信上告诉弟弟："此地有一座柱廊，叫做圣多芬门廊，我已经有点欣赏了。可是这地方太无情、太怪异，像一场中国式的噩梦，所以在我看来，就连这么宏伟风格的优美典范，也只属于另一世界：我真庆幸，我跟它毫不相干，正如跟罗马皇帝尼禄的另一世界没有关系一样，不管那世界有多壮丽。"

梵谷在信中不断提起日本，简直把日本当成亮丽色彩的代名词了。他对弟弟说："小镇四周的田野盖满了黄花与紫花，就像是——你能够体会吗？——一个日本美梦。"

由于接触有限，梵谷对中国的印象不正确，而对日本却一见倾心，诚然不幸。他对日本画的欣赏，也颇受高敢的示范引导；去了阿罗之后，更进一步，用主观而武断的手法来处理色彩。向日葵，正是他对"黄色交响"的发挥，间接上，也是对阳光"黄色高调"的追求。

　　一八八八年八月底，梵谷去阿罗半年之后，写信给弟弟说："我正在努力作画，起劲得像马赛人吃鱼羹一样；要是你知道我是在画几幅大向日葵，就不会奇怪了。我手头正画着三幅油画……第三幅是画十二朵花与蕾插在一只黄瓶里（三十号大小）。所以这一幅是浅色衬着浅色，希望是最好的一幅。也许我不止画这么一幅。既然我盼望跟高敢同住在自己的画室里，我就要把画室装潢起来。除了大向日葵，什么也不要……这计划要是能实现，就会有十二幅木版画。整组画将是蓝色和黄色的交响曲。每天早晨我都乘日出就动笔，因为向日葵谢得很快，所以要做到一气呵成。"

　　过了两个月，高敢就去阿罗和梵谷同住了。不久两位画家因为艺术观点相异，屡起争执。梵谷本就生活失常，情绪紧张，加以一生积压了多少挫折，每天更冒着烈日劲风出门去赶画，甚至晚上还要在户外借着烛光捕捉夜景，疲惫之余，怎么还禁得起额外的刺激？耶诞前两天，他的狂疾初发。耶诞后两天，高敢匆匆回了巴黎。梵谷住院两周，又恢复作画，直到一八八九年二月四日，才再度发作，又卧病两周。一月二十三日，在两次发作之间，他写给弟弟的一封长信，显示他对自己的这些向日葵颇为看重，而对高敢的友情和见解仍然珍视。他说：

如果你高兴，你可以展出这两幅向日葵。高敢会乐于要一幅的，我也很愿意让高敢大乐一下。所以这两幅里他要哪一幅都行，无论是哪一幅，我都可以再画一张。

你看得出来，这些画该都抢眼。我倒要劝你自己收藏起来，只跟弟媳私下赏玩。这种画的格调会变的，你看得愈久，它就愈显得丰富。何况，你也知道，这些画高敢非常喜欢。他对我说来说去，有一句是："那……正是……这种花。"

你知道，芍药属于简宁（Jeannin），蜀葵归于郭司特（Quost），可是向日葵多少该归我。

足见梵谷对自己的向日葵信心颇坚，简直是当仁不让，非他莫属。这些光华照人的向日葵，后世知音之多，可证梵谷的预言不谬。在同一封信里，他甚至这么说："如果我们所藏的蒙提且利那丛花值得收藏家出五百法郎，说真的也真值，则我敢对你发誓，我画的向日葵也值得那些苏格兰人或美国人出五百法郎。"

梵谷真是太谦虚了。五百法郎当时只值一百美金，他说这话，是在一八八八年。几乎整整一百年后，在一九八七年的三月，其中的一幅向日葵在伦敦拍卖所得，竟是画家当年自估的三十九万八千五百倍。要是梵谷知道了，会有

什么感想呢？要是他知道，那幅《鸢尾花圃》售价竟高过
《向日葵》，又会怎么说呢？

一八九〇年二月，布鲁塞尔举办了一个"二十人展"
（Les Vingt）。主办人透过西奥，邀请梵谷参展。梵谷寄了六
张画去，《向日葵》也在其中，足见他对此画的自信。结果
卖掉的一张不是《向日葵》，而是《红葡萄园》。非但如此，
《向日葵》在那场画展中还受到屈辱。参展的画家里有一位
专画宗教题材的，叫做德格鲁士（Henry de Groux），坚决
不肯把自己的画和"那盆不堪的向日葵"一同展出。在庆
祝画展开幕的酒会上，德格鲁士又骂不在场的梵谷，把他
说成"笨瓜兼骗子"。罗特列克在场，气得要跟德格鲁士决
斗。众画家好不容易把他们劝开。第二天，德格鲁士就退
出了画展。

梵谷的《向日葵》在一般画册上，只见到四幅：两幅
在伦敦，一幅在慕尼黑，一幅在阿姆斯特丹。梵谷最早的
构想是"整组画将是蓝色和黄色的交响曲"，但是习见的这
四幅里，只有一幅是把亮黄的花簇衬在浅蓝的背景上，其
余三幅都是以黄衬黄，烘得人脸颊发燠。

荷兰原是郁金香的故乡，梵谷却不喜欢此花，反而认
同法国的向日葵，也许是因为郁金香太秀气、太娇柔了，
而粗茎糙叶、花序奔放、可充饲料的向日葵则富于泥土气
与草根性，最能代表农民的精神。

梵谷嗜画向日葵，该有多重意义。向日葵昂头扭颈，从早到晚随着太阳转脸，有追光拜日的象征。德文的向日葵叫 sonnenblume，跟英文的 sunflower 一样。西班牙文叫此花为 girasol，是由 girar（旋转）跟 sol（太阳）二字合成，意为"绕太阳"，颇像中文。法文最简单了，把向日葵跟太阳索性都叫做 soleil。梵谷通晓西欧多种语文，更常用法文写信，当然不会错过这些含义。他自己不也追求光和色彩，因而也是一位拜日教徒吗？

其次，梵谷的头发棕里带红，更有"红头疯子"之称。他的自画像里，不但头发，就连络腮的胡髭也全是红焦焦的，跟向日葵的花盘颜色相似。至于一八八九年九月他在圣瑞米疯人院所绘的那张自画像（也就是我中译的《梵谷传》封面所见），胡子还棕里带红，头发简直就是金黄的火焰，若与他画的向日葵对照，岂不像纷披的花序吗？

因此，画向日葵即所以画太阳，亦即所以自画。太阳、向日葵、梵谷，圣三位一体。

另一本梵谷传记《尘世过客》(*Stranger on the Earth* by Albert Lubin）诠释此图说："向日葵是有名的农民之花，据此而论，此花就等于农民的画像，也是自画像。它爽朗的光彩也是仿自太阳，而文生之珍视太阳，已奉为上帝和慈母。此外，其状有若乳房，对这个渴望母爱的失意汉也许分外动人，不过此点并无确证。他自己（在给西奥的信中）也说过，向日葵是感恩的象征。"

从认识梵谷起，我就一直喜欢他画的向日葵，觉得那些挤在一只瓶里的花朵，辐射的金发、丰满的橘面、挺拔的绿茎，衬在一片淡柠檬黄的背景上，强烈地象征了天真而充沛的生命，而那深深浅浅、交交错错织成的黄色暖调，对疲劳而受伤的视神经，真是无比美妙的按摩。每次面对此画，久久不甘移目，我都要贪馋地饱饫一番。

另一方面，向日葵苦追太阳的壮烈情操，有一种知其不可为而为之的志气，令人联想起中国神话的夸父追日、希腊神话的伊卡瑞斯奔日。所以在我的近作《向日葵》一诗里我说：

> 你是挣不脱的夸父
> 飞不起来的伊卡瑞斯
> 每天一次的轮回
> 从曙到暮
> 扭不屈之颈，昂不垂之头
> 去追一个高悬的号召。

一九九〇年四月

莫惊醒金黄的鼾声

一

今年七月，初访荷兰，不为风车，也不为运河，为的是梵谷逝世百周年的回顾大展。一连两天，在阿姆斯特丹和俄特罗的美术馆长廊里，仰瞻低徊，三百八十幅的油画和素描，尽情饱览，入神之状，简直有若梵谷的圣灵附身。

七月十四日，我们又去了巴黎。巴黎不能算是梵谷的城市，但他的联想却是难断的，尤其是近郊的奥维，因为他就葬在该处。梵谷之旅不甘就此结束，第二天中午我们又抱着追看悲剧续集的心情，去访奥维。

五年前在巴黎小住，熊秉明先生曾经带我去凭吊米勒在巴比松的故居，田园的意趣宛然犹在。有一次心血来潮，想就地印证一下莫奈那些帆影弄波的河景，便和我存约了文娴、怀文去访阿让得衣（Argenteuil），不料塞纳河上杳无片帆，对岸更有工厂的烟囱矗起，扫兴而归。

奥维的全名是 Auvers-sur-Oise，意为瓦斯河畔的奥维。可以想见叫奥维的法国小镇不止一个，所以再用河名来区分。这瓦斯河是塞纳河的支流，由东北向西南，蜿蜒流经奥维与蓬图瓦斯（Pontoise，瓦斯河桥之意），注入主河。奥维镇小，人口只有五千，甚至在法国公路的行车详图上，屡用放大镜来回搜寻也找不到。不过它在巴黎北郊并离蓬图瓦斯不远，是可以确定的。于是我们坐地铁去火车北站，果然在路线牌上找到了奥维。

我们上了火车，西北行至蓬图瓦斯，要等两小时才有车转去奥维。那天是星期天，又是法国国庆的次日，镇上车少人稀，商店处处关门。天气却颇干燥，晴空一片净蓝，正是下午两点半，气温约莫摄氏二十七八度。这在巴黎说来，要算天热的了，不过干燥无汗，阴地里若有风来，尚有凉意。

我们沿着颇陡的石级，一路走上坡去，手里分担提着水果和矿泉水。我们一共是五人，除了我们夫妻、幼珊、季珊之外，还有痖弦的女儿小米。季珊和小米都在法国读书，一个在翁热（Angers），一个在贝桑松（Besançon），虽然法语尚未意到舌随，却也义不容辞，好歹都得负起法国通的向导之责。荷兰的梵谷大展她们未能观赏，但是就近去吊画家之墓，也不失为一程"感性教育之旅"吧。

　　终于到了坡顶，再一转弯，就是圣克路教堂了。一进去，里面便是中世纪的世界，深邃、安静、阴凉。在欧洲旅行，教堂不论大小，通常可以推门而入，到另一个时光里去歇脚，由你闭上倦目，冥冥入神。我把两枚十法郎的硬币分给季珊和小米，让她们投入捐献柜里，并且各取一支白烛，向圣母像前接火点亮。我们顺着侧廊一间间巡礼过去，到了最后一间，被上下两层的雕像深深感动，瞻仰了许久。都是大理白石的雕刻：下层是耶稣被二徒抱下十字架，另有四人在下接应，圣母也在其中，那面容，低首垂目，悲切之中透出慈爱，加上女性的包容与温婉，真令世上的人子不胜其孺慕之眷眷。雕刻家不知是几世纪前的人了，但是那深厚真挚的敬爱之情，仍从栩栩的顽石里透出，一波波袭来，攫住我，一个过客与异教徒，攫住我，在那难忘的下午。上层则是耶稣复活了，从棺中立起，罗马兵四人惊视于两侧，并有天使翩然为耶稣开道。

二

　　梵谷早年在比利时的矿区传道，摩顶放踵，推食解衣，俨然有基督之风。后来他在教会受挫，把一腔博爱转而注入艺术，化成了激动的线条，热烈的色彩，因而分外感人。

万物在他的画里，不但人格化，甚且神格化了。梵谷所以感人，在于他的画"情溢于词"，最具宗教与文学的精神。他的某些自画像，用断续的弧线，把基督的光圈"解构"为急转的漩涡，戴在头上，隐然仍以基督受难自许。在自杀前的一年之内，他两度临摹戴拉克鲁瓦[①]（Eugène Delacroix）的《圣恸图》（Pietà），但图中的基督不但红发红须，就连面貌也像梵谷自己，而张臂要俯抱基督的圣母，更状似梵谷的母亲。临摹他人的画而将自己代入，正是基督意识与恋母情结的综合浮现……在蓬图瓦斯去奥维的火车上，望着滚滚西去的瓦斯河水，我从圣克路教堂的雕像想到梵谷的画面。

忽然火车在一个小站停下，奥维到了。

在梵谷的艺术生命上，奥维不是最重要的一站，却是最令人感伤的尾声，因为他就是在这里告别人间的：余音袅袅从这里开始。从五月二十日到七月二十九日，梵谷最后的十个星期在此地度过，而且有七十幅油画作品在此完成，其中《嘉舍大夫》、《奥维教堂》、《麦田群鸦》并经公认为杰作。而最具感情分量的，是梵谷的坟墓。一八六一年，早在梵谷来此定居之前，法国画家杜比尼（Charles

---

① 戴拉克鲁瓦：即德拉克洛瓦（1798—1863），法国画家。

Daubigny[①]，1817—1878）已经在这里筑屋辟园，经营画室。后来塞尚和毕沙洛[②]也在此住过、画过，也都不足以把此地"据为己有"。最后来了梵谷，变色的长空，波荡的麦田，纷飞的群鸦，一时都绕着他旋转起来，属于他了。砰然的一声响后，他的血滴进了七月的麦田，染红了麦香的沃土，于是奥维永远成为梵谷，属于荷兰。

出了小火车站，我们沿着房屋稀疏的长街向西走去，已斜的太阳照个满怀。米黄色的两层楼市政厅前，挂着梵谷百年前用黑粉笔所画的此屋，供人比较，看得出变化不大。斜对面的街上也都是整齐的两层楼屋，其中有一座戴着浅绿色的三角形屋顶，二楼的两扇窗都开着褐色的窗扉，下面的横布条上，褐底白字，大书 La Maison de Van Gogh[③]，正是画家当年的寓所，那时叫做拉雾酒店，每天房租是三个半法郎。我们走去对街，发现大门锁住了，想是星期天的关系。只好再走过来，隔街打量一番。一百年前，那个劳碌而苦命的肉体，带着血腥的伤口，残缺的耳朵，在子弹头尖锐的噬痛下，真的就死在那窗子里吗？而今窗扉寂寞，早已是人去楼空了，只留下络绎来望楼的人。

---

① 全名为 Charles-François Daubigny。法国风景画家。
② 毕沙罗：毕沙罗（Camille Pissarro，1830—1903），法国画家，印象画派成员之一。
③ La Maison de Van Gogh：法语，中文意为梵谷之家。

　　我们终于回过身去，沿街东行，经过了梵谷公园。见有行人出入其间，便也进去巡了一圈。草地上竖立着一尊塑像，有一个半人高，把梵谷的身材拉高削瘦，背着画架，很有贾可梅蒂[1]雕刻的风格。一百年前，奥维村民眼中的红头画家，背着画具在田埂上每天走过，大概就是这样子吧？

　　出了公园，继续朝东走。过了车站，坡势渐陡，我们顺势左转，努力爬到半坡，不由得站定下来。一座朴素的小教堂屏于道左，正是梵谷画过的那座哥特式教堂，正堂斜脊的上面更耸起联鸣钟楼的尖顶。我们面对的是教堂的背后，也正是当日梵谷所取的角度，怪不得此画的复制品贴在路边的牌子上，供人就地比较。整整一世纪后，奥维教堂的外貌大致未变，只是钟楼的排窗拆空了，背后的蔷薇圆窗下也加了防盗铁条。是的，一切都仍旧观，只是眼前的教堂如此安详而镇定，哪里像画里的教堂，蠢蠢然若在蠕动，而且岌岌乎倾向一边，尤其是上面的钟楼，简直有比萨斜塔下压之势。屋后的一角草地和两侧的黄沙土路，也平平静静，毫无异状，但到了梵谷的画里，看哪，却中了魔，草地剧烈地起伏如波，土路流成了两股急湍，向我们奔泻而来。上面的天空更是风起云涌，漫天的阴霾卷成

————————

　　[1]　贾可梅蒂：贾科梅蒂（Alberto Giacometti，1901—1966），瑞士雕塑家、画家。

了漩涡，蓝中带紫，紫中带着惨白，骚动得令人不安。应和着下面惴惴然怔怔然的危楼歪屋，整个画面神秘而奇诡，似乎有所启示。尤其是那天色，比起艾尔·格瑞科的《托雷多风景》来，虽无其激动变幻，却更为深邃阴沉。那天色，在阿罗时期的《绿葡萄园》里已经露过脸了，到了奥维时期更变本加厉，简直成了具体的心情，又像一幅庞大逼人的不祥预言，悬在扭动不安的大地之上。有谁，只要一瞥过他临终前的《麦田群鸦》，能不被那惊骇的天色所祟呢？

　　但是此刻，头顶的晴空虚张着淡淡的柔蓝，被偏西的艳阳烘上一层薄金，风光是明媚之至，很难想象，一世纪前一个受苦受难的敏感心灵，怎样把这一片明媚逼迫成寓言，酿成悲剧。同样是一双眼睛，为什么从杜比尼看到塞尚，从奥维的景色里就看不出什么危机和熬炼呢？足见画家所见，莫非他心中所有。比起客观写实的印象派来，梵谷真是一位象征大师，一位先知。

三

　　这么想着，我的目光停留在钟楼的钟面上，发现已经快六点了，还有公墓要去凭吊呢。一行五人仰面再走上坡去。到得坡顶，眼界一宽，左边望不尽的平畴，一亩亩的麦香连接到天涯，麦已熟透，穗芒蓬松，垂垂重负的密实姿态，给人丰收的成就感、满足感。那无穷无尽的金黄，在七月下午的烈阳下，分外耀人眼目，暖人脸颊。可惜那天干热无风，否则麦浪起伏必然可观。这正是梵谷一生阡陌来去画之不餍的麦田，教人看了，格外怀念画它的人。右边是石砌的矮墙，上面盖着橘黄的瓦顶，一路把络绎的行人引到公墓的门口。

　　刚才在半坡上打量那教堂，此刻零零落落进入公墓，怀着虔敬与感激，要把这一出悲剧追踪到落幕的，除我们之外，还有好几十位香客。墓地平坦宽大，想必百年来村民葬者渐多，所以墓碑相接，亡魂颇密。一时之间，大家的心头沉重起来，明知墓中人死了已整整一世纪，但走近了他的血肉之躯，就算血已枯肉已化，仍然令人不由得要调整呼吸，准备接受那可畏的一瞬。

　　尽管如此，真走到墓前时，目光和石碑一触，仍然不由得一震。因为不是一座碑，而是两座。都是两尺半高，横列成一排，哥哥的碑比弟弟的稍微超前两寸。上圆下方的白石上面，黑字写着"文生·梵谷在此安息，一八五三——一八九〇"。另一块是"西奥·梵谷在此安息，一八五七——一八九一"。一百年前，也是这样的七月，七月二十七日，也是在麦熟穗垂的田里，砰的一声枪响，哥哥便拖着残破的倦体，挣扎着，回到镇上那家，我们刚才去张望过的，拉雾酒店。两天之后，他就在那小楼上死去。弟弟把他葬在这里，就是我正踏着的这片土，种得出满田麦香来的，同样的这片土。但不久，弟弟也失神落魄，一似梦游于世间，终于也疯了。半年之后，弟弟也死了，葬在荷兰。过了二十三年，西奥之妻约翰娜读到《圣经》里的这么一句，"死时两人也不分离"，心有遗憾，便将弟弟的遗骸运来奥维，葬在哥哥身边。

绿油油的常春藤似乎也懂得约翰娜的心意，交藤接叶，把两座小坟覆盖成一张翠毡，一直结缠到碑前，象征着文森特的艺术长青，而兄弟之情不朽。一个日本人走过来，恭恭敬敬，向墓地行了一鞠躬。又来了一对夫妻模样的北欧人，把手持的麦穗轻轻放在常春藤上，那样轻柔，像是怕惊醒墓中的酣睡。再细看时，那一片鲜绿之上，早已撒了好几茎黄穗。

石碑坐北朝南。我擅自站到两碑之间，俯下身来，一手扶着一碑，央我存为我照了张相。幻想之中，我的手似乎应该发烫。谁敢介入这两兄弟之间呢，甚至约翰娜？我未免太僭越了。但是地下的英灵，知道了我是《梵谷传》早年的译者，心香一瓣，千里迢迢来顶礼这一抔黄土，恐怕也就谅解了吧。

双墓的两侧都是高大而堂皇的石墓，碑饰也富丽得多，当然也是后人的一片孝心。法国政府好像也不刻意要美化或神化梵谷的坟墓。这样的朴素其实更好：真正的伟大何需装饰？我曾经站在华滋华斯的墓前，那石碑比这块更古拙，更不起眼。梵谷死时，他似乎一无所有。但是百年过去，他似乎拥有了一切。我不是指《鸢尾花》《嘉舍大夫》拍卖的高价，而是全世界向此地投来的、愉悦而感恩的目光，和不分国别无论老少、那许多敬爱的手带来的那许多麦芒。

四

　　从北边的侧门走出公墓的短墙，却走不出梵谷的画。墙外的麦田远连天边，在西倾而犹炽的骄阳下，蒸腾着淡香诱鼻的午梦，几乎听得见金黄的鼾声。大地的丰盈膨胀到表面张力，我们走在沃土的田埂上，像踏着地之脉，土之筋。也是七月的下午，也是盛夏的太阳，也就是在这样的麦田里，文森特仰面，举枪，对着自己生命最脆弱的地方，扣动扳机的吗？

　　成熟的麦田永远号召着梵谷。他画里的人物不是古典的贵族，也不是印象派的中产仕女，而是匹夫匹妇，尤其是农人。他从法国南部回到巴黎，只住了三天，就不堪其扰地逃来这乡野的小镇。他曾告诉画家贝尔纳（Emile Bernard）说，原始而健康的农村画题与波德莱尔眼中的巴黎景色，截然不同。在给妹妹维尔敏的信中他说："我无妻无子，只能凝视一片片的麦田，要我长住在城里，可活不下去。"接着他又用《圣经》式的比喻说："一个人想起人间的万事而想不通时，除了望着麦田之外，还能怎样呢？我们靠面包过活，自己不也很像麦子吗？等我们像麦子一样长熟，就要给收割了。"

　　早在巴黎时期，梵谷已经画过一幅麦田，风来田里，吹起一只云雀，但麦穗半青半黄，尚未熟透。阿罗时期的《丰收》，平畴开阔，舒展着熟麦的金色，野景宁静而安祥，是观众爱看的名作。《夏日黄昏的麦田与落日》一幅，已经有满田的麦浪含风，隐隐开启了后来的风格。到了圣瑞米时期，在《麦田与柏树》一类的画里，鲜黄的麦浪滔滔更成了亢扬的主调。在疯人院后面围墙内的麦田里，他看到一个农夫在阳光下收割，非常感动，一连画了三幅《收割者》：鲜黄而稠密的麦田占了大半个画面。他意犹未尽，更师米勒的原作，另画了一幅《收割者》，而以人物独占其前景，稠密的麦株蔽其背景。

　　他写信告诉弟弟说："我看到那收割者——一个梦幻的身影在火旺旺的烈日下，为了赶工，像魔鬼那样出力——我在他身上看到死亡的象征，也就是说，他收割的麦子正是人类。"

　　收割的寓言，早在《新约》的《路加福音》与《约翰福音》里就有了；莎士比亚在《十四行诗》中也说：玫瑰色的嘴唇与脸颊，终究被时间的镰刀割去。可是梵谷在信中谈到收割者，语调并不哀沉，他说："这件事发生在大白昼，当太阳把万物浴在纯金的光中……它是死亡的象征，我们在自然的大书中都读到——我所追寻的却是'近乎微笑之境'。"最后这一句乃是影射浪漫派大师戴拉克鲁瓦。戴氏"脑中悬日，心中驰骋暴风雨"，临终的表情据说"近乎微笑"。梵谷对他十分崇敬，并且熟读他的日记。

《麦田群鸦》是梵谷临终前回光返照的惊骇杰作。画面上但见天色深蓝而黑，阴霾四合而将压下，似日又似云之物迸破成几团灰白，旋转不已。满田的麦浪掀起惊惶的惊黄的挣扎，其上则纷飞飘忽的鸦群舞着零碎而又祟人的片片黑影，其下则土红的歧路绝望地伸着，更无出路。不，这不是"近乎微笑之境"。梵谷自杀，就在这样的太阳下，这样丰收待割的麦田里，并且是在礼拜天，基督徒敬神而休息的日子，但是他心中有许多遗憾，对人间的留恋仍多。即使孔子将死，也不免悲叹："泰山坏乎！梁柱摧乎！哲人萎乎！"孔子病重，尚且倚门等子贡来见最后一面。释迦寂灭，举行火葬，棺木却不能燃烧，也是为了等弟子大迦叶波。后来他母亲摩耶夫人赶到，释迦更从棺中坐起，合掌向慈母慰问。梵谷一生，隐隐以基督自许，这意识在他的画中时时得到见证。就连基督死时，也不免"四境黑暗"，而基督悲呼道："神啊神啊，为何你弃我而去？"

梵谷短促的生命里，最后的十周在此地度过。一来奥维，他就爱上这恬静的小镇了。他是荷兰南部的乡下人，一向喜欢深入村野，赤坦坦面对自然。他那么倾倒于米勒，绝非偶然。在信中，他曾赞美奥维洋溢着色彩，有一种庄严之美，甚至"空气里充满了幸福"。可是他的心灵找不到宁静，只找到《嘉舍大夫》的忧郁、《奥维教堂》的不安，最后是《麦田群鸦》的骚动与不祥。他面对死亡，要寻找"近乎微笑之境"，却未能臻及，终于在他热爱的麦穗与阳光中举起手来，收割了自己。

他的肉躯少有宁日，就这么匆匆地收割了。但是心灵的秋收多么丰富啊，简直是美不胜收。世界各地的美术馆都因他而充实，变成了丰收的仓库，变成了成亩的麦田，一走进去就是扑鼻的麦香。所有的眼睛都被他的向日葵照亮。

一行五人终于走过了麦田，停在一大片向日葵田的前面，有的欢呼，有的喃喃像是在祈祷，为了这么多壮丽，这么庞沛而稠密地一下子出现在眼前。麦田之美，无边无际的金黄，是单纯的。向日葵田的色调，翠萼反托着金瓣，那美，却对照而来，因此特别明艳。一朵还好对付，千葩万朵的亮丽密集成排、成行、成阵，全部都转过身来跟你照个正面，那万目睽睽觑聚你一身的焦点感，就算你是唯美的教徒，啊，也承当不起。何况向日葵比麦秆高出一倍，挺直的株干灯柱一般把花盘托举到高处，每一盏金碧辉煌都那么神气，满田呢，就更具集体而盛大的气象。那样天真的健美与壮观，活力与自信，那样毫无保留地凝望着你也让你瞠视，令人感到既兴奋，又喜悦，又不禁有点好笑。对比之下，麦穗的负重垂首就显得谦逊多了。

梵谷的艺术生命因南部的艳阳而成熟，而灿放。梵谷、麦穗、向日葵花，都是太阳之子。也许向日葵是太阳专宠的女儿，在法文里甚至跟爸爸同名，所以也得到梵谷的眷顾，绘画成人人宠爱的杰作。在一九九〇的梵谷年，向日葵娇艳健美的形象，从荷兰的五十块①钞票到名酒的标签、女人的衣饰，处处惹眼。这一切，满田天真的葵花当然不知道，只知道烈日已经偏西，不胜曝晒，千千万万的葵花竟全部别过脸去，望着东边，正是梵谷墓地的方向。一只肥硕的蜜蜂正营营振翅，起落频频地忙着向我面前的一朵大花盘采蜜，令人怀疑梵谷的灵魂，此刻，究竟是悬在阿姆斯特丹美术馆的墙上，还是逡巡在这一片葵花田里。

直到一声汽笛从坡下传来，火车驶过瓦斯河边，说晚餐正在巴黎等着我们。

一九九〇年八月

---

① 原文为五十元钞票。

江湖中

辑三

能微笑也能痛哭，能像二十世纪人一样的复杂，
也能像亚当夏娃一样的纯真，一句话，
他心里已有猛虎在细嗅蔷薇。

开你的大头会

　　世界上最无趣的事情莫过于开会了。大好的日子，一大堆人被迫放下手头的急事、要事、趣事，济济一堂，只为听三五个人逞其舌锋，争辩一件议而不决、决而不行、行而不通的事情，真是集体浪费时间的最佳方式。仅仅消磨光阴倒也罢了，更可惜的是平白扫兴，糟蹋了美好的心情。会场虽非战场，却有肃静之气，进得场来，无论是上智或下愚，君子或小人，都会一改常态，人人脸上戴着面具，肚里怀着鬼胎，对着冗赘的草案、苛细的条文，莫不咬文嚼字，反复推敲，务求措词严密而周详，滴水不漏，一劳永逸，把一切可钻之隙、可趁之机统统堵绝。

　　开会的心情所以好不了，正因为会场的气氛只能够印证性恶的哲学。济济多士埋首研讨三小时，只为了防范冥冥中一个假想敌，免得他日后利用漏洞，占了大家的，包括你的，便宜。开会，正是民主时代的必要之恶。名义上它标榜尊重他人，其实是在怀疑他人，并且强调服从多数，其实往往受少数左右，至少是搅局。

除非是终于付诸表决，否则争议之声总不绝于耳。你要闭目养神，或游心物外，或思索比较有趣的问题，并不可能。因为万籁之中人声最令人分心，如果那人声竟是在辩论，甚或指摘，那就更令人不安了。在王尔德的名剧《不可儿戏》里，脾气古怪的巴夫人就说："什么样的辩论我都不喜欢。辩来辩去，总令我觉得很俗气，又往往觉得有道理。"

意志薄弱的你，听谁的说词都觉得不无道理，尤其是正在侃侃的这位总似乎胜过了上面的一位。于是像一只小甲虫落入了雄辩的蛛网，你放弃了挣扎，一路听了下去。若是舌锋相当，场面火爆而高潮迭起，效果必然提神。可惜讨论往往陷于胶着，或失之琐碎，为了"三分之二以上"或"讲师以上"要不要加一个"含"字，或是垃圾的问题要不要另组一个委员会来讨论，而新的委员该如何产生才具有"充分的代表性"等等，节外生枝，又可以争议半小时。

如此反复斟酌，分发（hair-splitting）细究，一个草案终于通过，简直等于在集体修改作文。可惜成就的只是一篇面无表情更无文采的平庸之作，绝无漏洞，也绝无看头。所以没有人会欣然去看第二遍。也所以这样的会开完之后，你若是幽默家，必然笑不出来，若是英雄，必然气短，若是诗人，必然兴尽。

开会的前几天，一片阴影就已压上我的心头，成了生命中不可承受之烦。开会的当天，我赴会的步伐总带一点从容就义。总之，前后那几天我绝对激不起诗的灵感。其实我的诗兴颇旺，并不是那样经不起惊吓。我曾经在监考的讲台上得句，也曾在越洋的七四七经济客舱里成诗，周围的人群挤得更紧密，靠得也更逼近。不过在陌生的人群里"心远地自偏"，尽多美感的距离，而排排坐在会议席上，摩肩接肘，咳唾相闻，尽是多年的同事、同人，论关系则错综复杂，论语音则闭目可辨，一举一动都令人分心，怎么容得你悠然觅句？叶慈说得好："与他人争辩，乃有修辞；与自我争辩，乃有诗。"修辞是客套的对话，而诗，是灵魂的独白。会场上流行的既然是修辞，当然就容不得诗。

所以我最佩服的，便是那些喜欢开会、擅于开会的人。他们在会场上总是意气风发，雄辩滔滔，甚至独揽话题，一再举手发言，有时更单挑主席缠斗不休，陷议事于瓶颈，置众人于不顾，像唱针在沟纹里不断反复，转不过去。

而我，出于潜意识的抗拒，常会忘记开会的日期，惹来电话铃一叠连声催逼，有时去了，却忘记带厚重几近电话簿的议案资料。但是开会的烦恼还不止这些。

其一便是抽烟了。不是我自己抽，而是邻座的同事在抽，我只是就近受其熏陶，所以准确一点，该说闻烟，甚至呛烟。一个人对于邻居，往往既感觉亲切又苦于纠缠，十分矛盾。同事也是一种邻居，也由不得你挑选，偏偏开会时就贴在你隔壁，却无壁可隔，而有烟共吞。你一面呛咳，一面痛感"远亲不如近邻"之谬，应该倒过来说"近邻不如远亲"。万一几个近邻同时抽吸起来，你就深陷硝烟火网，呛咳成一个伤兵了。好在近几年来，社会虽然日益沉沦，交通、治安每下愈况，公共场所禁烟却大有进步，总算除了开会一害。

另一件事是喝茶。当然是各喝各的，不受邻居波及。不过会场奉茶，照例不是上品，同时在冷气房中迅趋温吞，更谈不上什么品茗，只成灌茶而已。经不起工友一遍遍来壶添，就更沦为牛饮了。其后果当然是去"造水"，乐得走动一下。这才发现，原来会场外面也很热闹，讨论的正是场内的事情。

其实场内的枯坐久撑，也不是全然不可排遣的。万物静观，皆成妙趣，观人若能入妙，更饶奇趣。我终于发现，那位主席对自己的袖子有一种，应该是不自觉的，紧张心结，总觉得那袖口妨碍了他，所以每隔十分钟左右，会忍不住突兀地把双臂朝前猛一伸直，使手腕暂解长袖之束。那动作突发突收，敢说同事们都视而不见。我把这独得之秘传授给一位近邻，两人便兴奋地等待，看究竟几分钟之后会再发作一次。那近邻观出了瘾来，精神陡增，以后竟然迫不及待，只等下一次开会快来。

不久我又发现，坐在主席左边的第三位主管也有个怪招。他一定是对自己的领子有什么不满，想必是妨碍了他的自由，所以每隔一阵子，最短时似乎不到十分钟，总情不自禁要突抽颈筋，迅转下巴，来一个"推畸"（twitch）或"推死它"（twist），把衣领调整一下。这独家奇观我就舍不得再与人分享了，也因为那近邻对主席的"推手式"已经兴奋莫名，只怕再加上这"推畸"之扭他负担不了，万一神经质地爆笑起来，就不堪设想了。

当然，遣烦解闷的秘方，不止这两样。例如耳朵跟鼻子人人都有，天天可见，习以为常竟然视而不见了。但在众人危坐开会之际，你若留神一张脸接一张脸巡视过去，就会见其千奇百怪，愈比愈可观，正如对着同一个字凝神注视，竟会有不识的幻觉一样。

会议开到末项的"临时动议"了。这时最为危险，只怕有妄人意犹未尽，会无中生有，活部转败，竟然敢冒天下之大不韪，提出什么新案来。

幸好没有。于是会议到了最好的部分：散会。于是又可以偏安半个月了，直到下一次开会。

一九九七年四月于西子湾

说起计程车

一

有一天在台北，上了一辆计程车。我报了目的地，司机闷声不应。一路上他横冲直撞，牢骚不绝，忽然迁怒于一辆机车，逼人不留余地。上桥时紧贴着石栏，逼得机车紧急刹车，几乎造成车祸。当时他正火爆，我不敢贸然规劝。终于，目的地到了。一百出头的车资，我付他整两百元，并说："辛苦了，免找了。"他很意外，答我："这么好呀！"我说："这世界上还是有人对你好的。"

当天下午，又上了一辆计程车。这次的司机斯文多了，一路开得很规矩。红灯亮了，他及时停车，从座底抽出一根棍来。原来不是棍，是一支七孔笛。他悠悠吹起来。在市嚣四围之中，车内这一袅笛韵显得分外清扬，直到红灯转绿。他回头对我一笑，说："等红灯太无聊，不吹白不吹。"我答说："这么好呀！"

二

有一次吾妻我存从外面回家，对计程车司机说了目的地。"左岸啊，"司机说，"听说余某某就住在那里。"我存说："我好像也听说过。"

三

一九九二年九月，英国文艺协会策划了一个"中国作家联访团"（Chinese Writers on Tour），受邀人为张戎、汤婷婷、北岛与我。我在香港半夜上机，次晨一早抵达伦敦。出了加德威克机场，一大堆人在外面接客。接我的是一个计程车司机，手持小牌一面，上书 Mr. Yu Kwang-Chung。我跟着他上了车，一路无话，终于抵达英国文艺协会订好的旅馆。真正的主人第二天才出现。

待客之道台湾和大陆是周到多了。新加坡某国际活动邀我出席，我的飞机抵埠时，也只有计程车司机去接，将我交给旅馆后，就扬长而去了。我在旅馆房间内什么开会手册或留言都没有。当地的文友，最熟的是王润华，便向厚厚的电话簿查他的宅电，毫无收获。终于悟出他的大名该是粤语拼音的 Wong Yun-Wa（其实仍不正确），才算抓住了一个人。

香港也差不多。十多年前，由贸发局出面办了一个书展。我应邀而去，事后送我搭机回台的，只是一辆计程车，不见一位主人。从此我不再参加香港书展。

四

计程车难以电召或街候的都市，旅客都视为畏途。有一次我们夫妻和幼珊要乘火车送季珊从巴黎去翁惹[①]（Angers），在街头的计程车站候车，几历一小时而不见车，我们心焦之余，又念上下火车更多折腾，索性就近向一家租车行租了一辆车，干脆上了西征的长途。

在温哥华也一样，我们三代九人，订好去阿拉斯加看冰川的邮轮，规定下午五点以前必须到码头报到。我们集中了行李，在季珊公寓楼下久等电召的计程车不至，一点办法也没有。

还有一次在莫斯科参加国际笔会，街头根本找不到计程车，大家正要绝望，俄语教授欧茵西说，且跟我来。她

———————

① 翁惹：又译翁热，法国科多尔省下辖的市镇。

只一伸手，就拦下一辆私家车，讲起价来。于是大家都上了车。原来俄国人自己驾车，只要不急于赶路，也愿意停下来赚一点外快。

最不便的是澳门。澳门有许多好处，但搭计程车不在其列。原来澳门地小路窄，车程多为短程，计程车又少，司机满不在乎，在乎的是远来的赌客，据说计程车司机每载一名客人去赌场，都有赏金。所以我们旅澳门一月，"出无车"之苦真是尝够了。钟玲带我们从澳门渡海到香港，一上岸就看见计程车排长龙在等乘客。钟玲说："真是幸福！"

二〇一四年八月十七日

幽默的境界

据说秦始皇有一次想把他的苑囿扩大，大得东到函谷关，西到今天的凤翔和宝鸡。宫中的弄臣优游说："妙极了！多放些动物在里面吧。要是敌人从东边打过来，只要教麋鹿用角去抵抗，就够了。"秦始皇听了，就把这计划搁了下来。

这么看来，幽默实在是荒谬的解药。委婉的幽默，往往顺着荒谬的逻辑夸张下去，使人领悟荒谬的后果。优游是这样，淳于髡、优孟是这样，包可华也是这样。西方有一句谚语，大意是说：解释是幽默的致命伤，正如幽默是浪漫的致命伤。虚张声势，故作姿态的浪漫，也是荒谬的一种。凡事过分不合情理，或是过分违背自然，都构成荒谬。荒谬的解药有二：第一是坦白指摘，第二是委婉讽喻，幽默属于后者。什么时候该用前者，什么时候该用后者，要看施者的心情和受者的悟性。心情好，婉说，心情坏，直说。对聪明人，婉说，对笨人只有直说。

用幽默感来评人的等级，有三等。第一等有幽默的天赋，能在荒谬里觑见幽默。第二等虽不能创造幽默，却多少能领略别人的幽默。第三等连领略也无能力。第一等是先知先觉，第二等是后知后觉，第三等是不知不觉。如果幽默感是磁性，第一等便是吸铁石，第二等是铁，第三等便是一块木头了。这么看来，秦始皇还勉强可以归入第二等，至少他领略了优旃的幽默感。

第三等人虽然没有幽默感，对于幽默仍然很有贡献，因为他们虽然不能创造幽默，却能创造荒谬。这世界，如果没有妄人的荒谬表演，智者的幽默岂不失去依据？晋惠帝的一句"何不食肉糜？"惹中国人嗤笑了一千多年。晋惠帝的荒谬引发了我们的幽默感：妄人往往在不自知的情况下，牺牲自己，成全别人，成全别人的幽默。

虚妄往往是一种膨胀作用，相当于螳臂当车，蛇欲吞象。幽默则是一种反膨胀（deflationary）作用，好像一帖泻药，把一个胖子泻成一个瘦子那样。可是幽默并不等于尖刻，因为幽默针对的不是荒谬的人，而是荒谬本身。高度的幽默往往源自高度的严肃，不能和杀气、怨气混为一谈。不少人误认尖酸刻薄为幽默，事实上，刀光血影中只有恨，并无幽默。幽默是一个心热手冷的开刀医生，他要杀的是病，不是病人。

把英文 humour 译成幽默，是神来之笔。幽默而太露骨太嚣张，就失去了"幽"和"默"。高度的幽默是一种讲究含蓄的艺术，暗示性愈强，艺术性也就愈高。不过暗示性强了，对于听者或读者的悟性，要求也自然增高。

幽默也是一种天才，说幽默的人灵光一闪，绣口一开，听幽默的人反应也要敏捷，才能接个正着。这种场合，听者的悟性接近禅的"顿悟"；高度的幽默里面，应该隐隐含有禅机一类的东西。如果说者语妙天下，听者一脸茫然，竟要说者加以解释或者再说一遍，岂不是天下最扫兴的事情？

所以说，"解释是幽默的致命伤"。世界上有两种话必须一听就懂，因为它们不堪重复：第一是幽默的话，第二是恭维的话。最理想也是最过瘾的配合，是前述"幽默境界"的第二等人围听第一等人的幽默：说的人说得精彩，听的人也听得尽兴，双方都很满足。其他的配合，效果就大不相同。换了第一等人面对第三等人，一定形成冷场，且令说者懊悔自己"枉抛珍珠付群猪"。不然便是第二等人面对第一等人而竟想语娱四座，结果因为自己的"幽默境界"欠高，只赢得几张生硬的笑容。要是说者和听者都是第一等人呢？"顿悟"当然不成问题，只是语锋相对，机心竞起，很容易导致"幽默比赛"的紧张局面。万一自己舌翻谐趣，刚刚赢来一阵非常过瘾的笑声，忽然邻座的一语境界更高，利用你刚才效果的余势，飞腾直上，竟获得更加热烈的反应，和更为由衷的赞叹，则留给你的，岂不是一种"第二名"的苦涩之感？

　　幽默，可以说是一个敏锐的心灵，在精神饱满生趣洋溢时的自然流露。这种境界好像行云流水，不能做假，也不能苦心经营，事先筹备。世界上有的是荒谬的事，虚妄的人；诙谐天成的心灵，自然左右逢源，取用不尽。幽默最忌的便是公式化，譬如说到丈夫便怕太太，说到教授便缺乏常识，提起官吏，就一定要刮地皮。公式化的幽默很容易流入低级趣味，就像公式化的小说中那些人物一样，全是欠缺想象力和观察力的产品。我有一个远房的姨丈，远房的姨丈有几则公式化的笑话，那几则笑话有一个忠实的听众，他的太太。丈夫几十年来翻来覆去说的，总是那几则笑话，包括李鸿章吐痰、韩复渠[①]训话等等，可是太太每次听了，都像初听时那样好笑，令丈夫的发表欲得到充分的满足。夫妻两人显然都很健忘，也很快乐。

　　一个真正幽默的心灵，必定是富足，宽厚，开放，而且圆通的。反过来说，一个真正幽默的心灵，绝对不会固

---

　　① 韩复渠：似为韩复榘（1890—1938），直隶霸县（今河北霸州）人，字向方，中华民国军事将领，冯玉祥手下的"十三太保"之一。

执成见，一味钻牛角尖，或是强词夺理，厉色疾言。幽默，恒在俯仰指顾之间，从从容容，潇潇洒洒，浑不自觉地完成：在一切艺术之中。幽默是距离宣传最远的一种。"舍我其谁？"的英雄气概，和幽默是绝缘的。宁曳尾于涂中，不留骨于堂上；非梧桐之不止，岂腐鼠之必争？庄子的幽默是最清远最高洁的一种境界，和一般弄臣笑匠不能并提。真正幽默的心灵，绝不抱定一个角度去看人或看自己，他不但会幽默人，也会幽默自己，不但嘲笑人，也会释然自嘲，泰然自贬，甚至会在人我不分物我交融的忘我境界中，像钱默存所说的那样，欣然独笑。真具幽默感的高士，往往能损己娱人，参加别人来反躬自笑。创造幽默的人，竟能自备荒谬，岂不可爱？吴炳钟先生的语锋曾经伤人无算。有一次他对我表示，身后当嘱家人在自己的骨灰坛上刻"原谅我的骨灰"（Excuse my dust. ）一行小字，抱去所有朋友的面前谢罪。这是吴先生二十年前的狂想，不知道他现在还要不要那样做？这种狂想，虽然有资格列入《世说新语》的任诞篇，可是在幽默的境界上，比起那些扬言愿捐骨灰做肥料的利他主义信徒来，毕竟要高一些吧。

　　其他的东西往往有竞争性，至少幽默是"水流心不竞"的。幽默而要竞争，岂不令人啼笑皆非？幽默不是一门三学分的学问，不能力学，只可自通，所以"幽默专家"或"幽默博士"是荒谬的。幽默不堪公式化，更不堪职业化，所以笑匠是悲哀的。一心一意要逗人发笑，别人的娱乐成了自己的责任，那有多么紧张？自生自发无为而为的一点谐趣，竟像一座发电厂那样日夜供电，天机沦为人工，有多乏味？就算姿势升高，幽默而为大师，也未免太不够幽默了吧。文坛常有论争，唯"谐坛"不可论争。如果有一个"幽默协会"，如果会员为了竞选"幽默理事"而打起架来，那将是世界上最大的荒唐，不，最大的幽默。

一九七二年六月

你的耳朵特别名贵？

　　七等生的短篇小说《余索式怪诞》写一位青年放假回家，正想好好看书，对面天寿堂汉药店办喜事，却不断播放感人的音乐。余索走到店里，要求他们把声浪放低，对方却以一人之自由不得干犯他人之自由为借口加以拒绝。于是余索成了不可理喻的怪人，只好落荒而逃，遁于山间。不料他落脚的寺庙竟也用扩音器播放如怨如诉的佛乐，而隔室的男女又猜拳嬉闹，余索忍无可忍，唯有走入黑暗的森林。

　　我对这位青年不但同情，简直认同，当然不是因为我也姓余，而是因为我也深知噪音害人于无形，有时甚于刀枪。噪音，是听觉的污染，是耳朵吃进去的毒药。叔本华一生为噪音所苦，并举歌德、康德、李克登堡等人的传记为例，指出凡伟大的作家莫不饱受噪音折磨。其实不独作家如此，一切需要思索，甚至仅仅需要休息或放松的人，皆应享有宁静的权利。有一种似是而非的论调，认为好静乃是听觉上的"洁癖"，知识分子和有闲阶级的"富贵病"。在这种谬见的笼罩之下，噪音的受害者如果向"音源"抗议，或者向第三者，例如警察吧，去申冤投诉，一定无人理会。"人家听得，你听不得？你的耳朵特别名贵？"是习见的反应。所以制造噪音乃是社会之常态，而干涉噪音却是个人之变态，反而破坏了邻里的和谐，像余索一样，将不见容于街坊。诗人库伯（Wiliam Cowper）说得好：

> 吵闹的人总是理直气壮。

其实，不是知识分子难道就不怕吵吗？《水浒传》里的鲁智深总是大英雄了吧，却也听不得垂杨树顶群鸦的聒噪，在众泼皮的簇拥之下，一发狠，竟把垂杨连根拔起。

叔本华在一百多年前已经这么畏惧噪音，我们比他"进化"了这么多年，噪音的势力当然是强大得多了。七等生的《余索式怪诞》刊于一九七五年，可见那时的余索已经无所逃于天地之间。十年以来，我们的听觉空间只有更加脏乱。无论我怎么爱台湾，我都不能不承认台北已成为噪音之城，好发噪音的人在其中几乎享有无限的自由。人声固然百无禁忌，狗声也是百家争鸣：狗主不仁，以左邻右舍为刍狗。至于机器的噪音，更是横行无阻。最大的凶手是扩音器，商店用来播音乐，小贩用来沿街叫卖，广告车用来流动宣传，寺庙用来诵经唱偈，人家用来办婚丧喜事，于是一切噪音都变本加厉，扩大了杀伤的战果。四年前某夜，我在台北家中读书，忽闻异声大作，竟是办丧事的呕哑哭腔，经过扩音器的"现代化"，声浪汹涌淹来，浸灌吞吐于天地之间，只觉其凄厉可怕，不觉其悲哀可怜。就这么肆无忌惮地闹到半夜，我和女儿分别打电话向警局投诉，照例是没有结果。

噪音害人，有两个层次。人叫狗吠，到底还是以血肉之躯摇舌鼓肺制造出来的"原音"，无论怎么吵人，总还有个极限，在不公平之中仍不失其为公平。但是用机器来吵人，管它是收音机、电视机、唱机、扩音器，或是工厂开工，电单车发动，却是以逸待劳、以物役人的按钮战争，太残酷、太不公平了。

早在两百七十年前，散文家斯迪尔[①]（Richard Steele）就说过："要闭起耳朵，远不如闭起眼睛那么容易，这件事我常感遗憾。"上帝第六天才造人，显已江郎才尽。我们不想看丑景，闭目便可，但要不听噪音，无论怎么掩耳、塞

[①]　斯迪尔：斯梯尔（1672—1729），英国作家。他曾与艾迪生合编《闲话报》和《旁观者》等刊物，撰写随笔，批评当时风尚，讨论家庭问题。写有剧本《说谎的情人》《温柔的丈夫》等。

耳，都不清静。更有一点差异：光，像棋中之车，只能直走；声，却像棋中之炮，可以飞越障碍而来。我们注定了要饱受噪音的迫害。台湾的人口密度太大，生活的空间相对缩小。大家挤在牛角尖里，人人手里都有好几架可发噪音的机器，不，武器，如果不及早立法管制，认真取缔，未来的听觉污染势必造成一个半聋的社会。

每次我回到台北，都相当地"近乡情怯"，怯于重投噪音的天罗地网，怯于一上了计程车，就有个音响喇叭对准了我的耳根。香港的计程车里安静得多了。英国和德国的计程车里根本不播音乐。香港的公共场所对噪音的管制比台北严格得多，一般的商场都不播音乐，或把音量调到极低，也从未听到谁用扩音器叫卖或竞选。

愈是进步的社会，愈是安静。滥用扩音器逼人听噪音的社会，不是落后，便是集权。曾有人说，一出国门，耳朵便放假。这实在是一句沉痛的话，值得我们这个把热闹当作繁荣的社会好好自省。

一九八五年五月十九日《联副》

饶了我的耳朵吧，音乐

　　声乐家席慕德女士有一次搭计程车，车上正大放流行曲。她请司机调低一点，司机说："你不喜欢音乐吗？"席慕德说："是啊，我不喜欢音乐。"

　　一位音乐家面对这样的问题，真可谓啼笑皆非了。首先，音乐的种类很多，在台湾的社会最具恶势力的一种，虽然也叫做音乐，却非顾曲周郎所愿聆听。其次，音乐之美并不取决于音量之高低。有些人听"音响"，其实是在玩机器，而非听音乐。计程车内的空间，闭塞而小，哪用如此锣鼓喧天？再次，音乐并非空气，不像呼吸那样分秒必需。难道每坐一次计程车，都要给强迫听一次音乐吗？其实，终日弦乐不辍的人，未必真正爱好音乐。

　　在台湾的社会，到处都是"音乐"，到处都是"爱好音乐"的人；我最同情的，便是音乐界的朋友了。像波德莱尔一样，我不懂乐理，却爱音乐，并且自信有两只敏感的耳朵，对于不够格的音乐，说得上"嫉恶如仇"。在台湾，每出一次门——有时甚至不必出门——耳朵都要受一次罪。久而久之，几乎对一切音乐都心存恐怖。噪音在台湾，宛如天罗地网，其中不少更以音乐为名。上帝造人，在自卫系统上颇不平衡：遇到不想看的东西，只要闭上眼睛，但是遇到不想听的东西呢，却无法有效地塞耳。像我这种徒慕音乐的外行，都已觉得五音乱耳，无所逃遁，音乐家自己怎么还活得下去，真是奇迹。

凡我去过的地区，要数台湾的计程车最热闹了，两只音响喇叭，偏偏对准后座的乘客，真正是近在咫尺。以前我还强自忍住，心想又不在车上一辈子，算了。最近，受了拒吸二手烟运动的鼓励，我也推行起拒听二手曲运动，干脆请司机关掉音乐。二手曲令人烦躁，分心，不能休息，而且妨碍乘客之间的对话与乘客对司机的吩咐，也有拒听的必要。

在欧美与日本，计程车上例皆不放音乐。火车上也是如此，只有西班牙是例外。我乘火车旅行过的国家，包括瑞典、丹麦、西德、法国、英国、美国、加拿大、日本，火车上的扩音器只用来播报站名，却与音乐无关。不知道什么缘故，台湾的火车上总爱供应音乐。论品质，则时而国乐，时而西方的轻音乐，时而台湾特产的流行曲，像是一杯劣质的鸡尾酒。论音量，虽然不算喧吵，却也不让人耳根清静，无法安心睡觉或思考。

听说有一次夏志清和无名氏在自强号上交谈，夏志清嫌音乐扰人，请车掌小姐调低，她正忙于他事，未加理会。夏志清受不了，就地朝她一跪，再申前请。音乐终于调低，两位作家欣然重拾论题。但是不久音乐嘈嘈再起，夏志清对无名氏说："这次轮到你去跪了。"

夏氏素来奇行妙论，但是有没有奇到为音乐下跪，却值得怀疑。前述也许只是夸大之辞，也许当时他只对车掌小姐威胁说："你再不关音乐，我就要向你下跪了。"不过音乐逼人之急，可以想见。其事未必可信，其情未必无稽。台湾的火车上，一方面播请乘客约束自己的孩子，勿任喧哗，另一方面却又不断自播音乐，实在矛盾。我在火车上总是尽量容忍，用软纸塞起耳朵，但是也只能使音量稍低，不能杜绝。最近忍无可忍，也在拒吸二手烟的精神下，向列车长送上请求的字条。字条是这样写的：

　　列车长先生：从高雄到嘉义，车上一直在播音乐，令我无法入梦或思考。不知能否将音量调低，让乘客的耳朵有机会休息？

三分钟后，音乐整个关掉了，我得以享受安静的幸福，

直到台北。我那字条是署了名的，也不知道那一班自强号
关掉音乐，究竟是由于我的名字，还是由于列车长有纳言
的精神。感谢之余，我仍希望铁路局能考虑废掉车上的播
乐，免得每次把这件事个别处理。要是有人以为火车的乘
客少不了音乐，那么为什么长途飞行的乘客，关在机舱内
十几个小时，并不要求播放音乐呢?

要是有人以为我讨厌音乐，就大大误会了。相反地，
我是音乐的信徒，对音乐不但具有热情，更具有信仰与虔
敬。国乐的清雅，西方古典的宏富，民谣的纯真，摇滚乐
的奔放，爵士的即兴自如，南欧的热烈，中东和印度的迷
幻，都能够令我感发兴起或辗转低回。唯其如此，我才主
张要嘛不听音乐，要听，必须有一点诚意、敬意。要是在
不当的场合滥用音乐，那不但对音乐是不敬，对不想听的
人也是一种无礼。我觉得，如果是好音乐，无论是器乐或
是声乐，都值得放下别的事情来，聚精会神地聆听。音乐
有它本身的价值，对我们的心境、性情、品格能起正面的
作用。但是今日社会的风气，却把音乐当作排遣无聊的玩
物，其作用不会超过口香糖，不然便是把它当作烘托气氛
点缀热闹的装饰，其作用只像是霓虹灯。

音乐的反义词不是寂静，是噪音。敏锐的心灵欣赏音
乐，更欣赏寂静。其实一个人要是不能享受寂静，恐怕也
就享受不了音乐。我相信，凡是伟大的音乐，莫不令人感

到无上的宁静，所以在《公元二〇〇一年：太空流浪记》[①]里，太空人在星际所听的音乐，正是巴哈[②]。

寂静，是一切智慧的来源。达摩面壁，面对的正是寂静的空无。一个人在寂静之际，其实面对的是自己，他不得不跟自己对话。那种绝境太可怕了，非普通的心灵所能承担，因此他需要一点声响来解除困绝。但是另一方面，聆听高妙或宏大的音乐，其实是面对一个伟大的灵魂，这境地同样不是普通人所能承担。因此他被迫在寂静与音乐之外另谋出路：那出路也叫做"音乐"，其实是一种介于音乐与噪音之间的东西，一种散漫而软弱的"时间"。

汤默斯曼[③]在《魔山》里曾说："音乐不但鼓动了时间，更鼓动我们以最精妙的方式去享受时间。"这当然是指精妙的音乐，因为精妙的音乐才能把时间安排得恰到好处，让我们恰如其分地去欣赏时间，时间形成的旋律与节奏。相反地，软弱的音乐——就算它是音乐吧——不但懈怠了时间，也令我们懈怠了对时间的敏感。我是指台湾特产的一种流行歌曲，其为"音乐"，例皆主题浅薄，词句幼稚，曲

---

　　① 《公元二〇〇一年：太空流浪记》：即《2001：太空漫游》，1968年上映，被誉为"现代科幻电影技术的里程碑"。

　　② 巴哈：即巴赫，德意志作曲家、羽管键琴家。

　　③ 汤默斯曼：托马斯·曼（Thomas Mann，1875—1955），德国小说家，著有以哲理思辨为特色的长篇小说《魔山》。1929年获诺贝尔文学奖。

调平庸而轻率，形式上既无发展，也无所谓高潮，只有得来现成的结论。这种歌曲好比用成语串成的文学作品，作者的想像力全省掉了，而更糟的是，那些成语往往还用得不对。

这样的歌曲竟然主宰了台湾社会的通俗文化生活，从三台电视的综艺节目到歌厅酒馆的卡拉 OK，提供了大众所谓的音乐，实在令人沮丧。俄国作曲家格林卡（Mikhail Glinka）说得好："创造音乐的是整个民族，作曲家不过谱出来而已。"什么样的民族创造什么样的音乐，果真如此，我们这民族早该痛切反省了。

将近两千四百年前，柏拉图早就在担心了。他说："音乐与节拍使心灵与躯体优美而健康；不过呢，太多的音乐正如太多的运动，也有其危害。只做一位运动员，可能沦为蛮人；只做一位乐师呢，也会'软化得一无好处'。"他这番话未必全对，但是太多的音乐会造成危害，这一点却值得我们警惕。

在台湾，音乐之被滥用，正如空气之受污染，其害已经太深、太久了。这些年来，我在这社会被迫入耳的音乐，已经够我听几十辈子了，但是明天我还得再听。

明天我如果去餐馆赴宴，无论是与大众济济一堂，或是与知己另辟一室，大半都逃不了播放的音乐。严重的时候，众弦嘈杂，金鼓齐鸣，宾主也只好提高自己的嗓子慷慨叫阵，一顿饭下来，没有谁不声嘶力竭。有些餐厅或咖啡馆，还有电子琴现场演奏，其声呜呜然，起伏无定，回旋反复，没有棱角的一串串颤音，维持着一种廉价的塑胶音乐。若是不巧碰上喜宴，更有歌星之类在油嘴滑舌的司仪介绍之下，登台献唱。

走到街上呢，往往半条街都被私宅的婚宴或丧事所侵占，人声扰攘之上，免不了又是响彻邻里的音乐。有时在夜里，那音乐忽然破空而裂，方圆半里内的街坊市井便淹没于海啸一般的声浪，鬼哭神号之中，各路音乐扭斗在一起，一会儿是流行曲，一会儿是布袋戏，一会儿又是西洋的轻音乐，似乎这都市已经到了世界末日，忽然堕入了噪音的地狱。如果你天真得竟然向警察去投诉，一定没有结果。所谓礼乐之邦，果真堕落到这地步了吗？

当你知道这一切不过是几盒廉价的录音带在作怪，外加一架扩音器助纣为虐，那恐怖的暴音地狱，只需神棍或乐匠的手指轻轻一扭就召来，你怎么不愤怒呢？最原始的迷信有了最进步的科技来推广，恶势力当然加倍扩张。如果我跟朋友们觅得一个处女岛，创立一个理想国，宪法的第一条必定把扩音器列为头号违禁品，不许入境。违者交付化学处理，把他缩成一只老鼠，终身囚在喇叭箱中。

第二条便是录音机之类不许带进风景区。从前的雅士曾把花间喝道、月下掌灯的行径斥为恶习。在爱迪生以前的世界，至少没有人会背着录音机去郊游吧。这些"爱好音乐"的青年似乎一刻也离不开那盒子了，深恐一入了大自然，便会"绝粮"。其实，如果你抛不下机器的文明，又不能在寂静里欣赏"山水有清音"的天籁，那又何苦离开都市呢？在那么僻远的地方，还要强迫无辜的耳朵听你的二手曲吗？

回到家里，打开电视，无论是正式节目或广告，几乎也都无休无止地配上音乐。至于有奖比赛的场合，上起古稀的翁妪，下至学龄的孩童，更是人手一管麦克风，以夜总会的动作，学歌星的滥调，扭唱其词句不通的流行歌曲。夜夜如此，全城效颦，正是柏拉图所担心的音乐泛滥、民风靡软，孔子所担心的郑卫之音。

连续剧的配乐既响且密，往往失之多余，或是点题太过浅露，反令观众耳烦心乱。古装的武侠片往往大配其西方的浪漫弦乐，却很少使用箫笛与琴筝。目前正演着的一台武侠连续剧，看来虽然有趣，主题歌却软弱委靡，毫无侠骨，跟旁边两台的时装言情片并无两样。天啊，我们的音乐真的堕落到这种地步了吗？许多电影也是如此，导演在想象力不足的时候，就依赖既强又频的配乐来说明剧情，突出主题，不知让寂静的含蓄或悬宕来接手，也不肯让自然的天籁来营造气氛。从头到尾，配乐喋喋不休，令人紧张而疲劳。寂静之于音乐，正如留白之于绘画。配乐冗长而芜乱的电影，正如画面涂满色彩的绘画，同为笨手的拙作。

我们的生活里真需要这么多"音乐"吗？终日在这一片泛滥无际的音波里载浮载沉，就能够证明我们是音乐普及的社会了吗？在一切艺术形式之中，音乐是最能主宰"此刻"最富侵略性的一种。不喜欢文学的人可以躲开书本，讨厌绘画的人可以背对画框，戏剧也不会拦住你的门口，逼你观看。唯独音乐什么也挡不住，像跳栏高手一样，能越过一切障碍来袭击、狙击你的耳朵，搅乱你的心神。现代都市的人烟已经这么密集，如果大家不约束自己手里的发音机器，减低弦歌不辍的音量和频率，将无异纵虎于市。

这样下去，至少有两个后果。其一是多少噪音、半噪音、准噪音会把我们的耳朵磨钝，害我们既听不见寂静，也听不见真正的音乐。其二就更严重了。寂静使我们思考，真正的音乐使我们对时间的感觉加倍敏锐，但是整天在轻率而散漫的音波里浮沉，呼吸与脉搏受制于芜乱的节奏，人就不能好好地思想。不能思想，不肯思想，不敢思想，正是我们文化生活的病根。

饶了我无辜的耳朵吧，音乐。

一九八六年九月十五日

读者，学者，作者

一

不时有人会问我："诗应该怎样欣赏？"

这问题实在难以回答，至少我无法答得圆满。如果问者是一位陌生人，我就会说："那看你对诗有什么要求。如果你的目的只在追求'诗意'，满足'美感'，为自己的生活增加一点'情调'，那就不必太伤脑筋，只要兴之所至，随意讽诵吟哦，击节称赏，在幻想中'自慰'或'自虐'一番，做一个诗迷就行了。"《世说新语》所谓"但使常得无事，痛饮酒，熟读《离骚》，便可称名士"恐怕就是这种味道。所谓名士，就是只求尽兴，不必负责的意思。换了王逸，读起楚辞来，怕就没有这么洒脱了。李商隐的诗人称难懂，惹得元好问叹气说："诗家总爱西昆好，独恨无人作郑笺。"试看李商隐的《碧城》三首之一：

> 碧城十二曲阑干，犀辟尘埃玉辟寒。
>
> 阆苑有书多附鹤，女床无树不栖鸾。
>
> 星沉海底当窗见，雨过河源隔座看。
>
> 若使晓珠明又定，一生长对水晶盘。

梁启超在清华演讲的时候却说："这些诗，他讲的什么事，我理会不着，拆开一句一句的叫我解释，我连文义也解不出来。但我觉得它美，读起来令我精神上得一种新鲜的愉快。"足见像梁启超这样的大学者，面对某一类诗，竟也束手无策，难作解人。"郑笺"的功用，也有时而穷，知性既穷，也只有像梁启超这样，全靠感性了。足见做一个感性的纯读者，也不是一件不体面的事。

"要是我不甘心只做一个纯读者，而要更进一步，做一个学者呢？"那陌生人说。

"那么诗就变成了一门学问，不再是纯粹的乐趣了。诗迷读诗，可以完全主观，一切的标准取决于自己的口味。学者读诗，却必须尽量客观，在提出自己的意见之前，必须多听别人的意见，在进入一首诗的核心之前，更必须多认识那首诗的作者生平，时代背景，社会环境。纯读者可以不理会一首诗的技巧，只要具有'慧根'，也就是现代所谓的'敏感'，能充分享受那技巧造成的效果就行了。学者则不然，除了领会效果，还要能追溯技巧，详加分析。一首诗为什么读来悲壮或柔美，身为学者，应该能在音调，意象，语言，结构各方面分析其原因。换句话说，诗之为美，纯读者只需知其然，学者却应该知其所以然。纯读者不对谁负责，学者却应对读者负责。学者对诗的责任，不但在求自己了解，还要帮助别人了解。"

"如果我野心更大，还想做诗人呢？"

"那诗就变成了艺术，不再是学问，也不仅是乐趣。本质上，诗人和学者也是读者，但他们是特殊的，专业的读者，目的不同，所以读法也不同。学者读诗，因为是做学问，所以必须耐下心来，读得深入而又普遍，遇到不配胃口的作者或作品，也不许避重就轻，绕道而过。诗人读诗，只要拣自己喜欢的作品，不喜欢的可以不理——这一点，诗人和纯读者相同。不同的是，纯读者享受到读诗的乐趣，就达到目的了，诗人却必须更进一步，不但读得陶然，还要读得警醒，才能时时触类旁通，活师前人。譬如食物，纯学者只求可口，诗人在可口之外，尚须寻求营养。诗人面对一首好诗，总想见贤思齐，就像徒弟面对师父，总想学点什么手艺，或供眼前使用，或待他日翻新出奇，甚至把师父都比了下去。学者继承了已有的财富，加以清点并评价，诗人却挣来新的财富。"

二

一般纯读者往往在少年时代爱上了诗。那种爱好往往很强烈，但品味十分主观，眼界也十分狭窄。纯读者于诗浅尝便止，欣赏的天地往往只限于三五位诗人的三五十篇作品；因为缺乏比较，也无法鉴别，这几十篇作品便垄断了他们的美感经验，似乎天下之美尽止于此了。这类读者一过了青春时期，对诗的兴趣不再发展，以后阅读所及，遇到不同风格，尤其是更为繁富的作品，总会感到格格不入。许多纯读者对于现代的好作品最为排斥，因为新的佳作需要读者调整自己僵硬的感性，这种挑战是许多人不愿接受或无力应付的。在自尊的心理上，排斥一篇新作总比承认自己感性失调，要好受一些。

纯读者的兴趣往往始于选集，也就终于选集，很少发展及于专集，更不可能进入全集。且以《唐诗三百首》为例，因为未选李贺，所以纯读者往往不读李贺。至于杜牧，因为所选八首之中，七绝占了七首，所以在纯读者的印象之中，他似乎成了专用七绝写纤丽小品的诗人了。小时候，我几乎以为《唐诗三百首》就等于唐诗。后来在其他的选集里发现《秋兴八首》《同诸公登慈恩寺塔》《公无渡河》《把酒问月》等诗，就不免怪蘅塘退士竟然遗漏了这许多杰作。在大学读外文系时，我又几乎以为英诗的精华尽在巴尔格瑞夫所编的《金库》(*The Golden Treasury*)，后来才领悟《金库》所藏，尽是歌行体和抒情体的短诗，根本还没有触及叙事诗、玄想诗、状物诗之类的长篇巨制。

　　要领会一位大诗人的"分量"而不翻一翻他的全集是不可能的。我只是说"翻一翻"，因为逐篇读完一部全集，是极为费神费时的工作，只能期之于专家，不能奢望于一般读者。但是不翻一翻全集，就不会明白为什么浩斯曼^①不是大诗人，为什么艾略特的主题狭窄，为什么美国诗选里惠特曼的分量应该重于爱伦·坡。不翻一翻王文诰的《苏文忠公诗编注集成》，也难以明白为什么在所有的宋诗选里苏轼的作品入选最多。

　　纯读者的胃纳不但窄小，而且偏食。因为纯读者大半是青少年，对人生的态度不免理想而浪漫，所以对诗的要求也往往止于"纯情"。譬如辨味，我们在儿童时代欣赏得最早且嗜之无度的，总是甜味。不解喝酒的人，也只能喝点甜酒。一个人要欣赏酸、咸、苦、辣等等滋味，总是后来的事。"纯情"的诗，正是一般读者的"糖糖"。元好问讥秦观的作品是"女郎诗"，意思相近。一个人的口味往往从甜发展到酸咸苦辣，但是一个人诗的品味往往就止

---

① 浩斯曼：豪斯曼（Alfred Edward Housman, 1859—1936），英国诗人、古典文学研究者。肄业于牛津大学。长期在剑桥大学任教。代表作诗集《什罗普郡一少年》，诗作《最后的诗》。

于甜，因为东西是天天要吃的，诗却不然。许多纯读者乐之不疲的纯情诗，对于资深的读者，只能算是正餐后面的甜点。

当然，同样是甜，也有高下之分。鲜果的清甘比起蜜饯的甜腻，自不相同。而橄榄的酸余有甘，好茶的苦尽甘来，也不是人工的方糖所能比拟。大致说来，唐诗甘醇，宋诗苦涩。在唐诗之中，李白清甘，杜甫就兼有五味，往往在酸苦之中透出甘冽，孟郊酸中带苦，韩愈苦中有辣。诗甜则快，苦则慢，甜如少年，苦则有中年味。比起唐诗来，宋诗便像中年人的诗。李白的诗，能快不能慢，所以读多了觉得有点飘浮；杜甫就沉下气来，能慢，所谓"沉郁顿挫"，就是慢而有味，慢得有力。杜甫在节奏上"反快"正如在味道上"反甜"。在这方面，宋诗主要是跟着杜甫走的。苏轼说陶潜的诗"质而实绮，癯而实腴"，其实我们也可以说"淡而实甘"。陶潜不像杜甫那样以苦咸来抗拒甜味，他超乎五味之上，用淡来涵育清甘。杜甫的诗仍是有为的，陶潜已经无为。

俗语常说"尝到甜头"，人总是爱吃甜的，至于"苦头"，人人都怕吃。可是读诗如果只能尝尝甜头，而不能在苦头里嚼出甜头，那就只算浅尝，而纯读者大半是浅尝辄止的。以诗风而言，浪漫派抑知性而纵感情，甜头最多。以诗体而言，抒情小品比起讽刺诗、玄想诗、状物诗和长篇的叙事诗来，也要甜些。纯读者喜欢的，正是这些。以英诗而言，纯读者最喜欢分段押韵的格律诗，因为它句法单纯，节奏分明，最"像诗"；至于无韵体（blank verse）和自由诗（free verse），就不易领略了。对于纯读者说来，华滋华斯的《亭腾寺上行数哩所赋》就远不如他的《水仙花》或露西组诗富于"诗意"。中国古典诗体之中，律绝之类的近体也似乎比古风更有"诗意"，所以纯读者对于李商隐的《嫦娥》和《夜雨寄北》容易一见倾心，而对于《韩碑》之类的古风就难以接受了。推其原因，西洋分段押韵的格律诗，和中国诗里的近体，形式接近于歌，所以更像"诗"；而无韵体也好，自由诗也好，古风也好，对比之下，都似乎较近于散文。歌的味道不但甜，形式也比较整齐、鲜明，欣赏起来最不伤脑筋。许多人把诗叫做诗歌，对诗的要求也几乎等于歌词，观念实在不太清楚。诗比歌要复杂得多，不少繁富而宏大的诗往往含有一般人认为"没有诗意"的东西。诗要创新，就得把传统所谓的"诗意"不断扩大，把原来认为"散文化"的东西提炼、提升为诗。这原是一部诗史发展的过程，却很少有纯读者能体会。保守的读者在欣赏的趣味上，不但狭窄，而且固定，所以尝来尝去，总是当初那一点"甜头"。

三

原则上，学者读起诗来，一方面要比纯读者更客观更公正，另一方面却要更深入更彻底。学者既是专业的读者，就应该具有专业的修养。在读一首诗之前，他必须尽量熟悉诗人的生平、风格、时代等等"背景"。在读的时候，他又必须玩味诗的主题，分析诗的结构，掌握意象、音律、语言、典故和各种修辞上的技巧。也就是说，一首诗的里里外外，凡应该知道的，他都不可错过。世界上有许多好诗，出自生活，发自性情，语言又天然淳真，像古诗十九首便是。读这种诗，无须多做准备工作，纯读者和学者同样能够欣赏。但不是一切好诗都这么深入浅出，像杜甫的《诸将》《秋兴》《咏怀古迹》等作，要仔细欣赏，就不免要做一点准备工夫；这当然是纯读者要靠学者的地方。

但是学者是否一定可靠呢？原则上说来，学者做过准备，受过训练，能知纯读者之所不知；但在实际上，学者读诗，领悟的不一定胜于纯读者，有时候就因为蔽于知识，迷于细节，反而看走了眼。

纯读者读诗，往往要乞援于注解和诠释。但传统的注解往往避重就轻，不释题旨，不解句意，反而专在所谓"出处"上大下功夫。如果那出处真的涉及典故或事端，倒也必需，但往往只是前人类似的词句，究竟是否后人所本，颇有问题，即使真为后人所袭，也往往无助于了解该诗。且以杜牧的七绝《泊秦淮》为例：冯集梧所注《樊川诗集注》在"烟笼寒水月笼沙"句下注道："《淮南子》天之所闭也，寒水之所积也；《庾信小园赋》荆轲有寒水之悲。"在"夜泊秦淮近酒家"句下则是"《晋书·卫恒传》或时不持钱诣酒家饮"。这些"出处"跟诗中的"寒水""酒家"根本没有关系；谁要是读了这些注才懂这两句诗，那才是怪事。又如苏轼七律《十月十五日观月黄楼席上次韵》的末联："为问登临好风景，明年还忆使君无？"施元之注作"王维《林园即事》诗：弥伤好风景。杜子美《江南逢李龟年》诗：正是江南好风景"。其实"好风景"原是极普通的字眼，根本不用追溯出处，何况东坡之句和王维、杜甫并不相干。学者一旦染上这种出处癖，除了矜博之外，对读者并无什么帮助。

滥寻出处，不过是浪费篇幅，徒劳读者，并无大害。学者读诗的大病，在于看到一些蛛丝马迹，便疑心是微言大义，强把无所用心的写景抒情解成别有寄托的刺时讽世。这样的穿凿附会，从毛诗解关雎为美太姒后妃之德到"四人帮"时代的"梁效"把"相见时难别亦难"解为讽刺"腐朽势力"，说明中国的文学批评之中，有一派"泛政治主义"的学者整天疑神疑鬼，恨不得沦文学为政治的附庸，历史的索引。韦应物的佳句"独怜幽草涧边生，上有黄鹂深树鸣"，赵蕃说成是君子在下小人在上之象。王维的"太乙近天都，连山到海隅"，则被解为"言势焰盘据朝野也"。编注《词选》的张惠言，是这类指鹿扪象学者的代表。他把温庭筠的《菩萨蛮》（小山重叠金明灭）说成："此感士不遇也。篇法仿佛长门赋……照花四句，离骚初服之意。"欧阳修的《蝶恋花》（庭院深深深几许），又被他说成"庭院深深，闺中既以邃远也。楼高不见，哲王又不寤也。章台游冶。小人之径。雨横风狂，政令暴急也。乱红飞去，斥逐者非一人而已。殆为韩、范作乎？"。至于苏轼的《卜算子》（缺月挂疏桐），则被张惠言引鲖阳居士之说解成："缺月，刺明微也。漏断，暗时也。幽人，不得志也。独往来，无助也。惊鸿，贤人不安也。回头，爱君不忘也。无人省，君不察也。拣尽寒枝不肯栖，不偷安于高位也。寂寞沙洲冷，非所安也。"

这种"泛政治主义"的文学批评，一味捕风捉影，深文罗织，不但曲解原意，难以自圆其说，就算是诠释得句句巧合，头头是道，也把天机浑然的兴到之作丑化成了扭捏作态的怨臣之语。果然如此，一切美好的抒情诗，也就是王士禛所谓的"风雅"，岂不都成了政治谜语？然则我们何不直接去读历史，岂不远胜这种喋嚅欷歔的怨词？这样的寄托，不但没有美化君臣的一伦，反而糟蹋了大自然之美。"上有黄鹂深树鸣"本来是多么优美的意象，学者却为我们揭开谜面，说那善鸣的黄鹂原是小人！壮丽华美的世界，原来处处都是危机，草木虫鱼，原来都是妖魔的化装！这样的学者不但误导了读者，而且歪曲了作者，真是帮了倒忙。不过这情形到了现代文学批评里，虽然有了"改善"，有时甚至矫枉过正。自从弗洛伊德的心理分析应用到文艺批评之后，"泛政治主义"似已被"泛性主义"所取代。古人的情诗，曾被传统学者解成政治寓言，到了现代学者手里，不但还它原来面目，而且往往朝性爱的方向推进。诗中的一草一木，以前曾是时局与政情的道具，现在却又变成了性爱的象征。例如《桃花源记》的源头洞口，有一位日本教授便说它是女性器官的象征。昭明太子读《闲情赋》，已经大惊小怪，叹为白璧微瑕。听到日本教授的奇论，岂不更为震骇？

　　学者读诗，还有一个毛病，便是吹毛求疵。苏轼《惠崇春江晓景》第一首，有"春江水暖鸭先知"句。毛奇龄在《西河诗话》里挑他的毛病，说水中物皆知冷暖，何必举鸭，又说鸭知水暖，究先于谁？钱锺书斥西河说："是必惠崇画中有桃竹芦鸭等物，故诗中遂遍及之……西河未顾坡诗题目，遂有此不根之谈。"其实像毛奇龄这种爱抬杠的人，是不可喻于诗的，因为苏诗如果原作"春江水暖鹅先知"，他仍然会说何以鸭不先知：如此纠缠，殆无已时。东坡所说"赋诗必此诗，定非知诗人"，正指这种横人。又如杜牧《赤壁》之句"东风不与周郎便，铜雀春深锁二乔"，原以二乔之不保暗示东吴之不存，从周郎联想到二乔，本是最自然不过的事；《彦周诗话》却说："孙氏霸业系此一战，社稷存亡生灵涂炭都不问，只恐捉了二乔，可见措大不识好恶。"足见挑剔细节也好，指陈大义也好，都非知诗之人。

　　古典学者论诗，多半出以诗话的形式。诗话的毛病在于东鳞西爪，浅尝辄止，论断又偏于印象，至其极端，更用形象生动的譬喻。例如元代诗人虞集论时人之诗，便说"杨载如百战健儿，范梈如唐人临晋帖，揭奚斯如美女簪花"①，他自己则如"汉廷老吏"。苏轼则谓"山谷诗如蟛蚏江瑶柱，盘餐尽废，然不可多食，多食则发风动气"。②西方也有这种譬喻式的批评，例如魏尔比（T. Earle Welby）把史云朋③譬喻为羊蹄的牧神，笑声刺耳地闯进了一个维多利亚的茶会，比尔邦（Max Beerbohm）则把史云朋形容成

---

　　①　据《集义轩咏史诗钞校证》卷四十九《虞集》，此句似为杨载"如百战健儿"，范梈如"唐临晋帖"，揭俟斯"如美女簪花"。

　　②　苏轼原文为"鲁直诗文如蟛蚏江瑶柱，格韵高绝，盘餐尽废，然不可多食，多食则发风动气"（《苏轼文集》卷六十七《书黄鲁直诗后二首》）。

　　③　史云朋：史文朋（Algernon Charles Swinburne，1837—1909），亦译"斯温伯恩"。英国诗人。曾就读于牛津大学，与拉斐尔前派画家关系密切。主要作品有诗剧《阿塔兰忒在卡吕冬》，诗集《诗歌与民谣》《日出前的歌》等。

"一只无力营巢的歌鸟"。印象主义的批评到了十九世纪末的法朗士，臻于高潮。他说：

> 在我看来，文学批评正如哲学与历史，乃专为审慎而好奇的心灵而设的一种小说。追根究底，一切小说无非是自传。能神游杰作名著之间而记其胜始足为文评行家。

这样的文学批评诚然是主观的，而实际上，法朗士紧接着又说："客观的批评并不存在，正如客观的艺术并不存在。"

高明如杜牧，神游李贺之诗后，如何记其胜呢？他是这样说的：

> 云烟绵联，不足为其态也；水之迢迢，不足为其情也；春之盎盎，不足为其和也；秋之明洁，不足为其格也；风樯阵马，不足为其勇也；瓦棺篆鼎，不足为其古也；时花美女，不足为其色也；荒国陊殿，梗莽丘垅，不足为其恨怨悲愁也；鲸呿鳌掷，牛鬼蛇神，不足为其虚荒诞幻也。

这真成了灵魂在杰作中的探胜冒险，不但全凭印象，而且九种印象之间，颇多矛盾。例如："时花美女"就很难和"瓦棺篆鼎"联想在一起；"水之迢迢"，"春之盎盎"，也和鲸鳌牛蛇互相抵触；而既已"明洁"，也不可能"云烟绵联"。读完之后，我们只觉得杜牧是在抒情，不是在评论。在古典传统之中，李贺素有鬼才之称，这当然不太公平；但是李商隐却说李贺之死是应召升天："帝成白玉楼，立召君为记，天上差乐不苦也……呜呼，天苍苍而高也，上果有帝耶？帝果有苑圃宫室观阁之玩耶？苟信然，则天之高邈，帝之尊严，亦宜有人物文采愈此世者，何独眷眷于长吉而使其不寿耶？噫，又岂世所谓才而奇者，不独地上少，即天上亦不多耶？"照李商隐的说法，李贺实在应该称为仙才，和世人鬼才之说，恰恰相反。杜牧和李商隐同时，去李贺之时不远，而对李贺的"印象"如此不同，也可见"印象"之不可靠。

二〇〇四年二月

高速的联想

那天下午从九龙驾车回马料水，正是下班时分，大埔路上，高低长短形形色色的车辆，首尾相衔，时速二十五英里。一只鹰看下来，会以为那是相对爬行的两队单角蜗牛，单角，因为每辆车只有一根收音机天线。不料快到沙田时，莫名其妙地塞起车来，一时单角的蜗牛都变成了独须的病猫，废气暖暖，马达喃喃，像集体在腹诽狭窄的公路。熄火又不能，因为每隔一会，整条车队又得蠢蠢蠕动。前面究竟在搞什么鬼，方向盘的舵手谁也不知道。载道的怨声和咒语中，只有我沾沾自喜，欣然独笑。俯瞥仪表板上，从左数过来第七个蓝色钮键，轻轻一按，我的翠绿色小车忽然离地升起，升起，像一片逍遥的绿云牵动多少愕然仰羡的眼光，悠悠扬扬向东北飞逝。

那当然是真的：在拥挤的大埔路上，我常发那样的狂想。我爱开车。我爱操纵一架马力强劲反应灵敏野蛮又柔驯的机器，我爱方向盘在掌中微微颤动四轮在身体下面平稳飞旋的那种感觉，我爱用背肌承受的压力去体会起伏的曲折的地形山势，一句话，我崇拜速度。阿拉伯的劳伦斯曾说："速度是人性中第二种古老的兽欲。"以运动的速度而言，自诩万物之灵的人类是十分可怜的。褐雨燕的最高时速，是二百九十点五英里。狩猎的鹰在俯冲下扑时，能快到每小时一百八十英里。比赛的鸽子，有九十六点二九英里的时速。兽中最速的选手是豹和羚羊：长腿黑斑的亚洲豹，绰号"猎豹"者，在短程冲刺时，时速可到七十英里，可惜五百码后，就降成四十多英里了；叉角羚羊奋蹄疾奔，可以维持六十英里时速。和这些相比，"动若脱兔"只能算"中驷之才"：英国野兔的时速不过四十五英里。"白驹过隙"就更慢了，骑师胯下的赛马每小时只驰四十三点二六英里。人的速度最是可怜，一百码之外只能达到二十六点二二英里的时速。

可怜的凡人，奔腾不如虎豹，跳跃不如跳蚤，游泳不如旗鱼，负重不如蚂蚁，但是人会创造并驾驭高速的机器，以逸待劳，不但突破自己体能的极限，甚至超迈飞禽走兽，意气风发，逸兴遄飞之余，几疑可以追神迹，蹑仙踪。高速，为什么令人兴奋呢？生理学家一定有他的解释，例如循环加速，心跳变剧，等等。但在心理上，至少在潜意识

里，追求高速，其实是人与神争的一大欲望：地心引力是
自然的法则，也就是人的命运，高速的运动就是要反抗这
法则，虽不能把它推翻，至少可以把它的限制压到最低。
赛跑或赛车的选手打破世界纪录的那一刹那，是一闪宗教
的启示，因为凡人体能的边疆，又向前推进了一步，而人
进一步，便是神退一步，从此，人更自由了。

滑雪，赛跑，游泳，赛车，飞行等等的选手，都称得
上是英雄。他们的自由和光荣是从神手里，不是从别人的
手里，夺过来的。他们所以成为英雄，不是因为牺牲了别
人，而是因为克服了自然，包括他们自己。

若论紧张刺激的动感，高速运动似乎有这么一个原
则，就是凭借的机械愈多，和自然的接触就愈少，动感
也就减小。赛跑，该是最直接的运动。赛马，就间接些，
但凭借的不是机械，而是一匹汗油生光肌腱勃怒奋鬣扬
蹄的神驹。最间接的，该是赛车了，人和自然之间，隔了
一只铁盒，四只轮胎。不过，愈是间接的运动，就愈高
速，这对于生就低速之躯的人类说来，实在是一件难以两
全的事情。其他动物面对自己天生的体速，该都是心安理
得，受之怡然的吧？我常想，一只时速零点零三英里的蜗
牛，放在跑车的挡风玻璃里去看剧动的世界，会有怎样的
感受？

许多人爱驾敞篷的跑车，就是想在高速之中，承受、

享受更多的自然：时速超过七十五英里，八十英里，九十英里，全世界轰然向你扑来，发交给风，肺交给激湍洪波的气流，这时，该有点飞的感觉了吧。阿拉伯的劳伦斯有耐性骑骆驼，却不耐烦驾驶汽车：他认为汽车是没有灵性的东西，只合在风雨中乘坐。从沙漠回到文明，才下了驼背，他便跨上电单车，去拜访哈代和萧伯纳。他在电单车上，每月至少驰骋二千四百英里，快的时候，时速高达一百英里，终因车祸丧生。

我骑过五年单车，也驾过四年汽车，却从未驾过电单车，但劳伦斯驰骤生风的豪情，我可以仿佛想象。电单车的骁腾骠悍，远在单车之上，而冲风抢路身随车转的那种投入感，更远胜靠在桶形椅背踏在厚地毯上的方向舵手。电影《逍遥游》（*Easy Rider*）里，三骑士在美国西南部的沙漠里直线疾驰的那一景，在摇滚乐亢奋的节奏下，是现代电影的高潮之一。我想，在潜意识里，现代少年是把桀骜难驯的电单车当马骑的：现代骑士仍然是戴盔着靴，而两脚踏镫双肘向外分掌龙头两角的骑姿，却富于浪漫的夸张，只有马达的厉啸逆人神经而过，比不上古典的马嘶。现代车辆引擎，用马力来标示电力，依稀有怀古之风。准此，则敞篷车可以比拟远古的战车，而四门的"轿车"（sedan）更是复古了。二十世纪六十年代的中期，福特车厂驱出的"野马号"（Mustang）拟跑车，颈长尾短，骠悍异常，一时纵横于超级公路，逼得克莱斯勒车厂只好放出一群修矫灵猛的"战马"（Charger）来竞逐。

我学开车，是在一九六四年的秋天。当时我从皮奥瑞亚去爱奥华访叶珊与黄用，一路上，火车误点，灰狗的长途车转车费时，这才省悟，要过州历郡亲身去纵览惠特曼和桑德堡诗中体魄雄伟的美国，手里必须有一个方向盘。父亲在国内闻言大惊，一封航空信从松山飞来，力阻我学驾车。但无穷无尽更无红灯的高速公路在夐阔自由的原野上张臂迎我，我的逻辑是：与其把生命交托给他人，不如握在自己的手里。学了七小时后，考到驾驶执照。发那张硬卡给我的美国警察说："公路是你的了，别忘了，命也是你的。"

奇妙的方向盘，转动时世界便绕着你转动，静止时，公路便平直如一条分发线。前面的风景为你剖开，后面的背景呢，便在反光镜中缩成微小，更微小的幻影。时速上了七十英里，反光镜中分巷的白虚线便疾射而去如空战时机枪连闪的子弹，万水千山，记忆里，漫漫的长途远征全被魔幻的反光镜收了进去，再也不放出来。"欢迎进入内布拉斯卡①"，"欢迎来加利福尼亚"，"欢迎来内华达"，闯州穿郡，记不清越过多少条边界，多少道税关。

---

①　内布拉斯卡：现译内布拉斯加（Nebraska），美国中西部的一个州。

高速令人兴奋，因为那纯是一个动的世界，挡风玻璃是一望无餍的窗子，光景不息，视域无限，油门大开时，直线的超级大道变成一条巨长的拉链，拉开前面的远景屧楼摩天绝壁拔地倏忽都削面而逝成为车尾的背景被拉链又拉拢。高速，使整座雪山簇簇的白峰尽为你回头，千顷平畴旋成车轮滚滚的辐辏。春去秋来，多变的气象在挡风窗上展示着神的容颜：风沙雨露和冰雪，烈日和冷月，沙漠的飞蓬，草原夏夜密密麻麻的虫尸，扑面踹来大卡车轮隙踢起的卵石，这一切，都由那一方弧形大玻璃共同承受。

从海岸到海岸，从极东的森林洞（Woods Hole）浸在大西洋的寒碧到太平洋暖潮里浴着的长堤，不断的是我的轮印横贯新大陆。坦荡荡四巷并驱的大道自天边伸来又没向天边，美利坚，卷不尽展不绝一幅横轴的山水只为方向盘后面的远眺之目而舒放。现代的徐霞客坐游异域的烟景，为我配音的不是古典的马蹄得得风帆飘飘，是八汽缸引擎轻快的低吟。

廿轮轰轰地翻滚，体格修长而魁梧的铝壳大卡车，身长数倍于一辆小轿车，超它时全身的神经紧缩如猛收一张网，胃部隐隐地痉挛，两车并驰，就像在狭长的悬崖上和一匹犀牛赛跑，真是疯狂。一时小车惊窜于左，重吨的货柜车奔腾而咆哮于右，右耳太浅，怎盛得下那样一漩涡的

骚音？一九六五年初，一个苦寒凛冽的早晨，灰白迷蒙的
天色像一块毛玻璃，道奇小车载我自芝加哥出发，碾着满
地的残雪碎冰，一日七百英里的长征，要赶回盖提斯堡去。
出城的州际公路上，遇上了重载的大货车队，首尾相衔，
长可半英里，像一道绝壁蔽天水声震耳的大峡谷，不由分
说，将我夹在缝里，挟持而去。就这样一直对峙到印第安
纳州境，车行渐稀，才放我出峡。

　　后来驶车日久，这样的超车也不知经历过多少次了，
浑不觉廿轮卡车有多威武，直到前几天，在香港的电视上
看到了史匹尔伯格①导演的悚栗片《决斗》（Duel）。一位急
于回家的归客，在野公路上超越一辆庞然巨物的油车，激
怒了高踞驾驶座上的隐身司机，油车变成了金属的恐龙怪
兽，挟其邪恶的暴力盲目地冲刺，一路上天崩地塌火杂杂
衔尾追来。反光镜里，惊瞀赫现那油车的车头已经是一头
狂兽，而一进隧道，车灯亮起，可骇目光灼灼黑凛凛一尊
妖牛。看过史匹尔伯格后期作品《大白鲨》，就知道在《决
斗》里，他是把那辆大油车当作一匹猛兽来处理的，但它
比大白鲨更凶顽更神秘，更令人分泌肾上腺素。

　　香港是一个弯曲如爪的半岛，旁边错落着许多小岛，

---

　　①　史匹尔伯格：又译斯皮尔伯格，著名美国导演，作品有《夺宝奇
兵》《拯救大兵瑞恩》《头号玩家》等。

地形分割而公路狭险，最高的时速不过五十英里，一般时速都在四十英里以下，再好的车再强大的马力也不能放足驰骤。低速的大埔路上，蜗步在一串慢车的背影之后，常想念美国中西部大平原和西南部沙漠里，天高路邈，一车绝尘，那样无阻的开阔空旷。虽说能源的荒年，美国把超级公路的限速降为每小时五十五英里，去年八月我驶车在南加州，时速七十英里，也未闻警笛长啸来追逐。

更念烟波相接，一座多雨的岛上，多少现代的愚公，亚热带小阳春艳阳下在移山开道，开路机的履带轧轧，铲土机的巨螯孔武地举起，起重机碌碌地滚着辘轳，为了铺一条巨毡从基隆到高雄，迎接一个新时代的驶来。那样壮阔的气象，四衢无阻，千车齐毂并驰的路景，郑成功、吴凤没有梦过，阿眉族、泰耶鲁族的民谣从不曾唱过。我要拣一个秋晴的日子，左窗亮着金艳艳的晨曦，从台北出发，穿过牧神最绿最翠的辖区，腾跃在世界最美丽的岛上；而当晚从高雄驰回台北，我要驰限速甚至纵一点超速，在亢奋的脉搏中，写一首现代诗歌咏带一点汽油味的牧神，像陶潜和王维从未梦过的那样。

更大的愿望，是在更古老更多回声的土地上驰骋。中国最浪漫的一条古驿道，应该在西北。最好是细雨霏霏的黎明，从渭城出发，收音机天线上系着依依的柳枝。挡风窗上犹浥着轻尘，而渭城已渐远，波声渐渺。甘州曲，凉州词，阳关三叠的节拍里车向西北，琴音诗韵的河西孔道，右边是古长城的雉堞隐隐，左边是青海的雪峰簇簇，白耀天际，我以七十英里高速驰入张骞的梦高适岑参的世界，轮印下重重叠叠多少古英雄长征的蹄印。

一九七七年元月

猛虎和蔷薇

英国当代诗人西格夫里·萨松（Siegfried Sassoon，1886—1967）曾写过一行不朽的警句："In me the tiger sniffs the rose."。译成中文，便是："我心里有猛虎在细嗅蔷薇。"

如果一行诗句可以代表一种诗派（有一本英国文学史曾举柯立芝《忽必烈汗》中的三行诗句："好一处蛮荒的所在！如此的圣洁，鬼怪，像在那残月之下，有一个女人在哭她幽冥的欢爱！"为浪漫诗派的代表），我就愿举这行诗为象征诗派艺术的代表。每次念及，我不禁想起法国现代画家昂利·卢梭①（Henri Rousseau，1844—1910）的杰作《沉睡的吉普赛人》。假使卢梭当日所画的不是雄狮

---

① 昂利·卢梭：即亨利·卢梭。法国画家。所画题材多样，以奇特的想象、质朴的手法作画，具有稚童般的天趣，被称为"原始派画家"。作有《梦》《赤道地带的原始森林》等。

逼视着梦中的浪子，而是猛虎在细嗅含苞的蔷薇，我相信，这幅画同样会成为杰作。惜乎卢梭逝世，而萨松尚未成名。

我说这行诗是象征诗派的代表，因为它具体而又微妙地表现出许多哲学家所无法说清的话；它表现出人性里两种相对的本质，但同时更表现出那两种相对的本质的调和。假使他把原诗写成了"我心里有猛虎雄踞在花旁"，那就会显得呆笨、死板，徒然加强了人性的内在矛盾。只有原诗才算恰到好处，因为猛虎象征人性的一方面，蔷薇象征人性的另一面，而"细嗅"刚刚象征着两者的关系，两者的调和与统一。

原来人性含有两面：其一是男性的，其一是女性的；其一如苍鹰，如飞瀑，如怒马；其一如夜莺，如静池，如驯羊。所谓雄伟和秀美，所谓外向和内向，所谓戏剧型的和图画型的，所谓戴奥尼苏斯①艺术和阿波罗艺术，所谓"金刚怒目，菩萨低眉"，所谓"静如处女，动如脱兔"，所谓"骏马秋风冀北，杏花春雨江南"，所谓"杨柳岸，晓风残月"和"大江东去"，一句话，姚姬传所谓的阳刚和阴柔，都无非是这两种气质的注脚。两者粗看若相反，实则

---

① 戴奥尼苏斯：似指狄俄尼索斯（Dionysos），亦译"道尼苏斯"，希腊神话中的酒神。古希腊人祭祀狄俄尼索斯的仪式为狂欢暴饮和疯狂舞蹈，一般认为古希腊的悲剧和喜剧即起源于此。

乃相成。实际上每个人多多少少都兼有这两种气质，只是比例不同而已。

　　东坡有幕士，尝谓柳永词只合十七八女郎，执红牙板，歌"杨柳岸，晓风残月"；东坡词须关西大汉，铜琵琶，铁绰板，唱"大江东去"。东坡为之"绝倒"。他显然因此种阳刚和阴柔之分而感到自豪。其实东坡之词何尝都是"大江东去"？"笑渐不闻声渐杳，多情却被无情恼"，"绣帘开，一点明月窥人"，这些词句，恐怕也只合十七八女郎曼声低唱吧？而柳永的词句"长安古道马迟迟，高柳乱蝉嘶"，以及"渡万壑千岩，越溪深处。怒涛渐息，樵风乍起；更闻商旅相呼，片帆高举"又是何等境界！就是晓风残月的上半阕那一句"暮霭沉沉楚天阔"，谁能说它竟是阴柔？他如王维以清淡胜，却写过"一身转战三千里，一剑曾当百万师"的诗句；辛弃疾以沉雄胜，却写过"罗帐灯昏，哽咽梦中语"的词句。再如浪漫诗人济慈和雪莱，无疑地都是阴柔的了。可是清唳的夜莺也曾唱过"或是像精壮的科德慈，怒着鹰眼，凝视在太平洋上"。就是在那阴柔到了极点的《夜莺曲》里，也还有这样的句子："同样的歌声时常——迷住了神怪的长窗——那荒僻妖土的长窗——俯临在惊险的海上。"至于那只云雀，他那《西风歌》里所蕴藏的力量，简直是排山倒海，雷霆万钧！还有那一首十四行诗《阿西曼地亚斯》（Ozymandlas）除了表现艺术不朽的思

想不说，只其气象之伟大，魄力之雄浑，已可匹敌太白的
"西风残照，汉家陵阙"。

也就是因为人性里面，多多少少地含有这相对的两种
气质，许多人才能够欣赏和自己气质不尽相同，甚至大不
相同的人。例如在英国，华滋华斯欣赏密尔顿[①]；拜伦欣
赏顶普[②]；夏绿蒂·白朗戴[③]欣赏萨克瑞[④]；史哥德[⑤]欣赏
简·奥斯丁；史云朋欣赏兰道；兰道欣赏白朗宁[⑥]。在我国，
辛弃疾欣赏李清照也是一个最好的例子。

但是平时为什么我们提起一个人，就觉得他是阳刚，
而提起另一个人，又觉得他是阴柔呢？这是因为各人心里
的猛虎和蔷薇所成的形势不同。有人的心原是虎穴，穴口
的几朵蔷薇免不了猛虎的践踏；有人的心原是花园，园中
的猛虎不免给那一片香潮醉倒。所以前者气质近于阳刚，

---

① 密尔顿：弥尔顿（John Milton，1608—1674），英国诗人、政论家。

② 顶普：蒲柏（Alexander Pope，1688—1744），英国诗人。

③ 夏绿蒂·白朗戴：夏洛蒂·勃朗特（Charlotte Brontë，1816—
1855），英国女作家，艾米丽·勃朗特、安妮·勃朗特之姐，著有长篇小说
《简·爱》。

④ 萨克瑞：萨克雷（William Makepeace Thackeray，1811—1863），
英国小说家。当过记者，办过报刊。擅长用讽刺笔法勾勒英国社会面貌。

⑤ 史哥德：司各特（Walter Scott，1771—1832），英国诗人、小说家。
出身贵族。毕业于爱丁堡大学。做过律师和出版家。

⑥ 白朗宁：罗伯特·勃朗宁（Robert Browning，1812—1889）。英国
诗人。1846年与女诗人伊丽莎白·芭蕾特结婚。主要作品有诗剧《巴拉塞
尔士》，长诗《指环与书》，诗集《戏剧抒情诗》《男男女女》等。

而后者气质近于阴柔。然而踏碎了的蔷薇犹能盛开，醉倒了的猛虎有时醒来。所以霸王有时悲歌，弱女有时杀贼；梅村、子山晚作悲凉，萨松在第一次大战后出版了低调的《心旅》(*The Heart's Journey*)。

"我心里有猛虎在细嗅蔷薇。"人生原是战场，有猛虎才能在逆流里立定脚跟，在逆风里把握方向，做暴风雨中的海燕，做不改颜色的孤星。有猛虎，才能创造慷慨悲歌的英雄事业；涵蕴耿介拔俗的志士胸怀，才能做到孟郊所谓的"镜破不改光，兰死不改香！"同时人生又是幽谷，有蔷薇才能烛隐显幽，体贴入微；有蔷薇才能看到苍蝇搓脚，蜘蛛吐丝，才能听到暮色潜动，春草萌芽，才能做到"一沙一世界，一花一天国"。在人性的国度里，一只真正的猛虎应该能充分地欣赏蔷薇，而一朵真正的蔷薇也应该能充分地尊敬猛虎。微蔷薇，猛虎变成了菲力斯汀[①](Philistine)；微猛虎，蔷薇变成了懦夫。韩黎诗："受尽了命运那巨棒的痛打，我的头在流血，但不曾垂下！"华滋华斯诗："最微小的花朵对于我，能激起非泪水所能表现的深思。"完整的人生应该兼有这两种至高的境界。一个人到了这种境界，他能动也能静，能屈也能伸，能微笑也能痛

---

① 菲力斯汀：又译腓力斯丁（人），地中海东南沿岸的古代居民，曾与以色列人长期交恶。Philistine 又指庸俗，无教养。

哭，能像二十世纪人一样的复杂，也能像亚当夏娃一样的纯真，一句话，他心里已有猛虎在细嗅蔷薇。

一九五二年十月廿四夜

娓娓与喋喋

不知道我们这一生究竟要讲多少句话,如果有一种电脑可以统计,像日行万步的人所带的计步器那样,我相信其结果必定是天文数字,其长,可以绕地球几周,其密,可以下大雨几场。情形当然因人而异。有人说话如参禅,能少说就少说,最好是不说,尽在不言之中。有人说话如嘶蝉,并不一定要说什么,只是无意识的口腔运动而已。说话,有时只是掀唇摇舌,有时是为了表情达意,有时,却也是一种艺术。许多人说话只是避免冷场,并不要表达什么思想,因为他们的思想本就不多。至于说话而成艺术,一语而妙天下,那是可遇不可求:要记入《世说新语》或《约翰生传》才行。哲人桑塔耶纳 ① 就说:"雄辩滔滔是民主

---

① 桑塔耶纳:桑塔亚那(George Santayana, 1863—1952),哲学家,批判实在论代表之一,自然主义美学的创始人。

的艺术；清谈娓娓的艺术却属于贵族。"他所指的贵族不是阶级，而是趣味。

最常见的该是两个人的对话。其间的差别当然是大极了。对象若是法官、医师、警察、主考之类，对话不但紧张，有时恐怕还颇危险，乐趣当然是谈不上的。朋友之间无所用心的闲谈，如果两人的识见相当，而又彼此欣赏，那是最快意的事了。如果双方的识见悬殊，那就好像下棋让子，玩得总是不畅。要紧的是双方的境界能够交接，倒不一定两人都有口才，因为口才宜于应敌，却不宜用来待友。甚至也不必都能健谈：往往一个健谈，一个善听，反而是最理想的配合。可贵的在于共鸣，不，在于默契。真正的知己，就算是脉脉相对，无声也胜似有声：这情景当然也可以包括夫妻和情人。

这世界如果尽是健谈的人，就太可怕了。每一个健谈的人都需要一个善听的朋友，没有灵耳，巧舌拿来做什么呢？英国散文家海斯立德说："交谈之道不但在会说，也在会听。"在公平的原则下，一个人要说得尽兴，必须有另一个人听得入神。如果说话是权利，听话就是义务，而义务应该轮流负担。同时，仔细听人说话，轮到自己说时，才能充分切题。我有一些朋友，迄未养成善听人言的美德，所以跟人交谈，往往像在自言自语。凡是音乐家，一定先能听音辨声，先能收，才能发。仔细听人说话，是表示尊敬与关心。善言，能赢得听众。善听，才赢得朋友。

如果是几个人聚谈，又不同了。有时座中一人侃侃健谈，众人睽睽恭听，那人不是上司、前辈，便是德高望重，自然拥有发言权，甚至插口之权，其他的人就只有斟酒点烟、随声附和的分了。有时见解出众、口舌便捷的人，也能独揽话题，语惊四座。有时座上有二人焉，往往是主人与主客，一来一往，你问我答，你攻我守，左右了全席谈话的大势，也能引人入胜。

最自然也是最有趣的情况，乃是滚雪球式。谈话的主题随缘而转，愈滚愈大，众人兴之所至，七嘴八舌，或轮流做庄，或旁白助阵，或争先发言，或反复辩难，或怪问乍起而举座愕然，或妙答迅接而哄堂大笑，一切都是天机巧合，甚至重加排练也不能再现原来的生趣。这种滚雪球式，人人都说得尽兴，也都听得入神，没有冷场，也没有冷落了谁，却有一个条件，就是座上尽是老友，也有一个缺点，就是良宵苦短，壁钟无情，谈兴正浓而星斗已稀。日后我们怀念故人，那一景正是最难忘的高潮。

众客之间若是不顶熟稔，雪球就滚不起来。缺乏重心的场面，大家只好就地取材，与邻座不咸不淡地攀谈起来，有时兴起，也会像旧小说那样"捉对儿厮杀"。这时，得凭你的运气了。万一你遇人不淑，邻座远交不便，近攻得手，就守住你一个人恳谈、密谈。更有趣的话题，更壮阔的议论，正在三尺外热烈展开，也许就是今晚最生动的一刻；明知你真是冤枉，错过了许多赏心乐事，却不能不收回耳朵，面对你的不芳之邻，在表情上维持起码的礼貌。其实呢，你恨不得他忽然被鱼刺哽住。这种性好密谈的客人，往往还有一种恶习，就是名副其实地交头接耳，似乎他要郑重交代的，句句都是肺腑之言，恨不得回其天鹅之颈，伸其长蛇之舌，来舔你的鼻子，哎呀，真的是 tête-à-tête①还不够，必得 nose-to-nose 才满足。你吓得闭气都来不及了，哪里还听得进什么肺腑之言？此人的肺腑深深几许，尚不得而知，他的口腔是怎么一回事，早已有各种菜味，酸甜苦辣地向你来告密了。至于口水，更是不问可知，早已泽被四方矣，谁教你进入它的射程呢？

聚谈杂议，幸好不是每次都这么危险。可是现代人的生活节奏毕竟愈来愈快，无所为的闲谈、雅谈、清谈、忘机之谈几乎是不可能了。"偶然值林叟，谈笑无还期。"在一切讲究效率的工业社会，这种闲逸之情简直是一大浪费。刘禹锡但求无丝竹之扰耳，其实丝竹比起现代的流行音乐来，总要清雅得多。现代人坐上计程车、火车、长途汽车，都难逃噪音之害，到朋友家去谈天吧，往往又有孩子在看电视。饭店和咖啡馆而能免于音乐的，也很少见了。现代

---

① tête-à-tête：法语，中文意思为头对头（面对面），指促膝谈心。

生活的一大可恼，便是经常横被打断，要跟二三知己促膝畅谈，实在太难。

剩下的一种谈话，便是跟自己了。我不是指出声的自言自语，而是指自我的沉思默想。发现自己内心的真相，需要性格的力量。唯勇者始敢单独面对自己；唯智者才能与自己为伴。一般人的心灵承受不了多少静默，总需要有一点声音来解救。所以卡莱尔说："语言属于时间，静默属于永恒。"可惜这妙念也要言诠。

一九八六年一月九日至十日《台湾新闻报》副刊《西子湾》

一笑人间万事

　　王尔德的喜剧《不可儿戏》六月底在香港大会堂一连演了十四场，场场满座，观众无不"绝倒"。我身为此剧的中文译者，除了对杨世彭的导演艺术衷心佩服之外，更触发下面的一些感想。

　　鲁迅说得好：悲剧是把有价值的东西毁灭给人看，喜剧则是把无价值的东西毁灭给人看。什么是无价值的东西呢？在王尔德的喜剧里，那就是人性的基本弱点。例如虚伪、虚荣、矛盾、自私等等，而不是特定的阶级、政党、行业或性别。讽刺人性的喜剧似乎不如讽刺某时某地社会现象的喜剧来得写实，可是在某时某地之外，往往更为普及而耐久。王尔德那种无中生有的妙语，无所不刺的笑话，在九十年后的地球背面，仍能凭空教中国的观众放松了面肌，运动了横隔膜，而尽一夕之欢。

　　惹笑未必是喜剧的最终目的，但是一出不惹人笑或是笑不尽兴的喜剧却是一大失败。那样尴尬的场面真教观众无趣，演员无兴，导演面上无光。笑，未必是对艺术最深刻的反应，但这种反应最为自然，最做不得假。要把几百个颇有见识的观众逗得失声发笑，哄堂大笑，而又笑声不断，绝非易事。台上妙语如珠，台下笑声成潮，这时你会觉得：这出戏是台下和台上合作演成的。喜剧惹笑，等于提前鼓掌，最令演员增加信心，提高士气。在这种气氛中加入笑阵的台下人，更感到人同此心、与众共欢的快意。

　　麦尔维尔在《白鲸记》里说："面对一切荒谬，最聪明最方便的答复，便是大笑。"孟肯在《偏见集》里也说："一声豪笑抵得过一万句推理。豪笑一声，不但更有效果，也更有智慧。"

　　王尔德的喜剧无中生有地创出了许多荒谬而有趣的对话，表达了许多荒谬而有趣的念头，出乎观众意料，却入于艺术趣味，反常之中竟似合道。男人有意独身，通常予人克己禁欲之感。在《不可儿戏》里，劳小姐（一位老处女）却对蔡牧师说："我的好牧师，你似乎还不明白，一个男人要是打定主意独身到底，就等于变成了永远公开的诱惑。男人应该小心一点，使脆弱的异性迷路的，正是单身汉。"说到此地，台下的观众无不失笑。

　　剧中人物杰克与亚吉能是一对难兄难弟的好朋友。杰克受挫于亚吉能的姨妈，气得大骂她是母夜叉，结论是"她做了妖怪，又不留在神话里，实在太不公平……对不起，阿吉，也许我不该这么当面说你的姨妈"。亚吉能答道："老兄，我最爱听人家骂我的亲戚了。只有靠这样，我才能忍受他们。"台下观众又是哄堂大笑。

最荒谬的妙语则出于"妖怪"巴夫人之口。她盘问未来的女婿杰克："你双亲都健在吧？"杰克说："我已经失去了双亲。"巴夫人说："失去了父亲或母亲，华先生，还可以说是不幸，双亲都失去了，就未免太大意了。"对此，观众报以最响的笑声。

台下的笑声，谁也不能控制，甚至不能逆料。有些地方导演和我都觉得好笑，台下却放过不笑。杰克对巴夫人控诉亚吉能招摇撞骗，巴夫人听完诉辞之后惊答："做人不诚实！我的外甥亚吉能？绝对不可能！他是牛津毕业的。"最后一句当然可笑，却未激起台下的波纹。

妙语连珠而来，笑声叠浪而起，其间也有美中不足，令高明的导演与演员束手无策。在《不可儿戏》的第二幕，亚吉能看到西西丽在记日记，问她能不能让他看看内容，西西丽说："哦，不可以。你知道，里面记录的不过是一个很年轻的女孩子私下的感想和印象，所以呢，是准备出版的，等到印成书的时候，希望你也邮购一本。"台下人听到"是准备出版的"时，因为逻辑逆转，悖乎常理，而且颠倒得十分有趣，不禁哄堂大笑。但是下一句也非常可笑，却在上一句引爆的笑声中给淹没了。演员又不能在台上僵住，等笑声退潮，再说下去。

《不可儿戏》在香港演出，纯用粤语。我真希望台湾有剧团能用国语来演。中文译本在台湾出版两年了，竟未引起若何反应，令译者相当失望。

一九八五年七月十四日《联副》

辑四

一生念

有那么一座城，锦盒一般珍藏着
你半生的脚印和指纹，光荣和愤怒，温柔和伤心，
珍藏着你一颗颗一粒粒不朽的记忆。

望乡的牧神

那年的秋季特别长，一直拖到感恩节，还不落雪。事后大家都说，那年的冬季，也不像往年那么长，那么严厉。雪是下了，但不像那么深，那么频。幸好圣诞节的一场还积得够厚，否则圣诞老人就显得狼狈失措了。

那年的秋季，我刚刚结束了一年浪游式的讲学，告别了第三十三张席梦思，回到密歇根来定居。许多好朋友都在美国，但黄用和华苓在艾奥瓦，梨华远在纽约，一个长途电话能令人破产。咪咪手续未备，还阻隔半个大陆加一个海加一个海关。航空邮简是一种迟缓的箭，射到对海，火早已熄了，余烬显得特别冷。

那年的秋季，显得特别长。草，在渐渐寒冷的天气里，久久不枯。空气又干，又爽，又脆。站在下风的地方，可以嗅出树叶，满林子树叶散播的死讯，以及整个中西部成熟后的体香。中西部的秋季，是一场弥月不熄的野火，从浅黄到血红到暗赭到郁沉沉的浓栗，从艾奥瓦一直烧到俄亥俄，夜以继日以继夜地维持好几十郡的灿烂。云罗张在特别洁净的蓝虚虚无上，白得特别惹眼。谁要用剪刀去剪，一定装满好几箩筐。

那年的秋季特别长，像一段雏形的永恒。我几乎以为，站在四围的秋色里，那种圆溜溜的成熟感，会永远悬在那里，不坠下来。终于一切瓜一切果都过肥过重了，从腴沃中升起来的仍垂向腴沃。每到黄昏，太阳也垂垂落向南瓜田里，红橙橙的，一只熟得不能再熟下去的，特大号的南瓜。日子就像这样过去。晴天之后仍然是晴天之后仍然是完整无憾饱满得不能再饱满的晴天，敲上去会敲出音乐来的稀金属的晴天。就这样微酪地饮着清醒的秋季，好怎么不好，就是太寂寞了。在西密歇根大学，开了三门课，我有足够的时间看书，写信。但更多的时间，我用来幻想，而且回忆，回忆在有一个岛上做过的有意义和无意义的事情，一直到半夜，到半夜以后。有些事情，曾经恨过的，再恨一次；曾经恋过的，再恋一次；有些无聊，甚至再无聊一次。一切都离我很久，很远。我不知道，我的寂寞应该以时间或空间为半径。就这样，我独自坐到午夜以后，看窗外的夜比《圣经·旧约》更黑，万籁俱死之中，听两颊的胡髭无赖地长着，应和着腕表巡回的秒针。

这样说，你就明白了。那年的秋季特别长。我不过是个客座教授，悠悠荡荡的，无挂无牵。我的生活就像一部翻译小说，情节不多，气氛很浓；也有其现实的一面，但那是异国的现实，不算数的。例如汽车保险到期了，明天要记得打电话给那家保险公司；公寓的邮差怪可亲的，圣诞节要不要送他件小礼品等等。究竟只是一部翻译小说，气氛再浓，只能当作一场逼真的梦罢了。而尤其可笑的是，读来读去，连一个女主角也不见。男主角又如此地无味。这部恶汉体的（picaresque）小说，应该是没有销路的。不成其为配角的配角，倒有几位。劳悌芬便是其中的一位。在我教过的一百六十几个美国大孩子之中，劳悌芬和其他少数几位，大概会长久留在我的回忆里。一切都是巧合。有一个黑发的东方人，去到密歇根，恰巧会到那一个大学。恰巧那一年，有一个金发的美国青年，也在那大学里。恰巧金发选了黑发的课。恰巧谁也不讨厌谁。于是金发出现在那部翻译小说里。

那年的秋季，本来应该更长更长的。是劳悌芬，使它显得不那样长。劳悌芬，是我给金发取的中文名字。他的本名是 Stephen Cloud。一个姓云的人，应该是洒脱的。劳悌芬倒不怎么洒脱。他毋宁是有些腼腆的，不像班上其他的男孩，爱逗着女同学说笑。他也爱笑，但大半是坐在后排，大家都笑时他也参加笑，会笑得有些脸红。后来我才发现他是戴隐形眼镜的。

　　同时，秋季愈益深了。女学生们开始穿大衣来教室。上课的时候，掌大的枫树落叶，会簌簌叩打大幅的玻璃窗。我仍记得，那天早晨刚落过霜，我正讲到杜甫的"秋来相顾尚飘蓬"。忽然瞥见红叶黄叶之上，联邦的星条旗扬在猎猎的风中，一种摧心折骨的无边秋感，自头盖骨一直麻到十个指尖。有三四秒钟我说不出话来。但脸上的颜色一定泄漏了什么。下了课，劳悌芬走过来，问我周末有没有约会。当我的回答是否定时，他说："我家在农场上，此地南去四十多哩。星期天就是万圣节了。如果你有兴致，我想请你去住两三天。"

　　所以三天后，我就坐在他西德产的小汽车右座，向南方出发了。十月底的一个半下午，小阳春停在最美的焦距上，湿度至小，能见度至大，风景呈现最清晰的轮廓。出了卡拉马祖（Kalamazoo），密歇根南部的大平原抚得好空好阔，浩浩乎如一片陆海，偶然的农庄和丛树散布如列屿。在这样响当当的晴朗里，这样高速这样平稳地驰骋，令人幻觉是在驾驶游艇。一切都退得很远，腾出最开敞的空间，让你回旋。秋，确是奇妙的季节。每个人都幻觉自己像两万呎高的卷云那么轻，一大张卷云卷起来称一称也不过几磅。又像空气那么透明，连忧愁也是薄薄的，用裁纸刀这么一裁就裁开了。公路，像一条有魔术的白地毡，在车头前面不断舒展，同时在车尾不断卷起。

如是卷了二十几哩，西德的小车在一面小湖旁停了下来。密歇根原是千湖之州，五大湖之间尚有无数小泽。像其他的小泽一样，面前的这个湖蓝得染人肝肺。立在湖边，对着满满的湖水，似乎有一只幻异的蓝眼瞳在施术催眠，令人意识到一种不安的美。所以说秋是难解的。秋是一种不可置信而居然延长了这么久的奇迹，总令人觉得有点不安。就像此刻，秋色四面，上面是土耳其玉的天穹，下面是普鲁士蓝的清澄，风起时，满枫林的叶子滚动香熟的灿阳，仿佛打翻了一匣子的玛瑙。莫奈和西斯莱死了，印象主义的画面永生。

这只是刹那的感觉罢了。下一刻，我发现劳悌芬在喊我。他站在一株大黑橡下面。赤褐如焦的橡叶丛底，露出一间白漆木板钉成的小屋。走进去，才发现是一爿 ① 小杂货店。陈设古朴可笑，饶有殖民时期风味。西洋杉铺成的地板，走过时轧轧有声。这种小铺子在城市里是已经绝迹了。店主是一个满脸斑点的胖妇人。劳悌芬向她买了十几根红白相间的竿竿糖，满意地和我走出店来。

橡叶萧萧，风中甚有寒意。我们赶回车上，重新上路。劳悌芬把糖袋子递过来，任我抽了两根。糖味不太甜，有点薄荷在里面，嚼起来倒也津津可口。劳悌芬解释说："你知

---

① 爿：pán，量词，多用于商店、客栈等。

道，老太婆那家小店，开了十几年了，生意不好，也不关门。读初中起，我就认得她了，也不觉得她的糖有什么好吃。后来去卡拉马祖上大学，每次回家，一定找她聊天，同时买点糖吃，让她高兴高兴。现在居然成了习惯，每到周末，就想起薄荷糖来了。”

"是满好吃。再给我一根。你也是，别的男孩子一到周末就约 chic^① 去了，你倒去看祖母。"

劳悌芬红着脸傻笑。过了一会，他说："女孩子麻烦。她们喝酒，还做好多别的事。"

"我们班上的好像都很乖。例如路丝——"

"恶，满嘴的存在主义什么的，好烦。还不如那个老婆婆坦白！"

"你不像其他的美国男孩子。"

劳悌芬耸耸肩，接着又傻笑起来。一辆货车挡在前面，他一踩油门，超了过去。把一袋糖吃光，就到了劳悌芬的家了。太阳已经偏西。夕照正当红漆的仓库，特别显得明艳映颊。劳悌芬把车停在两层的木屋前，和他父亲的旅行车并列在一起。一个丰硕的妇人从屋里探头出来，大呼说："Steve！我晓得是你！怎么这样晚才回来！风好冷，快进来吧！"

---

　① chic：似为 chick 的省略写法，英文俚语指女孩子。

劳悌芬把我介绍给他的父母和弟弟侯伯（Herbert）。终于大家在晚餐桌边坐定。这才发现，他的父亲不过五十岁，已然满头白发，可是白得整齐而洁净，反而为他清瘦的面容增添光辉。侯伯是一个很漂亮的，伶手俐脚的小伙子。但形成晚餐桌上暖洋洋的气氛的，还是他的母亲。她是一个胸脯宽阔，眸光亲切的妇人，笑起来时，启露白而齐的齿光，映得满座粲然。她一直忙着传递盘碟。看见我饮牛奶时狐疑的脸色，她说："味道有点怪，是不是？这是我们自己的母牛挤的奶，原奶，和超级市场上买到的不同。等会你再尝尝我们自己的榨苹果汁看。"

"你们好像不喝酒。"我说。

"爸爸不要我们喝，"劳悌芬瞥了父亲一眼，"我们只喝牛奶。"

"我们是清教徒，"他父亲眯着眼睛说，"不喝酒，不抽烟。从我的祖父起就是这样子。"

接着他母亲站起来，移走满桌子残肴，为大家端来一碟碟南瓜饼。

"Steve，"他母亲说，"明天晚上汤普森家的孩子们说了要来闹节的。'不招待，就作怪'余先生听说过吧？糖倒是准备了好几包。就缺一盏南瓜灯。地下室有三四只空南瓜，你等会去挑一只雕一雕。我要去挤牛奶了。"

等他父亲也吃罢南瓜饼，起身去牛栏里帮他母亲挤奶时，劳悌芬便到地下室去。不久，他捧了一只脸盆大小的空干南瓜来，开始雕起假面来。他在上端先开了两只菱形的眼睛，再向中部挖出一只鼻子，最后，又挖了一张新月形的阔嘴，嘴角向上。接着他把假面推到我的面前，问我像不像。

相了一会，我说："嘴好像太小了。"

于是他又把嘴向两边开得更大。然后他说："我们把它放到外面去吧。"

我们推门出去。他把南瓜脸放在走廊的地板上，从夹克的大口袋里掏出一截白蜡烛，塞到蒂眼里，企图把它燃起。风又急又冷，一吹，就熄了。徒然试了几次，他说："算了，明晚再点吧。我们早点睡。明天还要去打野兔子呢。"

第二天下午，我们果然背着猎枪，去打猎了。这在我说来，是有点滑稽的。我从来没有打猎的经验。军训课上，是射过几发子弹，但距离红心不晓得有好远。劳悌芬却兴致勃勃，坚持要去。

"上个周末没有回家。再上个周末，帮爸爸驾收割机收黄豆。一直没有机会到后面的林子里去。"

劳悌芬穿了一件粗帆布的宽大夹克，长及膝盖，阔腰带一束，显得五呎十吋①上下的身材，分外英挺。他把较旧式

① 吋：英寸的旧译名。1 英寸 =2.54 厘米。

的一把猎枪递给我，说："就凑合着用一下吧。1958 年出品，本来是我弟弟用的。"看见我犹豫的脸色，他笑笑说："放松一点。只要不向我身上打就行。很有趣的，你不妨试试看。"

我原有一肚子的话要问他。可是他已经领先向屋后的橡树林欣然出发了。我端着枪跟上去。两人绕过黄白相间的耿西牛群的牧地，走上了小木桥彼端的小土径，在犹青的乱草丛中蜿蜒而行。天气依然爽朗朗地晴。风已转弱，阳光不转瞬地凝视着平野，但空气拂在肌肤上，依然冷得人神志清醒，反应敏锐。舞了一天一夜的斑斓树叶，都悬在空际，浴在阳光金黄的好脾气中。这样美好而完整的静谧，用一发猎枪子弹给炸碎了，岂不是可惜。

"一只野兔也不见呢。"我说。

"别慌。到前面的橡树丛里去等等看。"

我们继续往前走。我努力向野草丛中搜索，企图在劳悌芬之前发现什么风吹草动；如此，我虽未必能打中什么，至少可以提醒我的同伴。这样想着，我就紧紧追上了劳悌芬。蓦地，我的猎伴举起枪来，接着耳边炸开了一声脆而短的骤响。一样毛茸茸的灰黄的物体从十几码外的黑橡树上坠了下来。

"打中了！打中了！"劳悌芬向那边奔过去。

"是什么？"我追过去。

等到我赶上他时，他正挥着枪柄在追打什么。然后我发现草坡下，劳悌芬脚边的一个橡树窟窿里，一只松鼠尚在抽搐。不到半分钟，它就完全静止了。

"死了。"劳悌芬说。

"可怜的小家伙。"我摇摇头。我一向喜欢松鼠。以前在艾奥瓦念书的时候，我常爱从红砖的古楼上，俯瞰这些长尾多毛的小动物，在修得平整的草地上嬉戏。我尤其爱看它们躬身而立，捧食松果的样子。

劳悌芬捡起松鼠。它的右腿渗出血来，修长的尾巴垂着死亡。劳悌芬拉起一把草，把血斑拭去说："它掉下来，带着伤，想逃到树洞里去躲起来。这小东西好聪明。带回去给我父亲剥皮也好。"

他把死松鼠放进夹克的大口袋里，重新端起了枪。"我们去那边的树林子里再找找看。"他指着半哩外的一片赤金和鲜黄。想起还没有庆贺猎人，我说："好准的枪法，刚才！根本没有看见你瞄准，怎么它就掉下来了。"

"我爱玩枪。在学校里，我还是预备军官训练队的上校呢。每年冬季，我都带侯伯去北部的半岛打鹿。这一向眼睛差了。隐形眼镜还没有戴惯。"

这才注意到劳悌芬的眸子是灰蒙蒙的，中间透出淡绿色的光泽。我们越过十二号公路。岑寂的秋色里，去芝加哥的车辆迅疾地扫过，曳着轮胎磨地的咝咝，和掠过你身边时的风声。一辆农场的拖拉机，滚着齿槽深凹的大轮子，施施然辗过，车尾扬着一面小红旗。劳悌芬对车上的老叟挥挥手。

"是汤普森家的丈人。"他说。

"车上插面红旗子干吗？"

"哦，是州公路局规定的。农场上的拖拉机之类，在公路上穿来穿去，开得太慢，怕普通车辆从后面撞上去。挂一面红旗，老远就看见了。"

说着，我们一脚高一脚低走进了好大一片刚收割过的田地。阡陌间歪歪斜斜地还留着一行行的残梗，零零星星的豆粒，落在干燥的土块里。劳悌芬随手折起一片豆荚，把荚剥开。淡黄的豆粒滚入了他的掌心。

"这是汤普森家的黄豆田。尝尝看，很香的。"

我接过他手中的豆子，开始尝起来。他折了更多的豆荚，一片一片地剥着。两人把嚼不碎的豆子吐出来。无意间，我哼起"高粱肥，大豆香，遍地黄金少灾殃……"

"嘿，那是什么？"劳悌芬笑起来。

"二次大战时大家都唱的一首歌……那时我们都是小孩子。"说着，我的鼻子酸了起来。两人走出了大豆田，又越过一片尚未收割的玉蜀黍。劳悌芬停下来，笑得很神秘。过了一会，他说："你听听看，看能听见什么。"

我当真听了一会。什么也没有听见。风已经很微。偶尔，玉蜀黍的干穗谷和邻株磨出一丝窸窣。劳悌芬的浅灰绿瞳子向我发出问询。我茫然摇摇头。

他又阔笑起来。"玉米田，多耳朵。有秘密，莫要说。"

我也笑起来。

"这是双关语，"他笑道，"我们英语管玉米穗叫耳朵。好多笑话都从它编起。"

接着两人又默然了。经他一说，果然觉得玉蜀黍秆上挂满了耳朵。成千的耳朵都在倾听，但下午的遗忘覆盖一切，什么也听不见。一枚硬壳果从树上跌下来，两人吓了一跳。劳悌芬俯身拾起来，黑褐色的硬壳已经干裂。

"是山胡桃呢。"他说。

我们继续向前走。杂树林子已经在面前。不久，我们发现自己已在树丛中了。厚厚的一层落叶铺在我们脚下。卵形而有齿边的是桦，瘦而多棱的是枫，橡叶则圆长而轮廓丰满。我们踏着千叶万叶已腐的，将腐的，干脆欲裂的秋季向更深处走去，听非常过瘾也非常伤心的枯枝在我们体重下折断的声音。我们似乎践在暴露的秋筋秋脉上。秋日下午那安静的肃杀中，似乎，有一些什么在我们里面死去。最后，我们在一截断树干边坐下来。一截合抱的黑橡树干，横在枯枝败叶层层交叠的地面，龟裂的老皮形成阴郁的图案，记录霜的齿印，雨的泪痕。黑眼眶的树洞里，覆盖着红叶和黄叶，有的仍有潮意。

两人靠着断干斜卧下来，猎枪搁在断柯的杈丫上。树影重重叠叠覆在我们上面，蔽住更上面的蓝穹。落下来的锈红蚀褐已经很多，但仍有很多的病叶，弥留在枝柯上面，犹堪支撑一座两丈多高的镶黄嵌赤的圆顶。无风的林间，不时有一张叶子飘飘荡荡地坠下。而地面，纵横的枝叶间，会传来一声不甚可解的窸窣，说不出是足拨的或是腹游的路过。

"你看，那是什么？"我转向劳悌芬。他顺着我指点的方向看去。那是几棵银桦树间一片凹下去的地面，里面的桦叶都压得很平。

"好大的坑。"我说。

"是鹿，"他说，"昨夜大概有鹿来睡过。这一带有鹿。如果你住在湖边，就会看见它们结队去喝水。"接着他躺了下来，枕在黑皮的树干上，穿着方头皮靴的脚交叠在一起。他仰面凝视叶隙透进来的碎蓝色。如是仰视着，他的脸上覆盖着纷杳而游移的叶影，红的朦胧叠着黄的模糊。他的鼻梁投影在一边的面颊上，因为太阳已沉向西南方，被桦树的白干分割着的西南方，牵着一线金熔熔的地平。他的阔胸脯微微地起伏。

"Steve，你的家园多安静可爱。我真羡慕你。"

仰着的脸上漾开了笑容。不久，笑容静止下来。"是很可爱啊，但不会永远如此。我可能给征到越南去。"

"那样，你去不去呢？"我说。

"如果征到我，就必须去。"

"你——怕不怕？"

"哦，还没有想过。美国的公路上，一年也要死五万人呢。我怕不怕？好多人赶着结婚。我同样地怕结婚。年纪轻轻的，就认定一个女孩，好没意思。"

"你没有女朋友吗？"我问。

"没有认真的。"

我茫然了。躺在面前的是这样的一个躯体，结实，美好，充溢的生命一直到指尖和趾尖。就是这样的一个躯体，没有爱过，也未被爱过，未被情欲燃烧过的一截空白。有一个东方人是他的朋友。冥冥中，在一个遥远的战场上，将有更多的东方人等着做他的仇敌。一个遥远的战场，那里的树和云从未听说过密歇根。

这样想着，忽然发现天色已经晚了。金黄的夕暮淹没了林外的平芜。乌鸦叫得原野加倍地空旷。有谁在附近焚烧落叶，空中漫起灰白的烟来，嗅得出一种好闻的焦味。

"我们回去吃晚饭吧。"劳悌芬说。

那年的秋季特别长，似乎，万圣节来得也特别迟。但到了万圣节，白昼已经很短了。太阳一下去，天很快就黑了，比圣经的封面还黑。吃过晚饭，劳悌芬问我累不累。

"不累。一点儿也不累。从来没有像这样好兴致。"

"我们开车去附近逛逛去。"

"好啊——今晚不是万圣节前夕吗？你怕不怕？"

"怕什么？"劳悌芬笑起来。"我们可以捉两个女巫回来。"

"对！捉回来，要她们表演怎样骑扫帚！"

全家人都哄笑起来。劳悌芬和我穿上厚毛衫与夹克。推门出去，在寒颤的星光下，我们钻进西德的小车。车内好冷，皮垫子冰人臀股，一切金属品都冰人肘臂。立刻，车窗上就呵了一层翳翳的雾气。车子上了十二号公路，速度骤增，成排的榆树向两侧急急闪避，白脚的树干反映着首灯的光，但榆树的巷子外，南密歇根的平原罩在一件神秘的黑巫衣里。劳悌芬开了暖气。不久，我的膝头便感到暖烘烘了。

"今晚开车特别要小心，"劳悌芬说，"有些小孩子会结队到邻近的村庄去捣蛋。小孩子边走边说笑，在公路边上，很容易发生车祸。今年，警察局在报上提醒家长，不要让孩子穿深色的衣服。"

"你小时候有没有闹过节呢？"

"怎么没有？我跟侯伯闹了好几年。"

"怎么一个捣蛋法？"

"哦，不给糖吃的话，就用烂泥糊在人家门口。或在窗子上画个鬼，或者用粉笔在汽车上涂些脏话。"

"倒是满有意思的。"

"现在渐渐不作兴这样了。父亲总说，他们小时候闹得比我们还凶。"说着，车已上了跨越大税路的陆桥。桥下的车辆四巷来去地疾驶着，首灯闪动长长的光芒，向芝加哥，向托莱多。

"是印第安纳的超级税道。我家离州界只有七哩。"

"我知道。我在这条路上开过两次的。"

"今晚已经到过印第安纳了。我们回去吧。"说着，劳悌芬把车子转进一条小支道，绕路回去。

"走这条路好些，"他说。"可以看看人家的节景。"

果然远处眨着几星灯火。驶近时，才发现是十几户人家。走廊的白漆栏杆上，皆供着点燃的南瓜灯，南瓜如面，几何形的眼鼻展览着布拉克和毕加索，说不清是恐怖还是滑稽。有的廊上，悬着骑帚巫的怪异剪纸。打扮得更怪异的孩子们，正在拉人家的门铃。灯火自楼房的窗户透出来，映出洁白的窗帷。

接着劳悌芬放松了油门。路的右侧隐约显出几个矮小的人影。然后我们看出，一个是王，戴着金黄的皇冠，持着权杖，披着黑色的大氅。一个是后，戴着银色的后冕，曳着浅紫色的衣裳。后面一个武士，手执斧钺，不过四五岁的样子。我们缓缓前行，等小小的朝廷越过马路。不晓得为什么，武士忽然哭了起来。国王劝他不听，气得骂起来。还是好心的皇后把他牵了过去。

劳悌芬和我都笑起来。然后我们继续前进。劳悌芬哼起《出埃及》中的一首歌，低沉之中带点凄婉。我一面听，一面数路旁的南瓜灯。最后劳悌芬说："那一盏是我们家的南瓜灯了。"

我们把车停在铁丝网成的玉蜀黍圆仓前面。劳悌芬的母亲应铃来开门。我们进了木屋，一下子，便把夜的黑和冷和神秘全关在门外了。

"汤普森家的孩子们刚来过。"他的妈妈说，"爱弟装亚述王，简妮装贵妮薇儿，佛莱德跟在后面，什么也不像，连'不招待，就作怪'都说不清楚。"

"表演些什么？"劳悌芬笑笑说。

"简妮唱了一首歌。佛莱德什么都不会，硬给哥哥按在地上翻了一个筋斗。"

"汤姆怎么没来？"

"汤姆吗？汤姆说他已经大了，不搞这一套了。"

那年的秋季特别长，似乎可以那样一直延续下去。那一夜，我睡在劳悌芬家楼上，想到很多事情。南密歇根的原野向远方无限地伸长，伸进不可思议的黑色的遗忘里。地上，有零零落落的南瓜灯。天上，秋夜的星座在人家的屋顶上，电视的天线上，在光年外排列百年前千年前第一个万圣节前就是那样的阵图。我想得很多，很乱，很不连贯。高粱肥。大豆香。从越战想到韩战想到八年的抗战。想冬天就要来了空中嗅得出雪来，今年的冬天我仍将每早冷醒在单人床上。

大豆香。想大豆在密歇根香着在印第安纳在俄亥俄香着的大豆在另一个大陆有没有在香着?

　　劳悌芬是个好男孩我从来没有过弟弟。这部翻译小说,愈写愈长愈没有情节而且男主角愈益无趣,虽然气氛还算逼真。南瓜饼是好吃的,比苹果饼好吃些。高粱肥。大豆香。大豆香后又怎么样? 我实在再也吟不下去了。我的床向秋夜的星空升起,升起。大豆香的下一句是什么?

　　那年的秋季特别长,所以说,我一整夜都浮在一首歌上。那些尚未收割的高粱,全失眠了。这么说,你就完全明白了,不是吗? 那年的秋季特别长。

　　　　　　　　　一九六六年十月二十四日追忆

地图

　　书桌右手的第三个抽屉里，整整齐齐叠着好几十张地图，有的还很新，有的已经破损，或者字迹模糊，或者在折缝处已经磨开了口。新的，他当然喜欢，可是最痛惜的，还是那些旧的，破的，用原子笔画满了记号的。只有它们才了解，他闯过哪些城，穿过哪些镇，在异国的大平原上咽过多少州多少郡的空寂。只有它们的折缝里犹保存他长途奔驰的心境。八千里路云和月，它们曾伴他，在月下，云下。不，他对自己说，何止八千里路呢。除了自己道奇的里程计上标出来的二万八千英里之外，他还租过福特的 Galaxie[①] 和雪佛兰的 Impala[②]；加起来，折合公里怕不

---

　　① Galaxie：中文意思为银河。
　　② Impala：中文意思为黑斑羊或高角羚。

有五万公里？十万里路的云和月，朔风和茫茫的白雾和雪，每一寸都曾与那些旧地图分担。

有一段日子，当他再度独身，那些地图就像他的太太一样，无论远行去何处，事先他都要和它们商量。譬如说，从芝加哥回盖提斯堡，究竟该走坦坦的税道，还是该省点钱，走二级三级的公路？究竟该在克利夫兰，或是在匹茨堡①休息一夜？就凭着那些地图，那些奇异的名字和符咒似的号码，他闯过费城、华盛顿、巴铁摩尔②，切过蒙特利奥、旧金山、洛杉矶、纽约。

回国后，这种偶傥的江湖行，这种意气自豪的浪游热，德国佬所谓的 wanderlust③ 者，一下子就冷下来了。一年多，他守住这个已经够小的岛上一方小小的盆地兜圈子，兜来兜去，至北，是大直，至南，是新店。往往，一连半个月，他活动的空间，不出一条怎么说也说不上美丽的和平东路，呼吸一百二十万人呼吸过的第八流的空气，和二百四十万只鞋底踢起的灰尘。有时，从厦门街到师大，在他的幻想里，似乎比芝加哥到卡拉马祖更遥更远。日近长安远，他

---

　　①　匹茨堡：匹兹堡（Pittsburgh），美国东部宾夕法尼亚州城市。位于该州西南部，俄亥俄河南北源流汇合点。

　　②　巴铁摩尔：似指巴尔的摩（Baltimore），美国马里兰州最大城市，大西洋岸重要海港。

　　③　wanderlust：中文意思为旅行癖，漫游癖。

常常这样挖苦自己。偶尔他"文旌南下"，逸出那座无欢的灰城，去中南部的大学作一次演讲。他的演讲往往是免费的，但是灰城外，那种金黄色的晴美气候，也是免费的。回程的火车上，他相信自己年轻得多了，至少他的肺叶要比去时干净。可是一进厦门街，他的自信立刻下降。在心里，他对那狭长的巷子和那日式古屋说："现实啊现实，我又回来了。"

这里必须说明，所谓"文旌南下"，原是南部一位作家在给他的信中用的字眼。中国老派文人的板眼可真不少，好像出门一步，就有云旗委蛇之势，每次想起，他就觉得好笑，就像梁实秋，每次听人阔论诗坛文坛这个坛那个坛的，总不免暗自莞尔一样。

"文旌北返"之后，他立刻又恢复了灰城之囚的心境，把自己幽禁在六个榻榻米的冷书斋里，向六百字稿纸的平面，去塑造他的立体建筑。六席的天地是狭小的，但是六百字稿纸的天地却可以无穷大。面对后者，他欣然无视于前者了。面对后者，他的感觉不能说不像创世纪的神。一张空白的纸永远是一个挑战，对于一股创造的欲望。宇宙未剖之际，浑浑茫茫，一个声音说，应该有光，于是便有了光。做一个发光体，一个光源，本身便是一种报酬，一种无上的喜悦。每天，他的眼睛必成为许多许多眼睛的焦点。从那些清澈见底，那些年轻眼睛的反光，他悟出光源的意义和重要性。仍然，他记得，年轻时他也曾寂寞而且迷失，而且如何的嗜光。现在他发现自己竟已成为光源，这种发现，使他喜悦，也使他惶然战栗。而究竟是怎样从嗜光族人变成了光源之一的，那过程，他已经记忆朦胧了。

他所置身的时代，像别的许多时代一样，是混乱而矛盾的。这是一个旧时代的结尾，也是一个新时代的开端，充满了失望，也抽长着希望，充满了残暴，也有很多温柔，如此逼近，又如此看不清楚。一度，历史本身似乎都有中断的可能。他似乎立在一个大漩涡的中心，什么都绕着他转，什么也捉不住。所有的笔似乎都在争吵，毛笔和钢笔，钢笔和粉笔。毛笔说，钢笔是舶来品；钢笔说毛笔是土货，且已过时。又说粉笔太学院风，太贫血；但粉笔不承认钢笔的血液，因为血液岂有蓝色。于是笔战不断绝，文化界的巷战此起彼落。他也是火药的目标之一，不过在他这种时代，谁又能免于稠密的流弹呢？他自己的手里就握有毛笔、粉笔和钢笔。他相信，只要那是一支挺直的笔，一定会在历史上留下一点笔迹的，也许那是一句，也许那是整节甚至整章。至于自己本来无笔而要攘人、据人，甚至焚人之笔之徒，大概是什么标点符号也留不下来的吧。

流弹如雹的雨季，他偶尔也会坐在那里，向摊开的异国地图，回忆另一个空间的逍遥游。那是一个纯然不同的世界，纯然不同，不但因为空间的阻隔，更因为时间的脱节。从这个世界到那个世界的意义，不但是八千英里，而且是半个世纪。那里，一切的节奏比这里迅疾，一切反应比这里灵敏，那里的空气中跳动着六十年代的脉搏，自由世界的神经末梢，听觉和视觉，触觉和嗅觉，似乎都向那里集中。那里的城市，向地下探得更深，向空中升得更高，向四方八面的触须伸得更长更长。那里的人口，有几分之一经常在高速的超级国道上，载驰载驱，从大西洋到太平洋，没有一盏红灯！新大陆，新世界，新的世纪！惠特曼的梦，林肯的预言。那里的眼睛总是向前面看，向上面，向外面看。当他们向月球看时，他们看见二十一世纪，阿拉斯加和夏威夷的延长，人类最新的边疆，最远最夐辽的前哨。而他那个民族已习惯于回顾：当他们仰望明月，他们看见的是蟾，是兔，是后羿的逃妻，在李白的杯中、眼中、诗中。所以说，那是一个纯然不同的世界。他属于东方，他知道月亮浸在一个爱情典故里该有多美丽。他也去过西方，能够想象从二百时的巴洛马天文望远镜中，从人造卫星上窥见的那颗死星，该怎样诱惑着未来的哥伦布和郑和。

他将自己的生命划为三个时期：旧大陆、新大陆和一个岛屿。他觉得自己同样属于这三种空间，不，三种时间，正如在思想上，他同样同情钢笔、毛笔、粉笔。旧大陆是他的母亲，岛屿是他的妻，新大陆是他的情人。和情人约会是缠绵而醉人的，但是那件事注定了不会长久。在新大陆的逍遥游中，他感到对妻子的责任，对母亲深远的怀念，渐行渐重也渐深。去新大陆的行囊里，他没有像萧邦那样带一把泥土，毕竟，那泥土属于那岛屿，不属于那片古老的大陆。他带去的是一幅旧大陆的地图，中学时代，抗战期间，他用来读本国地理的一张破地图。就是那张破地图，曾经伴他自重庆回到南京，自南京而上海而厦门而香港而终于到那个岛屿。一张破地图，一个破国家，自嘲地，他想。密歇根的雪夜，盖提斯堡的花季，他常常展视那张残缺的地图，像凝视亡母的旧照片。那些记忆深长的地名，长安啊，洛阳啊，赤壁啊，台儿庄啊，汉口和汉阳，楚和湘。往往，他的眸光逡巡在巴蜀，在嘉陵江上，在那里，他从一个童军变成一个高二的学生。

远从初中时代起，他就喜欢画地图了。一张印刷精致的地图，对于他，是一种智者的愉悦，一种令人清醒动人遐思的游戏。从一张眉目姣好的地图他获得的满足，不但是理性的，也是感情的，不但是知，也是美。蛛网一样的铁路，麦穗一样的山峦，雀斑一样的村落和市镇，雉堞隐隐的长城啊，叶脉历历的水系，神秘而荒凉而空廓廓的沙漠。而当他的目光循江河而下，徘徊于柔美而曲折的海岸线，复在罗列得缤缤纷纷或迤迤逦逦的群岛之间跳越为戏的时候，他更感到鸥族飞翔的快意。他爱海。哪一个少年不爱海呢？中学时代的他，围在千山之外仍是千山的四川，只能从地图上去嗅那蓝而又咸的活荒原的气息。秋日的半下午，他常常坐一方白净的冷石，俯临在一张有海的地图上面，作一种抽象的自由航行。这样鸥巡着水的世界，这样云游着鹰瞰着一巴掌大小的大地，他产生一种君临，不，神临一切的幻觉。这样的缩地术，他觉得，应该是一切敏感的心灵都嗜好的一种高级娱乐。

他临了一张又一张的地图。他画了那么多张，终于他发现，在这一方面，他所知道的和熟记的，竟已超过了地理老师。有些笨手笨脚的女同学，每每央他代绘中国全图，作为课业。他从不拒绝，像一个名作家不拒绝为读者签名一样，只是每绘一张，他必然留下一个错误。例如青海的一个湖泊给他的神力朝北推移了一百公里，或是辽宁的海岸线在大连附近凭空添上一个港湾等等。无知的女同学不会发现，自是意料中事。而有知的郭老师竟然也被瞒过了，怎不令他感到九级魔鬼诡计得售后的自满？

他喜欢画中国地图，更喜欢画外国地图。国界最纷繁海岸最弯曲的欧洲，他百览不厌。多湖的芬兰，多岛的希腊，多雪多峰的瑞士，多花多牛多运河的荷兰，这些他全喜欢，但使他最沉迷的，是意大利，因为它优雅的海岸线和音乐一样的地名，因为威尼斯和罗马，凯撒①和朱丽叶，那颇利②，墨西拿，萨地尼亚③。一有空他就端详那些地图。他的心境，是企慕，是向往，是对于一种不可名状的新经验的追求。那种向往之情是纯粹的，为向往而向往。面对用绘图仪器制成的抽象美，他想不明白，秦王何以用那样的眼光看督亢，亚历山大何以要虎视印度，独脚的海盗何以要那样打量金银岛的羊皮纸地图。

　　在山岳如狱的四川，他的眼神如蝶，翩翩于滨海的江南。有一天能回去就好了，他想。后来蕈状云从广岛升起，太阳旗在中国的大陆降下，他发现自己怎么已经在船上，船在白帝城下在三峡，三峡在李白的韵里。他发现自己回到了江南。他并未因此更加快乐，相反地，他开始怀念四川起来。现在，他只能向老汉骑牛的地图去追忆那个山国，和山国里，那些曾经用川语摆龙门阵甚至吵架的故人了。后来，他发现自己到了这个岛上。初来的时候，他断断没有想到，自己竟会在这多地震的岛上连续抵挡十几季的台风和梅雨。现在，看地图的时候，他的目光总是在江南逡

①　凯撒：即恺撒（Gaius Julius Caesar，前102或前100—前44）。古罗马统帅，政治家，作家。

②　那颇利：那波利（Napoli），亦译"那不勒斯"（Naples）。意大利西南岸港市。地处第勒尼安海那波利湾北岸。

③　萨地尼亚：似指撒丁岛（Sardegna），是地中海第二大岛，意大利特别自治区之一。

巡，燕子矶、雨花台、武进、漕桥、宜兴，几个单纯的地名便唤醒一整个繁复的世界。他更未料到，有一天，他也会怀念这个岛屿，在另一个大陆。

　　"你不能真正了解中国的意义，直到有一天你已经不在中国。"从新大陆寄回来的家信中，他这样写过。在中国，你仅是七万万分之一的中国，天灾，你可以怨中国的天，人祸，你可以骂中国的人，军阀、汉奸、政客、贪官污吏、土豪劣绅，你可以一个挨一个地骂下去，直骂到你的老师，父亲，母亲。当你不在中国，你便成为全部的中国，鸦片战争以来，所有的国耻全部贴在你脸上。于是你不能再推诿，不能不站出来。站出来，而且说："中国啊中国，你全身的痛楚就是我的痛楚，你满脸的耻辱就是我的耻辱！"第一次去新大陆，他怀念的是这个岛屿，那时他还年轻。再去时，他的怀念渐渐从岛屿转移到大陆，那古老的大陆。所有母亲的母亲，所有父亲的父亲，所有祖先啊所有祖先的大摇篮，那古老的大陆。中国所有的善和中国所有的恶，所有的美丽和所有的丑陋，全在那片土地上和土地下面，上面，是中国的稻和麦，下面，是黄花岗的白骨是岳武穆的白骨是秦桧的白骨或者竟然是黑骨。无论你愿不愿意，将来你也将加入这些。

　　走进地图，便不再是地图，而是山岳与河流，原野与城市。走出那河山，便仅仅留下了一张地图。当你不在那片土地，当你不再步履于其上，俯仰于其间，你只能面对一张象征性的地图，正如不能面对一张亲爱的脸时，就只能面对一帧照片了。得不到的，果真是更可爱吗？然则灵魂究竟是躯体的主人呢，还是躯体的远客？然则临图神游是一种超越，或是一种变相的逃避，灵魂的一种土遁之术？也许那真是一个不可宽宥的弱点吧？既然已经娶这个岛屿为妻，就应该努力把蜜月延长。

　　于是他将新大陆和旧大陆的地图重新放回右手的抽屉。太阳一落，岛上的冬暮还是会很冷很冷的。他搓搓双手，将自己的一切，躯体和灵魂和一切的回忆与希望，完全投入刚才搁下的稿中。于是那六百字的稿纸延伸开来，吞没了一切，吞没了大陆与岛屿，而与历史等长，茫茫的空间等阔。

　　　　　　　　　　　　　　　一九六七年十二月二十一日

思台北，念台北

　　隐地从台北寄来他的新书《欧游随笔》，并在扉页上写道："尔雅也在厦门街一一三巷，每天，我走您走过的脚步。"一句话，撩起我多少乡愁。龙尾蛇头，接到多少张耶诞卡贺年片，没有一句话更撼动我的心弦。

　　如果脚步是秋天的落叶，年复一年，季复一季，则最下面的一层该都是我的履印与足音，然后一层层，重重叠叠，旧印之上覆盖着新印，千层下，少年的履迹车辙，只能在仿佛之间去翻寻。每次回到台北，重踏那条深长的巷子，隐隐，总踏起满巷的回音，那是旧足音醒来，在响应新的足音？厦门街，水源路那一带的弯街斜巷，拭也拭不尽的，是我的脚印和指纹。每一条窄弄都通向记忆，深深的厦门街，是我的回声谷。也无怪隐地走过，难逃我的联想。

那一带的市井街坊，已成为我的"背景"甚至"腹地"。去年夏天在西雅图，和叶珊谈起台湾诗选之滥，令人穷于应付，成了"选灾"。叶珊笑说，这么发展下去，总有一天我该编一本《古亭诗选》，他呢，则要编一本《大安诗选》。其实叶珊在大安区的脚印，寥落可数，他的乡井当然在水之湄，在花莲。他只能算是"半山"的乡下诗人，我，才是城里的诗人。十年一觉扬州梦，醒来时，我已是一位台北人。

当然不止十年了。清明尾，端午头，中秋月后又重九，春去秋来，远方盆地里那一座岛城，算起来，竟已住了二十六年了。这期间，就算减去旅美的五年，来港的两年，也有十九年之久。北起淡水，南迄乌来，半辈子的岁月便在那里边攘攘度过，一任红尘困我，车声震我，限时信，电话和门铃催我促我，一任杜鹃媚我于暮春，莲塘迷我于仲夏，雨季霉我，溽暑蒸我，地震和台风撼我摇我。四分之一的世纪，我眼见台北长高又长大，脚踏车三轮车把大街小巷让给了电单车计程车，半田园风的小省城变成了国际化的现代立体大都市。镜头一转，前文提要一样的跳速，台北也惊见我，如何从一个寂寞而迷惘的流亡少年变成大四的学生，少尉编译官，新郎，父亲，然后是留学生，新来的讲师，老去的教授，毁誉交加的诗人，左颊掌声右颊是嘘声。二十六年后，台北恐已不识我，霜发的中年人，正如我也有点近乡情怯，机翼斜斜，海关扰扰，出得松山，迎面那一丛丛陌生的楼影。

　　曾在那岛上，浅浅的淡水河边，遥听嘉陵江滔滔的水声，曾在芝加哥的楼影下，没遮没拦的密歇根湖岸，念江南的草长莺飞，花发蝶忙。乡愁一缕，恒与扬子江东流水竞长。前半生，早如断了的风筝落在海峡的对面，手里兀自牵一缕旧线。每次填表，"永久地址"那一栏总教人临表踟蹰，好生为难。一若四海之大，天地之宽，竟有一处是稳如磐石，固如根柢，世世代代归于自己，生命深深植于其中，海啸山崩都休想将它拔走似的。面对着天灾人祸，世局无常，竟要填表人肯定说出自己的"永久地址"，真是一大幽默，带一点智力测验的意味。尽管如此，表却不能不填。二十世纪原是填表的时代，从出生纸到死亡证书，一个人一辈子要填的表，叠起来不会薄于一部大字典。除非你住在乌托邦，表是非填不可的。于是"永久地址"栏下，我暂且填上"台北市厦门街一一三巷八号"。这一暂且，就暂且了二十多年，比起许多永久来，还永久得多。

　　正如路是人走出来的，地址，也是人住出来的。生而为闽南人、南京人，也曾经自命为半个江南人，四川人，现在，有谁称我为台北人，我一定欣然接受，引以为荣。有那么一座城，多少熟悉的面孔，由你的朋友，你的同学、同事、学生所组成，你的粉笔灰成雨，落湿了多少讲台，你的蓝墨水成渠，灌溉了多少亩报刊杂志。四个女孩都生在那城里，母亲的慈骨埋在近郊，父亲和岳母皆成了常青的乔木，植物一般植根在那条巷里。有那么一座城，锦盒一般珍藏着你半生的脚印和指纹，光荣和愤怒，温柔和伤心，珍藏着你一颗颗一粒粒不朽的记忆。家，便是那么一座城。

把一座陌生的城住成了家，把一个临时地址拥抱成永久地址，我成了想家的台北人，在和中国母体土接壤连的一角小半岛上，隔着南海的青烟蓝水，竟然转头东望，思念的，是二十多年来餮我以蓬莱的蓬莱岛城。我的阳台向北，当然，也尽多北望的黄昏。奈何公无渡河，从对河来客的口中，听到的种种切切，陌生的，严厉的，迷惑的，伤感的，几已难认后土的慈颜，哎，久已难认。正如贾岛的七绝所言：

> 客舍并州已十霜，归心日夜忆咸阳。
>
> 无端更渡桑干水，却望并州是故乡。

如果十霜已足成故乡，则我的二十霜啊多情又何逊唐朝一孤僧？

未回台北，忽焉又一年有半了。一小时的飞程，隔水原同比邻，但一道海关多重表格横在中间，便感烟波之阔

了。愿台北长大长壮但不要长得太快，愿我记忆中的岛城
在开路机铲土机的挺进下保留一角半隅的旧区让我循那些
曲折而玄秘的窄弄幽巷步入六十年代五十年代。下次见面
时，愿相看妩媚如昔，城如此，哎，人亦如此。

　　祖籍闽南，说来也巧，偌大一座台北城，二十多年来
只住过两条闽南风味的小街：同安街和厦门街。同安街只
住了两年半，后来的二十四年就一直在厦门街。如果台北
是我的"家城"（英文有这种说法），厦门街就是我的"家
街"了。这家，是住出来的，也是写出来的。八千多个日
子，二十几番夏至和秋分，即连是一片沙漠，也早已住成
家了。多少篇诗和散文，多少部书，都是在临巷的那个窗
口，披一身重重叠叠深深浅浅的绿阴，吟哦而成。我的作
品既在那一带的巷闾孕化而成，那条小街，那些曲巷也不
时浮现在我的字里行间，成为现代文学里的一个地理名词。
萤塘里、网溪里，久已育我以灵感，希望掌管那一带的地
灵土仙能知晓，我的灵感也荣耀过他们。厦门街的名字，
在我的香港读者之间，也不算陌生。有意无意之间，在台
北，总觉得自己是"城南人"，不但住在城南，工作也在城
南。台湾最具规模的三座学府全在城南，甚至南郊；北起
丽水街，南迄指南山麓，我的金黄岁月都挥霍在其中。思
潮文风，在杜鹃花簇的迷锦炫绣间起伏回荡。当时年少，
曾餍过多少稚美的青睐青眼，西去取经，分不清，身是唐

吉诃德或唐僧。对我而言，古亭区该是中国文化最高的地区，记忆也最密。即连那"家巷"的左邻右舍，前翁后媪，也在植物一般悠久而迟缓的默契里，相习而相忘，相近相亲。出得巷去，左手是裁缝铺子、理发店、豆浆店然后是电料行，右手是西药行、杂货店、花店、照相馆……闭着眼睛，我可以一家家数过去，梦游一般直数到汀州街口。前年夏天从香港回台北，一天晚上，去巷口那家药行买药。胖胖的老板娘在柜台后面招呼我，还是二十年来那一口潮州国语。不见老板，我问她老板可好。"过身了——今年春天。"说着她眼睛一阵湿，便流下了泪来。我也为之黯然神伤，一时之间，不知怎么安慰才好，默默相对了片刻，也就走开了。回家的路上，我很是感动，心里满溢着温暖的乡情，一问一答之间，那妇人激动的表情，显示她已经把我当成了亲人。二十年来，我是她店里的常客，和她丈夫当然也是稔熟的。我更想起十八年前母亲去世，那时是她问我答，流泪的是我，嗫嚅相慰的是她。久邻为亲，那一切一切，城南人怎会忘记？

　　对我而言，城北是商业区，新社区，无论它有多繁华，我的台北仍旧在城南。台北是愈长愈高了，长得好快，七十年代八十年代在城的东北，在松山机场那一带喊他。未来在召唤，好多城南人禁不起那诱惑，像何凡、林海音那一家，便迁去了城北，一窝蜂一窝鸟似的，住在高高的大公寓里，和下面的世界来往，完全靠按钮。等到高速公路打通，桃园的国际机场建好，大台北无阻的步伐，该又向西方迈进了。

该来的，什么也挡不住。已去的，也无处可招魂。当最后一位按摩女的笛声隐隐，那一夜在巷底消逝，有一个时代便随她去了。留下的是古色的月光，情人、诗人的月光，仍祟着城南那一带的灰瓦屋，矮围墙，弯弯绕绕的斜街窄巷。以南方为名的那些街道——晋江街、韶安街、金华街、云和街、泉州街、潮州街、温州街、青田街，当然，还有厦门街——全都有小巷纵横，奇径暗通，而门牌之纷乱，编号排次之无轨可循，使人逡巡其间，迷路时惶惑如智穷的白鼠，豁然时又自得如天才的侦探。几乎家家都有围墙，很少巷子能一目了然，巷头固然望不见巷腰，到了巷腰，也往往看不出巷底要通往何处。那一盘盘交缠错综的羊肠迷宫，当时陷身其中，固曾苦于寻寻觅觅，但风晨雨夜，或是奇幻的月光婆娑的树影下走过，也赋给了我多少灵感。于今隔海想来，那些巷子在奥秘中寓有亲切，原是最耐人咀嚼的。黄昏的长巷里，家家围墙飘出的饭香，吟一首民谣在召归途的行人：有什么，比这更令人低回的呢？

最耐人寻味的小巷，是同安街东北行，穿过南昌街后，通向罗斯福路的那一段。长只五六十码，狭处只容两辆脚踏车蠕行相交。上面晾着未干的衣裳，两旁总排着一些脚踏车手推车，晒些家常腌味，最挤处还有些小孩子在嬉游。砖墙石壁半已剥蚀，颓败的纹理伸手可触。近罗斯福路出口处还有个小小的土地祠，简陋可笑的装饰也无损其香火不绝，供果长青。那恐怕是世界上最短最窄的一条陋巷了。从师大回家的途中，不记得已蜿穿过几千次了，对于我，那是世界上最滑稽最迷人最市井风的一段街景。电视天线接管了日窄的天空，古台北正在退缩。撼地压来的开路机啊，能绕道而行放过这几座历史的残堡吗？

在《蒲公英的岁月》里，曾说过喜欢的是那岛，不是那城。台北啊我怎能那样说，对你那样不公平？隔着南中国海的烟波，向香港的电视幕上，收看邻区都市的气象，汉城和东京之后总是台北，是阴是晴是变冷是转热是风前或雨后，都令我特别关心。台风自海上来，将掠台湾而西，扑向厦门和汕头，那气象报告员说，不然便是寒流凛凛自华中南下，气温要普遍下降，明天莫忘多加衣。只有在那一刹那，才幻觉这一切风云雨雾原本是一体，拆也拆不开的。

香港有一种常绿的树，黄花长叶，属刺槐科，据说是移植自台湾，叫"台湾相思"。那样美的名字，似乎是为我而取。

一九七七年三月

听听那冷雨

　　惊蛰一过，春寒加剧。先是料料峭峭，继而雨季开始，时而淋淋漓漓，时而渐渐沥沥，天潮潮地湿湿，即连在梦里，也似乎把伞撑着。而就凭一把伞，躲过一阵潇潇的冷雨，也躲不过整个雨季。连思想也是潮润润的。每天回家，曲折穿过金门街到厦门街迷宫式的长巷短巷，雨里风里，走入霏霏令人更想入非非。想这样子的台北凄凄切切完全是黑白片的味道，想整个中国整部中国的历史无非是一张黑白片子，片头到片尾，一直是这样下着雨的。这种感觉，不知道是不是从安东尼奥尼那里来的。不过那一块土地是久违了，二十五年，四分之一的世纪，即使有雨，也隔着千山万山，千伞万伞。二十五年，一切都断了，只有气候，只有气象报告还牵连在一起。大寒流从那块土地上弥天卷来，这种酷冷吾与古大陆分担。不能扑进她怀里，被她的裾边扫一扫吧也算是安慰孺慕之情。

这样想时，严寒里竟有一点温暖的感觉了。这样想时，他希望这些狭长的巷子永远延伸下去，他的思路也可以延伸下去，不是金门街到厦门街，而是金门到厦门。他是厦门人，至少是广义的厦门人，二十年来，不住在厦门，住在厦门街，算是嘲弄吧，也算是安慰。不过说到广义，他同样也是广义的江南人，常州人，南京人，川娃儿，五陵少年。杏花春雨江南，那是他的少年时代了。再过半个月就是清明。安东尼奥尼的镜头摇过去，摇过去又摇过来。残山剩水犹如是。皇天后土犹如是。纭纭黔首纷纷黎民从北到南犹如是。那里面是中国吗？那里面当然还是中国，永远是中国。只是杏花春雨已不再，牧童遥指已不再，剑门细雨渭城轻尘也都已不再。然则他日思夜梦的那片土地，究竟在哪里呢？

在报纸的头条标题里吗？还是香港的谣言里？还是傅聪的黑键白键马思聪的跳弓拨弦？还是安东尼奥尼的镜底勒马洲的望中？还是呢，故宫博物院的壁头和玻璃橱内，京戏的锣鼓声中太白和东坡的韵里？

杏花。春雨。江南。六个方块字，或许那片土就在那里面。而无论赤县也好神州也好中国也好，变来变去，只要仓颉的灵感不灭美丽的中文不老，那形象，那磁石一般的向心力当必然长在。因为一个方块字是一个天地。太初有字，于是汉族的心灵他祖先的回忆和希望便有了寄托。譬如凭空写一个"雨"字，点点滴滴，滂滂沱沱，淅沥淅沥淅沥，一切云情雨意，就宛然其中了。视觉上的这种美感，岂是什么 rain 也好 pluie①也好所能满足？翻开一部《辞源》或《辞海》，金木水火土，各成世界，而一入"雨"部，古神州的天颜千变万化，便悉在望中，美丽的霜雪云霞，骇人的雷电霹雹，展露的无非是神的好脾气与坏脾气，气象台百读不厌门外汉百思不解的百科全书。

　　听听，那冷雨。看看，那冷雨。嗅嗅闻闻，那冷雨，舔舔吧那冷雨。雨在他的伞上这城市百万人的伞上雨衣上屋上天线上，雨下在基隆在防波堤在海峡的船上，清明这季雨。雨是女性，应该最富于感性。雨气空蒙而迷幻，细细嗅嗅，清清爽爽新新，有一点点薄荷的香味，浓的时候，竟发出草和树沐发后特有的淡淡土腥气，也许那竟是蚯蚓和蜗牛的腥气吧，毕竟是惊蛰了啊。也许地上的地下的生命也许古中国层层叠叠的记忆皆蠢蠢而蠕，也许是植物的潜意识和梦吧，那腥气。

　　第三次去美国，在高高的丹佛他山居了两年。美国的西部，多山多沙漠，千里干旱，天，蓝似安格罗·萨克逊

---

　　①　pluie：法文，中文意思为雨，下雨。

人①的眼睛，地，红如印地安人的肌肤，云，却是罕见的白鸟。落基山簇簇耀目的雪峰上，很少飘云牵雾。一来高，二来干，三来森林线以上，杉柏也止步，中国诗词里"荡胸生层云"，或是"商略黄昏雨"的意趣，是落基山上难睹的景象。落基山岭之胜，在石，在雪。那些奇岩怪石，相叠互倚，砌一场惊心动魄的雕塑展览，给太阳和千里的风看。那雪，白得虚虚幻幻，冷得清清醒醒，那股皑皑不绝一仰难尽的气势，压得人呼吸困难，心寒眸酸。不过要领略"白云回望合，青霭入看无"的境界，仍须回来中国。台湾湿度很高，最饶云气氤氲雨意迷离的情调。两度夜宿溪头，树香沁鼻，宵寒袭肘，枕着润碧湿翠苍苍交叠的山影和万籁都歇的岑寂，仙人一样睡去。山中一夜饱雨，次晨醒来，在旭日未升的原始幽静中，冲着隔夜的寒气，踏着满地的断柯折枝和仍在流泻的细股雨水，一径探入森林的秘密，曲曲弯弯，步上山去。溪头的山，树密雾浓，蓊郁的水气从谷底冉冉升起，时稠时稀，蒸腾多姿，幻化无定，只能从雾破云开的空处，窥见乍现即隐的一峰半壑，要纵览全貌，几乎是不可能的。至少入山两次，只能在白茫茫里和溪头诸峰玩捉迷藏的游戏，回到台北，世人问起，

---

① 安格罗·萨克逊人：盎格鲁 - 撒克逊人（Anglo-Saxons），古代日耳曼人中的盎格鲁、撒克逊、朱特等部落集团。

除了笑而不答心自闲，故作神秘之外，实际的印象，也无非山在虚无之间罢了。云缭烟绕，山隐水迢的中国风景，由来予人宋画的韵味。那天下也许是赵家的天下，那山水却是米家的山水。而究竟，是米氏父子下笔像中国的山水，还是中国的山水上纸像宋画。恐怕是谁也说不清楚了吧？

雨不但可嗅，可观，更可以听。听听那冷雨。听雨，只要不是石破天惊的台风暴雨，在听觉上总是一种美感。大陆上的秋天，无论是疏雨滴梧桐，或是骤雨打荷叶，听去总有一点凄凉，凄清，凄楚。于今在岛上回味，则在凄楚之外，更笼上一层凄迷了。饶你多少豪情侠气，怕也经不起三番五次的风吹雨打。一打少年听雨，红烛昏沉。两打中年听雨，客舟中，江阔云低。三打白头听雨在僧庐下，这便是亡宋之痛，一颗敏感心灵的一生：楼上，江上，庙里，用冷冷的雨珠子串成。十年前，他曾在一场摧心折骨的鬼雨中迷失了自己。雨，该是一滴湿漓漓的灵魂，窗外在喊谁。

雨打在树上和瓦上，韵律都清脆可听。尤其是铿铿敲在屋瓦上，那古老的音乐，属于中国。王禹偁在黄冈，破如椽的大竹为屋瓦。据说住在竹楼上面，急雨声如瀑布，密雪声比碎玉，而无论鼓琴，咏诗，下棋，投壶，共鸣的效果都特别好。这样岂不像住在竹筒里面，任何细脆的声响，怕都会加倍夸大，反而令人耳朵过敏吧。

雨天的屋瓦，浮漾湿湿的流光，灰而温柔，迎光则微明，背光则幽黯，对于视觉，是一种低沉的安慰。至于雨敲在鳞鳞千瓣的瓦上，由远而近，轻轻重重轻轻，夹着一股股的细流沿瓦漕与屋檐潺潺泻下，各种敲击音与滑音密织成网，谁的千指百指在按摩耳轮。"下雨了。"温柔的灰美人来了，她冰冰的纤手在屋顶拂弄着无数的黑键啊灰键，把晌午一下子奏成了黄昏。

在古老的大陆上，千屋万户是如此。二十多年前，初来这岛上，日式的瓦屋亦是如此。先是天黯了下来，城市像罩在一块巨幅的毛玻璃里，阴影在户内延长复加深。然后凉凉的水意弥漫在空间，风自每一个角落里旋起，感觉得到，每一个屋顶上呼吸沉重都覆着灰云。雨来了，最轻的敲打乐敲打这城市，苍茫的屋顶，远远近近，一张张敲过去，古老的琴，那细细密密的节奏，单调里自有一种柔婉与亲切，滴滴点点滴滴，似幻似真，若孩时在摇篮里，一曲耳熟的童谣摇摇欲睡，母亲吟哦鼻音与喉音。或是在江南的泽国水乡，一大筐绿油油的桑叶被啃于千百头蚕，细细琐琐屑屑，口器与口器咀咀嚼嚼。雨来了，雨来的时候瓦这么说，一片瓦说千亿片瓦说，说轻轻地奏吧沉沉地弹，徐徐地叩吧挞挞地打，间间歇歇敲一个雨季，即兴演奏从惊蛰到清明，在零落的坟上冷冷奏挽歌，一片瓦吟千亿片瓦吟。

在日式的古屋里听雨，听四月，霏霏不绝的黄梅雨，朝夕不断，旬月绵延，湿黏黏的苔藓从石阶下一直侵到他舌底，心底。到七月，听台风台雨在古屋顶上一夜盲奏，千哶海底的热浪沸沸被狂风挟来，掀翻整个太平洋只为向他的矮屋檐重重压下，整个海在他的蜗壳上哗哗泻过。不然便是雷雨夜，白烟一般的纱帐里听羯鼓一通又一通，滔天的暴雨滂滂沛沛扑来，强劲的电琵琶忐忐忑忑忐忑忑，弹动屋瓦的惊悸腾腾欲掀起。不然便是斜斜的西北雨斜斜，刷在窗玻璃上，鞭在墙上打在阔大的芭蕉叶上，一阵寒濑泻过，秋意便弥漫日式的庭院了。

在日式的古屋里听雨，春雨绵绵听到秋雨潇潇，从少年听到中年，听听那冷雨。雨是一种单调而耐听的音乐是室内乐是室外乐，户内听听，户外听听，冷冷，那音乐。雨是一种回忆的音乐，听听那冷雨，回忆江南的雨下得满地是江湖下在桥上和船上，也下在四川在秧田和蛙塘下肥了嘉陵江下湿布谷咕咕的啼声。雨是潮潮润润的音乐下在渴望的唇上舐舐那冷雨。

因为雨是最最原始的敲打乐从记忆的彼端敲起。瓦是最最低沉的乐器灰蒙蒙的温柔覆盖着听雨的人，瓦是音乐的雨伞撑起。但不久公寓的时代来临，台北你怎么一下子长高了，瓦的音乐竟成了绝响。千片万片的瓦翩翩，美丽的灰蝴蝶纷纷飞走，飞入历史的记忆。现在雨下下来下在水泥的屋顶和墙上，没有音韵的雨季。树也砍光了，那月桂，那枫树，柳树和擎天的巨椰，雨来的时候不再有丛叶嘈嘈切切，闪动湿湿的绿光迎接。鸟声减了啾啾，蛙声沉了阁阁①，秋天的虫吟也减了唧唧。七十年代的台北不需要这些，一个乐队接一个乐队便遣散尽了。要听鸡叫，只有去《诗经》的韵里寻找。现在只剩下一张黑白片，黑白的默片。

正如马车的时代去后，三轮车的时代也去了。曾经在雨夜，三轮车的油布篷挂起，送她回家的途中，篷里的世界小得多可爱，而且躲在警察的辖区以外。雨衣的口袋越大越好，盛得下他的一只手里握一只纤纤的手。台湾的雨季这么长，该有人发明一种宽宽的双人雨衣，一人分穿一只袖子此外的部分就不必分得太苛。而无论工业如何发达，一时似乎还废不了雨伞。只要雨不倾盆，风不横吹，撑一把伞在雨中仍不失古典的韵味。任雨点敲在黑布伞或是透明的塑胶伞上，将骨柄一旋，雨珠向四方喷溅，伞缘便旋成了一圈飞檐。跟女友共一把雨伞，该是一种美丽的合作吧。最好是初恋，有点兴奋，更有点不好意思，若即若离之间，雨不妨下大一点。真正初恋，恐怕是兴奋得不需要伞的，手牵手在雨中狂奔而去，把年轻的长发的肌肤交给

①　阁阁：gé gé，象声词，象蛙鸣声或皮鞋声等。

漫天的淋淋漓漓，然后向对方的唇上颊上尝凉凉甜甜的雨水。不过那要非常年轻且激情，同时，也只能发生在法国的新潮片里吧。

大多数的雨伞想不会为约会张开。上班下班，上学放学，菜市来回的途中，现实的伞，灰色的星期三。握着雨伞，他听那冷雨打在伞上。索性更冷一些就好了，他想。索性把湿湿的灰雨冻成干干爽爽的白雨，六角形的结晶体在无风的空中回回旋旋地降下来，等须眉和肩头白尽时，伸手一拂就落了。二十五年，没有受故乡白雨的祝福，或许发上下一点白霜是一种变相的自我补偿吧。一位英雄，经得起多少次雨季？他的额头是水成岩削成还是火成岩？他的心底究竟有多厚的苔藓？厦门街的雨巷走了二十年与记忆等长，一座无瓦的公寓在巷底等他，一盏灯在楼上的雨窗子里，等他回去，向晚餐后的沉思冥想去整理青苔深深的记忆。前尘隔海。古屋不在。听听那冷雨。

一九七四年春分之夜

没有邻居的都市

一

六年前从香港回来，就一直定居在高雄，无论是醒着梦着，耳中隐隐，都是海峡的涛声。老朋友不免见怪：为什么我背弃了台北。我的回答是：并非我背弃了台北，而是台北背弃了我。

在南部这些年来，若无必要，我绝不轻易北上。有时情急，甚至断然说道："拒绝台北，是幸福的开端！"因为事无大小，台北总是坐庄，诸如开会、演讲、聚餐、展览等等，要是台北一招手就仓皇北上，我在高雄的日子就过不下去了。

这么说来，我真像一个无情的人了，简直是忘恩负义。其实不然。我不去台北，少去台北，怕去台北，绝非

因为我忘了台北，恰恰相反，是因为我忘不了台北——我
的台北，从前的台北。那一坳繁华的盆地，那一盆少年的
梦，壮年的回忆，盛着我初做丈夫，初做父亲，初做作家
和讲师的情景，甚至更早，盛着我还是学生还有母亲的岁
月——当时灿烂，而今已成黑白片的五十年代，我的台
北；无论我是坐国光号从西北，或是坐自强号从西南，或
是坐华航从东北进城，那个台北是永远回不去了。

至于从八十年代忽已跨进九十年代的台北，无论从
报上读到，从电视上看到，或是亲身在街头遇到的，大
半都不能令人高兴；无论先知或骗子用什么"过渡""多
元""开放"来诠释，也不能令人感到亲切。你走在忠孝东
路上，整个亮丽而嚣张的世界就在你肘边推挤，但一切又
似乎离你那么遥远，什么也抓不着，留不住。像传说中一
觉醒来的猎人，下得山来，闯进了一个陌生的世界，你走
在台北的街上。

所谓乡愁，如果是地理上的，只要一张机票或车票，
带你到熟悉的门口，就可以解决了。如果是时间上的呢，
那所有的路都是单行，所有的门都闭上了，没有一扇能让
你回去。经过香港的十年，我成了一个时间的浪子，背着
记忆沉重的行囊，回到台北的门口，却发现金钥匙丢了，
我早已把自己反锁在门外。

惊疑和怅惘之中，即使我叫开了门，里面对立着的，

也不过是一张陌生的脸，冷漠而不耐。

"那你为什么去高雄呢？"朋友问道，"高雄就认识你么？"

"高雄原不识年轻的我，"我答道，"我也不认识从前的高雄。所以没有失落什么，一切可以从头来起。台北不同，背景太深了，自然有沧桑。台北盆地是我的回声谷，无穷的回声绕着我，祟着我，转成一个记忆的漩涡。"

二

那条厦门街的巷子当然还在那里。台北之变，大半是朝东北的方向，挖土机对城南的蹂躏，规模小得多了。如果台北盆地是一个大回声谷，则厦门街的巷子是一条曲折的小回声谷，响着我从前的步声。我的那条"家巷"，一一三巷，巷头连接厦门街，巷尾通到同安街，当然仍在那里。这条窄长的巷子，颇有文学的历史。五十年代，《新生报》的宿舍就在巷腰，常见彭歌的踪影。有一度，潘垒也在巷尾卜居。《文学杂志》的时代，发行人刘守宜的寓所，亦即杂志的社址，就在巷尾斜对面的同安街另一小巷内。所以那一带的斜巷窄弄，也常闻夏济安、吴鲁芹的咳唾风生，夏济安因兴奋而赧赧的脸色，对照着吴鲁芹泰然的眸光。王文兴家的日式古屋掩映在老树荫里，就在同安街尾接水源路的堤下，因此脚程所及，也常在附近出没。那当然还是《家变》以前的淹远岁月。后来黄用家也迁去一一三巷，门牌只差我家几号，一阵风过，两家院子里的树叶都会前后吹动的。

赫拉克利特说过："后浪之来，滚滚不断。拔足更涉，已非前流。"时光流过那条长巷的回声狭谷，前述的几人也都散了。只留下我这厦门人氏，长守在厦门街的僻巷，直到八十年代的中叶，才把它，我的无根之根，非产之产，交给了晚来的洪范书店和尔雅出版社去看顾。

只要是我的"忠实读者"，没有不知道厦门街的。近乎半辈子在其中消磨，母亲在其中谢世，四个女儿和十七本书在其中诞生，那一带若非我的乡土，至少也算是我的市井、街坊、闾里和故居。若是我患了梦游症，警察当能在那一带将我寻获。

尽管如此，在我清醒的时刻，是不会去重游旧地的。尽管每个月必去台北，却没有勇气再踏进那条巷子，更不敢去凭吊那栋房子，因为巷子虽已拓宽、拉直，两旁却立刻停满了汽车，反而更形狭隘。曾经是扶桑花、九重葛掩映的矮墙头，连带扶疏的树影全不见了，代之蠢起的是层层叠叠的公寓，和另一种枝柯的天线之网。清脆的木屐敲叩着满巷的宁谧，由远而近，由近而低沉。清脆的脚踏车铃在门外叮叮曳过，那是早晨的报贩，黄昏放学的学生，还有三轮车夹杂在其间。夜深时自有另外的声音来接班，凄清而幽怨的是按摩女或盲者的笛声，悠缓地路过，低抑中透出沉洪的，是呼唤晚睡人的"烧肉粽"。那烧肉粽，一掀开笼盖白气就腾入夜色，我虽然从未开门去买过，但是听在耳里，知道巷子里还有人在和我分担深夜，却减了我的寂寞。

但这些都消失了，拓宽而变窄的巷子，激荡着汽车、爆发着机车的噪音。巷里住进了更多的人，却失去了邻居，因为回家后人人都把自己关进了公寓，出门，又把自己关进了汽车。走在今日的巷子里，很难联想起我写的《月光曲》：

厦门街的小巷纤细而长

用这样干净的麦管吸月光

凉凉的月光，有点薄荷味的月光

而机器狼群的厉嗥，也淹盖了我的《木屐怀古组曲》：

踢踢踏

踏踏踢

给我一双小木屐

让我把童年敲敲醒

像用笨笨的小乐器

从巷头

到巷底

踢力踏拉

踏拉踢力

三

五十年代的青年作者要投稿，有本刊物是兵家必争之地。我从香港来台，插班台大外文系三年级，立刻认真向此刊投稿，每投必中。只有一次诗稿被退，我不服气，把原诗再投一次，竟获刊出。这在中国的投稿史上，不知有无前例。最早的时候，每首诗的稿酬是五元，已经够我带女友去看一场电影，吃一次馆子了。

诗稿每次投去，大约一周之后刊登。算算日子到了，一大清早只要听到前院拍挞一声，那便是报纸从竹篱笆外飞了进来。我就推门而出，拾起大王椰树下的报纸，就着玫红的晨曦，轻轻、慢慢地抽出里面的副刊。最先瞥见的总是最后一行诗，只一行就够了，是自己的。那一刹那，世界多奇妙啊，朝霞是新的，报纸是新的，自己的新作也是簇簇新崭崭新。编者又一次肯定了我，世界，又一次向我瞩目，真够人飘飘然的了。

不久稿费通知单就来了，静静抵达门口的信箱。当然还有信件、杂志、赠书。世界来敲门，总是骑着脚踏车来的，刹车声后，更揿动痉挛的电铃。我要去找世界呢，也是先牵出轻俊而灵敏的赫趫力士（Hercules），左脚点镫，右脚翻腾而上，曳一串爽脆的铃声，便上街而去。脚程带劲而又顺风的话，下面的双轮踩得出哪吒的气势，中山北路女友的家，十八分钟就到了。

台大毕业的那个夏夜，我和萧埂胜并驰脚踏车直上圆山，躺在草地上怔怔地对着星空。学生时代终于告别了，而未来充满了变数，不知如何是好。那时候还没有流行什么"失落的一代"，我们却真是失落了。幸好人在社会，身不由己。大学生毕业后受训、服役，从我们那一届开始。我们是外文系出身，不必去凤山严格受训，便留在台北做起翻译官来。直到一九五六年，夏济安因为事忙，不能续兼东吴的散文课，要我去代课。这是我初登大学讲坛的因缘。

住在五十年代的台北，自觉红尘十丈，够繁华的了。其实人口压力不大，交通也还流畅，有些偏僻街道甚至有点田园的野趣。骑着脚踏车，在和平东路上向东放轮疾驶，翘起的拇指山满有性格地一直在望，因为前面没有高楼，而一过新生南路，便车少人稀，屋宇零落，开始荒了。双轮向北，从中山北路二段右转上了南京东路，并非今日宽坦的四线大道，啊不是，只是一条粗铺的水泥弯路，在水田青秧之间蜿蜒而隐。我上台大的那两年，双轮沿罗斯福路向南，右手尽是秧田接秧田，那么纯洁无辜的鲜绿，偏偏用童真的白鹭来反喻，怎不令人眼馋，若是久望，真要得"餍绿症"了。这种幸福的危机，目迷霓虹的新台北人是不用担心的。

大四那一年的冬天，一日黄昏，寒流来袭，吴炳钟老师召我去他家吃火锅。冒着削面的冰风骑车出门，我先去衡阳街兜了一圈。不过八点的光景，街上不但行人稀少，连汽车、脚踏车也交不到几辆，只有阴云压着低空，风声摇撼着树影。五十年代的台北市，今日回顾起来，只像一个不很起眼的小省城，繁荣或壮丽都说不上，可是空间的感觉似乎很大，因为空旷，至少比起今日来，人稀车少，树密屋低。四十年后，台北长高了，显得天小了，也长大了，可是因为挤，反而显得缩了。台北，像裹在所有台北人身上的一件紧身衣。那紧，不但是对肉体，也是对精神的压力，不但是空间上，也是时间上的威胁。一根神经质的秒针，不留情面地追逐着所有的台北人。长长短短的截止日期，为你设下了大限小限，令你从梦里惊醒。只要一出门，天罗地网的招牌、噪音、废气、资讯资讯资讯，就把你鞭笞成一只无助的陀螺。

何时你才能面对自己呢？

那时的武昌街头，一位诗人可以靠在小书摊上，君临他独坐的王国，与磨镜自食的斯宾诺莎，以桶为家的戴阿吉尼司遥遥对笑。而牯岭街的矮树短墙下，每到夜里，总有一群梦游昔日的书迷，或老或少，或佝偻，或蹲踞，向年淹代远的一堆堆一叠叠残篇零简、孤本秘笈，各发其思古之幽情。

那时的台北，有一种人叫做"邻居"。在我厦门街巷居的左邻，有一家人姓程。每天清早，那父亲当庭漱口，声震四方。晚餐之后，全家人合唱圣歌，天伦之乐随安详的旋律飘过墙来。四十年后，这种人没有了。旧式的"厝边人"全绝迹了，换了一批戴面具的"公寓人"。这些人显然更聪明，更富有，更忙碌，爱拼才会赢，令人佩服，却难以令人喜欢。

台北已成没有邻居的都市。

使我常常回忆发迹以前的那座古城。它在电视和电脑的背后，传真机和行动电话的另一面。坐上三轮车我就能回去，如果我找得到一辆三轮车。

一九九二年一月

思蜀

一

　　在大型的中国地图册里，你不会找到"悦来场"这
地方。甚至富勒敦加大教授许淑贞最近从北京寄赠的巨
型《中华人民共和国国家普通地图集》，长五十一公分，宽
三十五公分，足足五公斤之重，上面也找不到这名字。这
当然不足为怪：悦来场本是四川省江北县的一个芥末小镇，
若是这一号的村镇全上了地图，那岂非芝麻多于烧饼，怎
么容纳得下？但反过来说，连地图上都找不到，这地方岂
不小得可怜，不，小得可爱，简直有点诗意了。刘长卿劝
高僧"莫买沃洲山，时人已知处"，正有此意。抗战岁月，
我的少年时代尽在这无图索骥的穷乡度过，可见"入蜀"
之深。蜀者，属也。在我少年记忆的深处，我早已是蜀人，

而在其最深处，悦来场那一片僻壤全属我一人。

所以有一天在美国麦克奈利版的《最新国际地图册》成渝地区那一页，竟然，哎呀，找到了我的悦来场，真是喜出望外，似乎飘泊了半个世纪，忽然找到了定点可以落锚。小小的悦来场，我的悦来场，在中国地图里无迹可寻，却在外国地图里赫然露面，几乎可说是国际有名了，思之可哂。

二

从一九三八年夏天直到抗战结束，我在悦来场一住就是七年，当然不是去隐居，而是逃难，后来住定了，也就成为学生，几乎在那里度过整个中学时期。抗战的两大惨案，发生时我都靠近现场。南京大屠杀时，母亲正带着九岁的我随族人在苏皖边境的高淳县，也就是在敌军先头部队的前面，惊骇逃亡。重庆大轰炸时，我和母亲也近在二十公里外的悦来场，一片烟火烧艳了南天。

就是为避日机轰炸，重庆政府的机关纷纷迁去附近的乡镇，梁实秋先生任职的国立编译馆就因此疏散到北碚，也就是后来他写《雅舍小品》的现场。父亲服务的机关海外部把档案搬到悦来场，镇上无屋可租，竟在镇北五公里处找到了一座姓朱的祠堂。反正空着，就洽借了下来，当作办公室兼宿舍。八九家人搬了进去，拼凑着住下，居然各就各位，也够用了。

朱家祠堂的规模不小，建筑也不算简陋。整座瓦屋盖在嘉陵江东岸连绵丘陵的一个山顶，俯视江水从万山丛中滚滚南来，上游辞陕甘，穿剑阁，虽然千回百转，不得畅流，但一到合川，果然汇合众川浩荡而下，到了朱家祠堂俯瞰的山脚，一大段河身尽在眼底，流势壮阔可观。那滔滔的水声日夜不停，在空山的深夜尤其动听。遇到雨后水涨，浊浪汹汹，江面就更奔放，像急于去投奔长江的母怀。

祠堂的前面有一大片土坪，面江的一边是一排橘树，旁边还有一棵老黄葛树，盘根错节，矗立有三丈多高，密密的卵形翠叶庇荫着大半个土坪，成为祠堂最壮观的风景。驻守部队的班长削了一根长竹竿，一端钻孔，高高系在树顶，给我和其他顽童手攀脚缠，像猴子一般爬上爬下。

祠堂的厚木大门只能从内用长木闩闩上，进门也得提高脚后跟，才跨得过一尺高的民初门槛。里面是一个四合院子，两庑的厢房都有楼，成了宿舍。里进还有两间，正中则是厅堂，香案对着帷幕深沉牌位密集的神龛，正是华夏子孙慎终追远的圣殿，长保家族不朽。再进去又是一厅，拾级更上是高台，壁顶悬挂着"彝训增辉"的横匾。

这最内的一进有边门通向厢房，泥土地面，每扫一次就薄了一皮，上面放了两张床，大的给父母，小的给我。

此外只有一张书桌两张椅子，一个衣柜。屋顶有一方极小的天窗，半明半昧。靠山坡的墙上总算有窗，要用一截短竹把木条交错的窗棂向上撑起，才能采光。窗外的坡道高几及窗，牧童牵牛而过，常常俯窥我们。

这样的陋室冬冷夏热，可以想见。照明不足，天色很早就暗下来了，所以点灯的时间很长。那是抗战的岁月，正是"非常时期，一切从简"。电线不到的僻壤，江南人所谓的"死乡下"，当然没有电灯。即连蜡烛也贵为奢侈，所以家家户户一灯如豆，灯台里用的都是桐油，而且灯芯难得多条。

半世纪后回顾童年，最难忘的一景就是这么一盏不时抖动的桐油昏灯，勉强拨开周围的夜色，母亲和我就对坐在灯下，一手戴着针箍，另一手握紧针线，向密实难穿的鞋底用力扎刺。我则捧着线装的《古文观止》，吟哦《留侯论》或是《出师表》。此时四野悄悄，但闻风吹虫鸣，尽管一灯如寐，母子脉脉相守之情却与夜同深。

但如此的温馨也并非永久。在朱家祠堂定居的第二年夏天，家人认为我已经十二岁，应该进中学了。正好十里外有一家中学，从南京迁校到"大后方"来，叫做南京青年会中学，简称青中。父亲陪我走了十里山路去该校，我以"同等学力"的资格参加入学考试。不久青中通知我已录取，于是独子生平第一次告别双亲，到学校去寄宿上学，开始做起中学生来。

三

　　从朱家祠堂走路去青中，前半段五里路是沿着嘉陵江走。先是山路盘旋，要绕过几个小丘，才落到江边踏沙而行。不久悦来场出现在坡顶，便要沿着青石板级攀爬上去。

　　四川那一带的小镇叫什么"场"的很多。附近就有蔡家场、歇马场、石船场、兴隆场等多处：想必都是镇小人稀，为了生意方便，习于月初月中定期市集，好让各行各业的匠人、小贩从乡下赶来，把细品杂货摆摊求售。四川人叫它做"赶场"。

　　悦来场在休市的日子人口是否过千，很成问题。取名"悦来"，该是《论语》"近者悦，远者来"的意思，满有学问的。镇上只有一条大街，两边少不了茶馆和药铺，加上一些日用必需的杂货店、五金行之类，大概五分钟就走完了。于是街尾就成了路头，背着江边，朝山里蜿蜒而去，再曲折盘旋，上下爬坡，五里路后便到青中了。

四

　　比起当年重庆那一带的名校，例如南开中学、求精中学、中大附中来，南京青年会中学并不出名，而且地处穷乡，离嘉陵江边也还有好几里路，要去上学，除了走路别无他途，所以全校的学生，把初、高中全加起来，也不过两百多人。

尽管如此，这还是一所好学校，不但办学认真，而且师资充实，加以同学之间十分亲切，功课压力适度，忙里仍可偷闲。老来回忆，仍然怀满孺慕，不禁要叫她一声："我的母校！"

校园在悦来场的东南，附近地势平旷。大门朝西，对着嘉陵江的方向，门前水光映天，是大片的稻田。农忙季节，村人弯腰插秧，曼声忘情地唱起歌谣，此呼彼应，十分热闹。阴雨天远处会传来布谷咕咕，时起时歇，那喉音柔婉、低沉而带诱惑，令人分心，像情人在远方轻喊着谁。

校后的田埂阡陌交错，好像五柳先生随时会迎面走来，戴着斗笠。晚饭之后到晚自修前，是一天最逍遥最抒情的时辰。三五个同学顶着满天霞彩，踏着懒散的步调，哼着民谣或抗战歌曲，穿过阡陌之网，就走上了一条可通重庆的马路。行人虽然稀少，但南下北上，不时仍会遇见路客骑着小川马达达而来，马铃叮当，后面跟着吆喝的马僮。在没有计程车的年代，出门的经验不会比李白的《行路难》好到哪里去，有如此代步就要算方便的了。有时还会遇见小贩挑着一担细青甘蔗路过，问我们要不要比劈一下。于是大伙挑出瘦长的一根，姑且扶立在地上，说时迟，那时快，削刀狠命地朝下一劈，半根甘蔗便焘然中分，能劈到多长就吃多长。这一招对男生最有诱惑，若有女生围观，当然就更来劲。

以两百学生的规模而言，砖墙瓦顶的挑高校舍已经算体面而且舒适了。这显然曾是士绅人家的深院大宅，除了广庭高厅有台阶递升，一进更上一进之外，还有月洞边门把长廊引向厢房，雕花的窗棂对着石桥与莲池，便用来改成女生宿舍，男生只好止步，徒羡深闺了。

男生宿舍就没有这么好了，隔在第二进的楼上，把两间大房连成兵营似的通舱，对着内院的墙只有下半壁，上半空着，幸有宽檐伸出庇护，不消说冬天有多冷了。冬天夜长尿多，有些同学怕冷恋被，往往憋到大亮。有一个寒夜，邻床的莫之问把自身紧裹在棉被里，像条春卷，然后要我抽出他的腰带，把他脚跟的被角系个密不通风。我虽然比他还怕冷，倒不想采取这非常手段。

夏天更不好过，除了酷热之外，还得学周处除三害：苍蝇、蚊子、臭虫。臭虫之战最有规模，无一幸免。裸露的肉体是现成的美肴，盛暑的晚上正是臭族的良宵。先是有人梦中搔痒，床板在辗转反侧下吱嘎呻吟。继而愤然坐起，"格老子……龟儿子"地喃喃而诉。终于点起桐油灯盏，向上下铺的木架和床板，上下探照，察看敌情。这么一吵，大家都痒醒了，纷纷起来点灯备战，举室晃动着人影。臭虫虽是宵小之辈，潜逃之敏捷却是一流。木床的质料低劣，缝隙尤多，最容易包庇臭族。那些鼓腹掠食的吸血小鬼，六足纤纤，机警得恼人，一转入地下，就难追剿了。于是有人火攻，用桐油灯火去熏洞口，把木床熏得一片烟黑。有人水灌，找来开水兼烫兼淹。如是折腾了大半夜，仲夏夜之梦变成了仲夏夜之魇。

至于六间教室，则是石灰板壁加盖茅草屋顶搭成，乃真正的茅屋。每个年级分用一间，讲课之声则此呼彼应，沆瀣不分。如果哪位老师是大声公，就会惊动四邻，害得全校侧耳。其实上午上到第四节课时，男生早已饿了，只盼大赦的下课铃响，老师一合书本，就会泄洪一般，冲出闸门。

当然是冲去饭厅了。两间饭厅相通，一大一小，男生倍于女生，坐在大间，女生则坐小间。训导主任则站在中分的高门槛上，兼顾两边。食时不准喧哗，食毕，男生要等女生鱼贯而出，横越而过，沿着长廊，消失在月洞门里。这是全校男生一览全校女生的紧张时刻，有些女孩会在群童睽睽的注目下不安地傻笑起来，男孩子则与邻座窃笑耳语。晚餐时，这一幕重演一次，但在解散前另有高潮。只因训导主任惯于此时唱名派信，孩子们都竖直耳朵，热切等待主任的大嗓门用南京口音喊出自己的名字。这时正是三十年代转入四十年代，世界上还没有电视，长期抗战的大后方，尤其在悦来场这种地带，连电话和收音机也都没有，每天能在晚霞余晖里收到一封信，总是令人兴奋的。如果一天接到两封，全校都会艳羡。

记得下午都不排课，即使排了，也只有一两节。到了半下午，四点钟左右吧，便有所谓"课外活动"，不是上体育课，便是赛球，那便是运动健将们扬威球场的时候了。孩子们兴高采烈，挟着篮球，向一里路外的罗家堡浩荡出发。到得球场，两队人马追奔逐球起来。文静的同学与球无缘，也跟去助阵，充当啦啦队，不然就索性爬到树上，读起旧小说或者翻译的帝俄时代名著来。我也在"树栖族"之列，往往却连《安娜·卡列尼娜》也无心翻看，却凝望着另一只大球，那火艳艳西沉的落日，在惜别的霞光与渐浓的暮霭里，颓然坠入乱山深处。

晚自修从八点到九点半，男生一律在大饭厅上。每人一盏桐油昏灯，一眼望去，点点黄晕映照着满堂圆颅，一律是乌发平顶，别有一种温馨闲逸的气氛。喧闹当然不准，喃喃私语、吃吃窃笑却此起彼落，真正在温课或做习题的实在不多。看书的，所看也多是闲书，包括新文学和外国作品的中译，甚至训导主任禁看的武侠小说。写信、记日记的也有。但最多的是在聚谈，而年轻的饥肠最难安抚，所以九点不到又觉得空了，便大伙画起"鸡脚爪"来，白吃的一位就收钱采购，得跑一趟贩卖部，抱一包花生糖、沙其马之类的回来。

大饭厅的外面有一株高大的银杏树，矗立半空，扇形的丛叶庇荫着校园，像一龛绿沁沁的祝福。整个校园的众生之中，他不但最为硕伟，也最为长寿，显然是清朝的遗老，这一户人家的沧桑荣辱，甚至嘉庆以来、乾隆以来的风霜与旱涝，都记录在他一圈圈年轮的古秘史里。记忆深处，晴天的每一轮红日都从他发际的朝霞里赫赫诞生，而雨天的层云厚积全靠他一肩顶住，一切风声都从他腋下刮起。一场风雨之后，孩子们必定怀着拾金一般的兴奋去他的脚下，一盒又一盒，争拣半圆不扁的美丽白果，好在晚自修时放到桐油灯上去烧烤。只等火候到了，剥的一声，焦壳迸裂，鲜嫩的果仁就香热可嚼了。美食天赐的乡下孩子，能算是命穷吗？

五

青中的良师不少，孙良骥老师尤其是良中之良。他是我们的教务主任，更是吃重的英文老师，教学十分认真，用功的学生敬之，偷懒的学生畏之，我则敬之、爱之，也有三分畏之。他毕业于金陵大学外文系，深谙英文文法，发音则清晰而又洪亮，他教的课你要是还听不明白，就只能怪自己笨了。从初一到高三，我的英文全是他教的，从启蒙到奠基，从发音、文法到修辞，都受益良多。当日如果没有这位严师，日后我大概还会做作家，至于学者，恐怕就无缘了。

孙老师身高不满五尺，才三十多岁，竟已秃顶了。中学生最欠口德，背后总喜欢给老师取绰号，很自然称他"孙光头"。我从不附和他们，就算在背后也不愿以此称呼。可是另一方面，孙老师脸色红润，精神饱满，步伐敏捷，说起话来虽然带点南京腔调，却音量充沛，句读分明。他和我都是四川本地同学所谓的"下江人"，意即长江下游来的外省人，更俚俗的说法便是"脚底下的人"。我到底是小孩，入川不久就已一口巴腔蜀调，可以乱真，所以同学初识，总会问我："你是哪一县来的？"原则上当然已断定我是四川人了。孙老师却学不来川语，第一次来我们班上课，点到侯远贵的名，无人答应，显然迟到了。他再点一次，旁座的同学说："他耍一下儿就来。"孙老师不悦说："都上课了，怎么还在玩耍？"全班都笑起来，因为"耍一下儿"只是"等一下"的意思。

班上有位同学名叫石国玺，古文根底很好，说话爱"拗文言"，有"老夫子"之称。有一次他居然问孙老师，"'目'的英文怎么说？"孙老师说，"英文叫做 wood"。有同学知道他又在"拗文言"了，便对孙老师解释："他不是问'木头'，是问'眼睛'怎么说。"全班大笑。

在孙老师长年的熏陶下，我的英文程度进步很快，到了高二那年，竟然就自己读起兰姆的《莎氏乐府本事》（*Charles Lamb: Tales from Shakespeare*）来了。我立刻发现，英国文学之门已为我开启一条缝隙，里面的宝藏隐约在望。几乎，每天我都要朗读一小时英文作品，顺着悠扬的节奏体会其中的情操与意境。高三班上，孙老师教我们读伊尔文的《李伯大梦》（*Rip Van Winkle*），课后我再三讽诵，直到流畅无阻，其乐无穷。更有一次，孙老师教到《李氏修辞学》，我一读到丁尼生的《夏洛之淑女》（"The Lady of Shalott"）这两句：

> And up and down the people go,
>
> Gazing where the lilies blow...
>
> （而行人上上下下地往来，
>
> 　凝望着是处有百合盛开）

便直觉必定是好诗，或许那时起缪斯就进驻在我的心底了。

至于中国的古典诗词，倒不是靠国文课本读来，而是自己动手去找各种选集，向其中进一步选择自己钟情的作者；每天也是曼声吟诵，一任其音调沦肌浃髓，化为我自己的脉搏心律。当时我对民初的新诗并不怎么佩服，宁可取法乎上，向李白、苏轼去拜师习艺。这一些，加上古文与旧小说，对一位高中生说来，发轫已经有余了。在少年的天真自许里，我隐隐觉得自己会成为诗人，当然没料到诗途有如世途，将如是其曲折而漫长，甚至到七十岁以后还在写诗。

青中的同学里下江人当然不多，四川同学里印象最难磨灭的该是吴显恕。他虽是地主之子，却朴实自爱，全无纨绔恶习，性情在爽直之中蕴涵着诙谐，说的四川俚语最逗我发噱。在隆重而无趣的场合，例如纪念周会上，那么肃静无声，他会侧向我的耳际幽幽传来一句戏言，戳破台上大言炎炎的谬处，令我要努力咬唇忍笑。

他家里藏书不少，线装的古籍尤多，常拿来校内献宝。课余我们常会并坐石阶，共读《西厢记》、《断鸿零雁记》、《婉容词》，至于陶然忘饥。有一次他抱了一叠线装书来校，神情有异，将我拖去一隅，给我看一本"禁书"。原来是大才子袁枚所写的武则天宫闱秽史，床笫之间如在眼前，尤其露骨。现在回想起来，这种文章袁枚是写得出来的。当时两个高中男生，对人道还半懂不懂，却看得心惊肉跳，深怕忽然被训导主任王芷湘破获，同榜开除，身败名裂。

又有一次，他从家中挟来了一部巨型的商务版《英汉大辞典》，这回是公然拿给我共赏的了。这种巨著，连学校的图书馆也未得购藏，我接过手来，海阔天空，恣意豪翻了一阵，真是大开了眼界。不久我当众考问班上的几位高才生："英文最长的字是什么？"大家搜索枯肠，有人大叫一声说，"有了，extraterritoriality[①]！"

我慢吞吞摇了摇头说，"不对，是floccinaucinihilipilification[②]！"说罢更摊开那本《英汉大辞典》，郑重指证。从此我挟洋自重，无事端端会把那部番邦秘笈挟在腋下，施施然走过校园，幻觉自己的博学颇有分量。

另外一位同学却是下江人。我刚进青中时，他已经在高二班，还当了全校军训的大队长，显然是最有前途的高才生。他有一种独来独往、超然自得的灵逸气质，不但谈吐斯文，而且英文显然很好，颇得师长赏识，同学敬佩。

那时全校的寄宿生餐毕，大队长就要先自起立，然后喝令全体同学"起立！"并转身向训导主任行礼，再喝令大家"解散！"。我初次离家住校，吃饭又慢，往往最后停筷。袁大队长怜我年幼，也就往往等我放碗，才发"起立"之令。事后他会走过来，和颜悦色劝勉小学弟"要练习吃快一点"，使我既感且愧。

有了这么一位温厚儒雅的大学长，正好让我见贤思齐，

---

① extraterritoriality：中文意思为治外法权。

② floccinaucinihilipilification：中文意思为藐视、轻视。（一般为语出惊人用）

就近亲炙。不料正如古人所说，他终非"池中物"，只在青中借读了一学期，就辗转考进了全中国最好的学府"西南联大"去了。

后来袁可嘉自己却得以亲炙冯至与卞之琳等诗坛前辈，成为四十年代追随艾略特、奥登等主知诗风的少壮前卫。一九四五年抗战胜利，我也追随青年会中学回到我的出生地南京，继续读完高三。那时袁可嘉已成为知名的诗人兼学者，屡在朱光潜主编的大公报《大公园》周刊上发表评论长文，令小学弟不胜钦仰。

五十二年后，当初在悦来场分手的两位同学，才在天翻地覆的战争与斗争之余，重逢于北京。在巴山蜀水有缘相遇，两个乌发平顶的少年头，都被无情的时光漂白了，甚至要漂光了。

而当年这位小学弟，十岁时从古夜郎之国攀山入蜀，十七岁又穿三峡顺流出川，水不回头人也不回头。直到半世纪后，子规不知啼过了几遍，小学弟早就变成了老诗人，才有缘回川。但是这一次不是攀山南来，也并非顺流东下，而是自空而降，落地不是在嘉陵江口，而是在成都平原。但愿下次有缘回川，能重游悦来场那古镇，来江边的沙滩寻找，有无那黑发少年草鞋的痕迹。

二〇〇〇年五月三日

金陵子弟江湖客

一

我这一生，先后考取过五所大学，就读于其中三所。这件事并不值得羡慕，只说明我的黄金岁月如何被时代分割。

第一所是在南京。那是抗战胜利后两年，我已随父母从四川回宁，并在南京青年会中学毕业。那年夏天在长江下游那火炉城里，我同时考取了金陵大学与北京大学，兴奋之中，一心向往北上。可是当时北京已是围城，战云密布；津浦路伸三千里的铁臂欢迎我去北方，母亲伸两尺半的手臂挽住了我，她的独子。

我进金陵大学外文系做"新鲜人"，是在一九四七年九月。还不满十九岁的男孩，面对四年的黄金岁月，心情已颇复杂，并不纯然金色。回顾七年的巴山蜀水，已经过去，但少年的记忆与日俱深，忘不了那许多中学同学："上课同桌，睡觉同床，记过时同一张布告，诅咒时，以彼此的母亲为对象。"眼前的新生活安定而有趣，新朋友也已逐一出现，可是不像远去北京那么断然而浪漫，而且名师众多，尤其是朱光潜与（后来才知道的）钱锺书。至于未来，我直觉不太乐观。抗战好不容易结束，内战迫不及待又起，北方早成了战场，南方很可能波及。茫茫大地正在转轴，有一天目前这社会或将消失，由截然不同的社会取代。新的价值也许朴素，也许苛严，对文学的要求只会紧，不会宽吧？到那时，文学就得看政治的脸色了。这种疑虑惝惝然隐隐然，一直困扰着我。

记得当时金陵大学的学生不多，我进的外文系尤其人少，一年级的新生竟然只有七位。有一次系里的黑人讲师请我们全班去大华戏院看电影，稀稀朗朗几个人上了街，全无浩荡之势。较熟的同学，现在只记得李夜光、江达灼、程极明、高文美、吕霞、戎逸伦六位。李夜光读的是教育系，江达灼是社会系，程极明是哲学系，高文美是心理系，后面两位才是外文系。其中李夜光戴眼镜，爱说笑，和我最熟。程极明富于理想，颇有口才，俨然学生运动的领袖，不久便转学去了复旦大学，跟大家就少见面了。他仪表出众，很得高文美的青睐，两人显然比他人亲近。高文美人如其名，文静而秀美，是典型的上海小姐。她的父亲好像是南京的邮政局长，所以她家宽敞而有气派，我们这小圈子的读书会也就在她家举行。至于讨论的书，则不出当时大学生热衷的名著译本，例如《约翰·克里斯多夫》①、《冰岛渔夫》、《罗亭》、《安娜·卡列妮娜》②之类。

吕霞和戎逸伦倒是外文系的同学。吕霞大方而亲切，常带笑容，给我的印象最深，因为她的父亲是著名的学者吕叔湘，在译界很受推崇。有了这样的父亲，也难怪吕霞谈吐如此斯文。

那时我相当内向，甚至有点羞怯，不擅交际，朋友很少，常常感到寂寞，所以读书不但是正业，也是遣闷、消忧。书呢读得很杂，许多该读的经典都未曾读过，根本谈不上什么治学。因此当代文坛与学府的虚实，我并不很清楚，也没有像一般文艺青年那样设法去亲炙名流。倒是有一次读莫泊桑小说的英译本，书中把"断头台"误排成了

---

① 《约翰·克里斯多夫》：即《约翰·克利斯朵夫》。长篇小说，法国罗曼·罗兰作。共10卷。描写平民出身的德国音乐家克利斯朵夫的一生。

② 《安娜·卡列妮娜》：即《安娜·卡列尼娜》。长篇小说，俄国列夫·托尔斯泰作。描写贵族妇女安娜因为丈夫大官僚卡列宁冷酷庸俗、自私自利，爱上军官伏伦斯基，遭到卡列宁和贵族社会冷酷虚伪的道德压力，终于自杀的悲剧。

quillotine①，害我查遍了大字典都不见，乃写信去问我认为当时最有学问的三个人：王云五、胡适、罗家伦。这种拼法他们当然也认不得，也许我写的地址不对，信根本没有到他们手里，总之一封回信也没有收到。

名作家去南京演讲，我倒听过两次。一次是听冰心，我去晚了，只能站在后排，冰心声音又细，简直听不真切。一次是听曹禺，比较清楚，但讲些什么，也不记得。

金陵大学的文学教授里，举国闻名的似乎不多，也许要怪我自己太寡闻，徒慕虚名，不知实况吧。隔了半个世纪，我只记得文学院长是倪青原，他教我们哲学，学问有多深我莫能测，但近视有多深却显而易见，因为就算从后排看去，他的眼镜边缘也是圈内有圈，其厚有如空酒瓶底。教我们本国史的陈恭禄也戴眼镜，身材瘦长，乡音颇重。有一次见他挟着自己的新著《中国通史》两大册，施施然在校园中走过，令我直觉老师的"分量"真是不轻。还有一位高觉敷教授，教我们心理学，口才既佳，又能深入浅出，就近取喻，难怪班大人多。有一次他公开演讲，题目竟是青年的性生活，听众拥挤当然不在话下。这讲题十分敏感，在当日尤其耸动，高教授却能旁敲侧击，几番峰回路转，忽然柳暗花明，冷不防点中了要害。同学们的情绪

---

① quillotine 的正确写法为 guillotine。

兴奋而又紧张，禁不起讲者一戳即破，大爆哄堂，男生鼓掌，女生脸红。

教我们英国小说的是一位女老师，蔻克博士（Dr. Kirk）。她的英语清脆流利，讲课十分生动，指定我们一学期要读完八本小说，依序是《金银岛》、《爱玛》、《简·爱》、《咆哮山庄》①、《河上磨坊》、《大卫·高柏菲尔》②、《自命不凡》、《回乡》。我们读得虽然吃力，却也津津有味。唯一的例外是梅里迪斯③的杰作《自命不凡》（The Egoist by George Meredith），不仅文笔深奥，而且好掉书袋。我读得咬牙切齿，实在莫名其妙，有一次气得把书狠狠摔在地上。蔻克其实是金陵女子学院的教授，我们上她这堂课，不在金陵大学，而在她的女校（俗称金女大）。每次和同学骑自行车去女校上课，那琉璃瓦和红柱烘托的宫殿气象，加上闯进女儿国的绮念联翩，而讲台上娓娓动听的又是女老师悦耳的嗓音，真的令我们半天惊艳。

初进金大的时候，我家住在鼓楼广场的东南角上，正

---

① 《咆哮山庄》：即《呼啸山庄》。长篇小说，英国艾米丽·勃朗特作。

② 《大卫·高柏菲尔》：即《大卫·科波菲尔》。长篇小说，英国狄更斯作，带自传性。

③ 梅里迪斯：梅瑞狄斯（1828—1909），英国作家。代表作长篇小说《利己主义者》，刻画英国上层社会中典型的自私性格。还写有不少诗歌，以组诗《现代的爱情》最著名。理论著作有《喜剧论》。

对着中山路口，门牌是三多里一号；弄堂又深又狭，里面蜗藏着好几户人家，我家只有一间房，除了放一张双人床、一张书桌、几张椅子之外，几乎难有回身之地。我被迫在隔壁堆杂物的走道上放一张小竹床栖身，当时倒并不觉得有多吃苦。好在金大校园就在附近，走去上课只要十分钟。

后来我家终于盖了一栋新屋，搬了过去。那是一栋两层楼房，白墙红瓦，附有园地，围着竹篱，在那年代要算是宽敞明亮的了。篱笆门上的地址是"将军庙龙仓巷十八号"。我的房间在楼上，正当向西斜倾的屋顶下面，饶有阁楼的遁世情调。最动人逸兴的，是我书桌旁边的窗口朝东，斜对着远处的紫金山，也就是歌里所唱的巍巍钟山。每当晴日的黄昏，夕照绚丽，山容果然是深青转紫。我少年的诗心所以起跳，也许正由那一脉紫金触发。我的第一首稚气少作，就是对着那一脊起伏的山影写的。

其实那时候我的译笔也已经挥动了。早在我高三那一年，和几个同学合办了一张文学刊物，竟然把拜伦的名诗《海罗德公子游记》咏滑铁卢的一段译成了七言古诗，以充篇幅。不难想见，一个高三的男孩，就算是高才生吧，哪会有旧诗的功力呢？难怪漕桥老家的三舅舅孙有庆，乡里有名的书法家，皱着浓眉看完我的译稿后，不禁再三摇头，指出平仄全不稳当。

不过咪咪，我的十五岁表妹也是未来的妻子范我存，却有不同的反应。那时我们只见过一面，做表兄的只知道她的小名。那份单张的刊物在学校附近的书店寄售，当然一份也销不掉，搬回家来，却堆了一大叠，令人沮丧。我便寄了一份给正在城南明德女中读初三的表妹，信封上只写了"范咪咪小姐收"，居然也收到了。她自然不管什么平仄失调，却知道拜伦是谁，并且觉得能翻译拜伦的名作，这位表哥当非泛泛之辈。战火正烈，聚散无端，这一对小译者与小读者四年后才在命定的海岛上重逢，这才两小同心，终成眷属。此乃后话，表过不提。

进了金大不久，我读到一本戏剧，叫做《温波街的巴府》（*The Barretts of Wimple Street* by Rudolph Besier），演的是诗人白朗宁追求巴家才女伊丽莎白（Elizabeth Barrett）的故事；一时兴起，竟然动笔翻译起来。这稚气的壮举可爱而又可哂。剧中对话的翻译，难在重现流利自然的语气，遇到英文的繁复句法，要能松筋活骨，消淤化滞。这对于大二的生手说来，无异是愚公移山。当时我只是出于兴趣，凭着本能，绝对无意投搞。译了十多页，留下不少问题，就知难而止了。其实要练就戏剧翻译的功力，王尔德天女散花的妙语要能接招，当时那惨绿少年还得等三十多年。

这就是我的青涩年代，上游风景的片段倒影。我的祖籍是福建永春，但是那闽南的山县只有在五六岁时才回去

住过一年半载，那连绵的铁甲山水，后来，只能向我承尧
堂叔的画里去神游了。我以重九之日出生在南京，除了偶
尔随母亲回她的娘家常州漕桥小住之外，抗战以前，也就
是九岁以前，我一直住在那金陵古城，童稚的足印重重叠
叠，总不出栖霞山、雨花台之间。前后我进过崔八巷小学、
青年会中学、金陵大学，从一个南京小萝卜变成"南京大
萝卜"。在石头城的悠悠岁月，我长得很慢，像一只小蜗
牛，纤弱而敏感的触须虽然也曾向四面试探，结果是只留
下短短的一痕银迹。

二

二〇〇〇年十月三日，正是重九之前三日，与我存乘
机抵达南京。过了半个世纪再加一年，我们终于回到了这
六朝故都，少年前尘。在我，不但是逆着时光隧道探入少
年复童年，更是回到了此生的起点。在我存，也是在做了
祖母之后才回来寻觅初中的豆蔻年华。机轮火急一触地，
我的心猝然一震，冥冥中似乎记忆在撞门，怦然激起了满
城回声。

南京大学中文系的胡有清教授来南郊的禄口机场迎接，
新机场高速公路浩荡向北，引我们绕过雨花台，越过秦淮
河，进入市区，进入了一个又像熟悉又像陌生的世界，只

觉得背景隐隐，呼之欲出，前景栩栩，市声嚣嚣，遮不断历史的回响。胡教授左顾右盼，为我指点街景与名胜，不断问我以前是什么样子。他问的我大半答不出来，一切都在真幻之间，似曾相识，可惊又可疑。身为南京之子，面对南京竟已将信将疑，南京见我，只恐更难相认吧。毕竟是半世纪了，玄武湖的明眸能看透我这白头，认出当年仓皇出城的黑发少年吗？我见钟山多妩媚，从东晋以来便如此多娇，但钟山见我岂应如是？

汽车在鼓楼的红灯前停下，数字钟忐忑地倒数着秒，鸡鸣寺纤细的塔影召我于东天，像要提醒我什么。红灯转绿，熙攘的中央路引我们长驱北上，终于到了一栋双管齐上的圆顶高厦，玄武饭店。其中的一管有如平地登仙，将我们吸上了天去，整座南京城落到我们的脚底，连同街道市声红灯与绿灯，落下去，只为了腾出十里的空旷，秋高气爽，让紫金山在上面接受我们觐见，让玄武湖回过脸来，佩戴着翠洲与菱洲的螺髻黛鬟。猝不及防这一刹惊艳，安排得恰到好处，有如童年跟我捉了半世纪的迷藏，遍寻不见，忽然无中生有，跳出来猛跟我打个照面。一惊，一喜，一叹，我真的是回来了。

其后三天，或有赖胡有清、冯亦同诸位学者的导引，或接受久别的常州表亲联合来邀约，我们怀着孺慕耿耿、乡愁怯怯的心情，一一回瞻了孩时的名胜：中山陵、夫子庙、燕子矶、栖霞寺……半世纪来这些早成了记忆的坐标，梦的场景，每一个名字都有回音，可串成一排回音的长廊。南京湖多，不限于玄武与莫愁。

朝阳门与正阳门之间的明代城墙之下，有一弧波光潋潋怀抱着古城，状如新月，叫做月牙湖。十月五日的下午，江苏省及南京市的台港澳暨海外华文文学研究会，就在湖边的谭月楼上举办了一场"余光中文学作品研讨会"，城影与波光之中，我有幸会晤了省垣的文坛人士，并聆听了陈辽、王尧、方忠、冯亦同、庄若江、刘红林等学者提出的论文。

但最能安慰孺子的孤寂、并为我受难的魂魄祛魔收惊的，是玄武湖与中山陵。哀哀父母，生我劬劳。当年生我在这座古城，历经战乱，先是带我去四川，后又带我去海岛。七十三年后只剩我一人回到这起点，回到当初他们做新婚夫妇年轻父母的原来，但是他们太累了，却已在半途躺下，在命定的岛上并枕安息。

当年，甚至在我记忆的星云以前，他们一定常牵我甚至抱我来玄武湖上，摇桨荡舟，饕餮田田的荷香，饕餮之不足，还要用手绢包了煮熟的菱角回家去咀嚼，去回味波光流传的六朝余韵。这一切，一定像地下水一般渗进了我稚岁的记忆之根，否则我日后怎么会恋莲至此，吐不尽莲的联想的藕丝。

后来进了金大，每逢课后兴起，一声吆集，李夜光、江达灼、高文美，几位双轮骑士就并驾齐驱，向玄武门驰去。金大是近水楼台，不消一盏茶的工夫，我们已经像萍钱一般，浮沉在碧波上了。越过风吹鳞动的千顷琉璃，西望是明代的城楼，层砖密叠，雉堞隐隐。东望是着魔的紫金山，阴晴殊容，朝夕变色，天文台的圆顶像众翠簇拥的一粒白珠，可以指认。九州之大，名湖自多，但是像玄武湖这么一泓湛碧，倒映着近湖的半城堞影，远处的半天山色，且又水上浮洲洲际通堤的，还是少见。若你是仙人向下俯瞰，当可见湖的形状像一只菱角，令仙人也嘴馋。

在我这南京孩子的潜意识里，这盈盈湖水颇有母性，就是这一汪深婉与安详，温柔了我的幼年，妩媚了我的回忆。或许有人会说，长江浩淼，不是更具母性吗？当然是的，不过长江之长，奶水之旺，是南京与上游的江城水埠所共沾，不像玄武湖那么体己。

至于父性呢，该属紫金山了，尤其是中山陵。紫金山在南京的行政划分上，与玄武湖同属玄武区，但遍山林木苍翠，名胜古迹各殊气象，又称钟山风景区。这是登高临风悠然怀古的地方，是处青山好埋骨，墓有今有古，今人的墓有中山陵、谭延闿墓、廖仲恺与何香凝墓，古人的还有明孝陵与常遇春墓。但孩时印象最深，而海外孺慕最切的，是中山陵。

　　壮丽的中山陵是青年建筑家吕彦直的杰作。不知为何，许多中山陵的简介都不提设计人的名字。他是山东东平县人，字仲宣，又字古愚。孙中山一九二五年病逝于北京，次年一月他的陵墓就在紫金山第二峰小茅山起建，直到一九二九年春天才落成。吕彦直也就死在这一年，才三十五岁。

　　宏伟的中山陵坐北朝南，灵谷寺与明孝陵拱于左右，占地近二千亩。从山下一路上坡，由四柱擎举的白石牌坊到三洞的陵门，是四百八十米长的墓道，入了陵门要穿过碑亭，踏三百九十二级石阶，才抵达祭堂。

　　那天秋高气爽，胡有清教授带我们去登临，本来已经走进了侧道，树荫疏处隐隐窥见陵貌庄严。我忽然觉得那样太草率了，五十年后终于浪子回头，孺子回家，应该虔诚些，像是典礼。于是我们原路退回去，郑重其事，从巍峨的牌坊起步，一路崇仰上去。

　　小茅山的坡势缓缓上升，吕彦直匠心的经营，琉璃青瓦的倾斜屋顶覆盖着花岗石的白壁，陵门上去是碑亭，更上去是祭堂，肃静而高洁那气象，层层叠叠把中山陵推崇到顶点，举目只见人造的是白石青瓦的严整秩序，神造的是雪松水杉郁郁苍苍的自然生机，人工与神工天人合一，标举一种恢弘的意境。

　　从陵门前起步，浅灰的花岗石阶，三百九十二级，天梯一般把朝山的人群一级级接引向上，去攀附高处长眠的或许是仍未瞑目的灵魂。石阶宽敞，可容数十人并肩共登，更添天下为公的气象。或许吕彦直有意把整座石陵谱成一首深沉的安魂曲，用三百九十二级的琴键来按弹，但按的不是巴哈或萧邦的手指，是朝山者不绝于途的虔敬脚步。想当年有一个小学生，在女老师带领之下也曾与群童推挤着踏过这一长排白键，幼稚的童心该也再三听说过，脚下这坡道是引向崇高，但那首安魂曲究竟多深沉，却要经历过五十年的风吹雨打，从海外归来才能体会。

正是重九的前一日，高处风来，间歇可闻迟桂的清芬，隐隐若前人流传的美名。登到顶点已有些汗意，不禁在祭堂前回望人寰，才发现，唉，刚才攀登的数百级石阶竟都不见了，只见梯田一般的坡势变成了一幅幅宽坦的平台。原来由下而上，只见一层层阶级，不见中间的平台；到了高处，回望时阶级就悉被平台遮掉了。据说这正是吕彦直的匠心：朝山的人对陵顶的气魄仰之弥高，油然起敬而见贤思齐，但祭堂上坐着的大理石像，胸怀广阔，俯视只见坦然的平台，却无视于一阶一级。

三

十月四日的上午，胡有清教授带我们去寻访半世纪前我母校的校园。金陵大学早在五十年代之初并入了南京大学，所以地图上只见南大，不见金大了。金大校友会会长周伯埙、副会长冯致光，南大校友总会副会长贾怀仁、秘书长高澎陪我重游初秋的校园，并殷勤为我指点岁月的沧桑。

南京大学目前声誉日高，是中国排名前几位的重点学府。校园看来相当整洁，有些建筑显得古意盎然，例如昔日的小教堂，风骨犹健，并不破落。李清照词"物是人非事事休"，正可印证半世纪后我的母校，虽已换了好几代人，而旧楼巍巍，树荫深深，规格仍在。似真疑幻，一霎间我成了老电影中迟暮的归客，恍然痴立在文理农三院鼎立的中庭，往事纷纷，像脱序倒带的前文提要，闪过惊扰的心神。若非校友会的诸君在旁解说，我真想倚在那棵金桂荫里，合上倦目，让风里的桂香袅袅引路，带我回到最后——一九四八年的那一季秋天。也许高文美或者李夜光会抱着一叠书，从正中的文学院台阶上，随下课的同学们一拥而出，瞥见是我，会兴奋地向我跑来。但跑到一半，会忽然停步，一脸惊疑，发现树荫下向他们招手的并不是我，而是一个白发的老人。

我回过神来，发现自己是回来了，远从海峡的对面，回来了，但不是回到五十年以前，因为世纪都已经交班了。我站在母校三院拱立的中庭，还记得当年的景色并

没有多少改变，这在那十年的大劫之后，在红卫兵狂舞着
"小红书"鼓噪着"破四旧"之后，可说是十分幸运了。
只是水杉与刺柏都长高了许多，而猖獗的爬藤，长茎纠缠
着乱叶，早已迫不及待，攀上了方正的钟楼，恨不得把高
窗全部攀满。

记得从前从家里来上课，总是踏着汉口路沙石的斜坡，
隔着高过人头的篱树，隐约可窥三院的灰瓦屋顶，往往从
钟楼顶上还会飘来音乐，恍惚迷离，奏的是舒曼的《梦幻
曲》(*Traumerei*)。

"请问你就是余光中先生吗？"

我从藤蔓绸缪的楼塔上收回目光，一位青年停在我
们面前，笑容热切，负着背包。我含笑点头。胡教授问
他，怎么认出是我。

"我读过余先生的书，见过照片。"他说。

"余先生是我们南大的校友，"胡教授说，"五十年第
一次回来。"

"真的呀？"那学生十分惊喜，要求与我合照。

"这几天我们国庆放长假，"望着那学生的背影，胡教
授解释，"校园里冷冷清清，否则就难脱身了。"

说着，众人来到了老图书馆前。一进门，磨石地板上
赫然镶着一轮圆整的校徽，白底清纯，衬托出篆书的"金
陵"两个大金字，各为半圆，直径超过四尺。我搜索失焦

的记忆，不确定以前是否就如此。校友会诸君都说，正是原来所镶的校徽。

"以前的做工就是这么认真，"我存羡叹，"到现在都没有缺陷！"

我走进阴深的大阅览厅，一步，就跨回了五十年前。空厅无人，只留下一排排走不掉的红木靠背椅子，仍守住又长又厚实的红漆老桌，朝代换了，世纪改了，这满厅摆设的阵势却仍然天长地久，叫做金陵。我抽出一张椅子来，以肘支桌，坐了一会。舒曼的《梦幻曲》弥漫在冷寂的空间，隐隐可闻。我相信，若是我一个人来，只要在这被祟的空厅上坐得够久，李夜光、高文美、江达灼那一伙同学就会结束半世纪捉迷藏的游戏，哇的一声，从隐身处一起跳出来迎我。

当天下午我访问了南京大学中国现代文学研究中心，并以"创作与翻译"为题在校园公开演讲。虽在"十一"大假期间，而且只贴出一张小海报，留校的学生却无中生有忽然涌现，文学院措手不及，三迁会场才能够开始。师生都来得很多，情绪也十分热烈。听众的兴奋令讲者意气风发，讲者的慷慨更加鼓舞了听众。中文的"演讲"也好，"讲演"也好，不但要讲，多少还要演，所以显得生动。对比之下，英文的 talk 只讲不演，就不及中文传神了。

能在自己的生日回到自己的出生地，用自己的母语对同样是金陵的子弟，诉说自己对这母语的孺慕与经营；能回到中国对这么多中国的少年诉说，仓颉所造许慎所解李白所舒放杜甫所旋紧义山所织锦雪芹所刺绣的中文，有怎样的危机又怎样的新机，切不可败在我们的手里——能这样，该是多大的快慰。

几百双乌亮而年轻的眼瞳，正睽睽向我聚焦。那样灼灼的神情令演讲人感动。我当年听讲，也是那样的神情吗？想当年战火正烈，我怀着凄惶的心情，随父母出京南行，投向渺不可测的未来，正是他们这年纪。

掉头一去是风吹黑发，

回首再来已雪满白头。

悠长的岁月，在对岸听到的是不断的运动接运动，继以神州浩劫的十年，庆幸自己是逃过了。但回到了此岸，见后土如此多娇，年轻的一代如此地可爱，正是久晴的秋日，石头城满城的金桂盛开，那样高贵的嗅觉飘扬在空中，该是乡愁最敏的捷径。想长江流域，从南京一直到武汉，从南大的校园一直到华中师大的桂子山。长风千里，吹不断这似无又有欲断且续的一阵阵秋魂桂魄。这么想着，又觉得这些年来，幸免的固然不少，但错过的似乎也很多。

想这些年来，我教过的学生遍布了台湾与香港，甚至还包括金发与碧瞳，但是几时啊，我不禁自问，你才把桃李的青苗栽在江南，种在关外？

二〇〇一年十月十三日

西湾落日圆

一

自从二十二年前应李焕校长之召，从香港回台，来台湾中山大学任教迄今，高雄已经是我住得最长的城市，而台湾中山大学也是我教得最久的学府了。半世纪前，我定居台北，曾经南来高雄拜访痖弦和洛夫。当时若有巫者算出日后我会来长住此城，长达一辈子的四分之一，而我的高雄主人反而会去台北定居，甚至"终老"于枫旗之国，我一定不肯相信。

而现在，我在此城早已由落脚变成了落户，而且在草根成性的南部落了草。名义上虽在一九九九年初已经退休，但是校方仍留我教课，不但让我保留了研究室，而且特设了标出名牌的停车位，令我感动。住了十多年的教授宿舍，退休时也同时退房，搬来城区的河堤新区。但是除了周日我几乎每天仍然开车去学校，去吞吐那一片海阔天空，一无所有而无所不有，一无所余而富可傲世。

西子湾背对着高雄而面对着海峡，似乎有点寂寞，其实是相当热闹的。寿山横陈着豪翠的屏风，隔高雄于尘外，但是西子湾的海天颇不寂寞。体魄魁伟的货柜巨舶，桅挺高柱，舷耸危崖，一艘接一艘入港又出港，高雄曾经是世界吞吐货柜的第三大港。衬托在长堤与旗津的高崖背景上，几万吨的货轮踏波入港，颀长俊美的船身优雅又稳健，在台湾中山大学的大门外驶过，巍然高出岸边，像一排整齐的街屋在水面滑行，壮观之极。另一方面，总有十几艘甚至二十几艘大船落锚在港外的海域，最远的一些几乎像泊在渺茫的水平线上，与云天相磨。泊得多时，简直有舳舻相接之盛。海风大时，船头都顶着风势，那是风与锚角力所致。出海的船从横到侧，从斜角的侧影到背影，再追寻时，已经被烟水所掩了。神秘的水平线是昊天与沧海之间的一条缝，说不出是合是分，简直像在戏弄眺海的眼神。但是碰巧天气晴得透澈，南望就赫然可见十里外的小琉球屿，一脉青紫浮在波上，像海市蜃楼一样不可置信。

西子湾的天空也不寂寞。晴天的黄昏，落日的告别式是一场绚烂的盛典，自有晚霞的锦旗簇拥着，依依送行。若有亮丽的金星殿后，场面就更壮观。好像整个宇宙在降旗，送一位英雄落葬，那崇高的悲剧感，就像我诗中说过的，只有意大利歌剧终场时的男高音才能咏叹，不然就要用华格纳①的高调，来吹奏一整排壮烈的铜号。

但是曾经使西子湾的云天生动的，还有飞机。越西而来的多半是香港的班机；而一架接一架，往往只隔几分钟，从北天翩翩来降的，则来自台北，每天恐怕近一百班。一过了西子湾，机翼向左倾斜，就掠过旗津、内港、加工区，向小港缓缓下降，直到远眺的目光放弃为止。如果你是机上客而且坐在左舱的窗位，凌虚俯眺，就会见柴山的葱茏之后，峰回路转，台湾中山大学的校园，醒目的红砖楼层依山傍海，一路蟠上坡去。如果是夜航，就只能从点点暖黄的灯光去想象红楼高下的地势了。

自从高铁风行西岸，高雄与台北之间的空运就日渐缩减，班次降到个位数目，除了离台的远客之外，北飞台北的乘客已成"稀客"，机场的大厅人影寥寥。西子湾的上空只留下了鸟声寂寂。至于海上，近年由于上海复位，深圳崛起，高雄鲸吞货柜的排名已从第三降到第六，恐怕还会下滑。踏波进出的那些"康泰纳"（container）巨舶，也不如我从香港初来时那么旗号缤纷，汽笛相闻了。

---

① 华格纳：理查德·瓦格纳（Richard Wagner，1813—1883），德国作曲家、剧作家。

　　人事虽然寂寥一些，造化仍然多情如昔。每年到十一月，西子湾的艳紫荆从不爽约，依然在斜坡的车道旁繁花竞发，秾葩衬着密叶，花是紫带着嫣红，叶则荷绿更深一层，色调配得十分典雅，总令我记忆深处回荡李商隐的情韵，觉得它想提醒我一些什么，也许就是"紫荆情结"吧？此花正是香港的市花，总难免联想到十年的香港岁月。到了它的季节，不但高雄盛开，就连对海的香港和深圳，像约好了一般，也都是锦绣满树，令行人看热了眼。中正大学的校园里，有一条紫荆大道，令人艳羡。六龟附近的荖浓溪旁有一条填高了的堤道，夹道两排紫荆树，车行其间，似乎在检阅瑰丽的仪队。一开始以为这种惊喜的奇迹，当如昙花一现，转瞬即止，没想到受宠若惊的凡眼转了好几瞬，那幻景仍未消失，竟然维持了将近半公里才终于收镜，让车中人回过神来。

　　可惜台湾中山大学的校园里，木棉太少，不成气候。要享受木棉花烘颊的艳遇，得去高雄市立美术馆，或者开车上高速公路，去楠梓的一段左顾右盼，急色一番。倒是长廊夹峙的中庭，一排四株参天的菩提，绿荫蔽天，老根盘地，心形的翠叶郁郁交映，心尖迎风飘摇，令树下人感到造化庇佑的幸福。毕竟佛祖是在其下彻悟了的。周梦蝶也曾来树下与我论诗，后来他的诗也就装框安在树身。每年到了五月，满树的丛叶落尽，大约一星期就换上了新衣，绿油油的春意焕发。电视台来为我录像，此景必不错过。

相思树并不很多，不如东海大学与中文大学那么茂密。榕树倒是不少，武陵宿舍后面的坡道上，老榕树互蔽丛生成林，仰面则不见天日，俯视则满地蟠根，气根之密，像是长髯垂胸，整片坡道阴暗得像隧道，静得可闻巨木的呼吸。

另有一种榄仁树，坡上或平地都有，在文学院西侧的步道旁有一整排，而教授宿舍后面的坡上也有好几株，所以无论我在步道或宿舍散步，都会得其嘉荫遮庇，并讶其生长之快，生意之强。我来西子湾这些年，这些树显然长高了许多，有些已齐四楼。到了冬天，繁叶转成深赤，阳光下有点透明，阔大的落叶像是焦干而蜷曲，便有爬山的行人纷来捡拾，据说可以入药疗肝。宿舍后面的榄仁树高大而又繁密，浓荫散布之广，几乎不漏天光云影。我认识的树不多，但此树早记其名，因为听来像是"懒人"，而当年在台大上课，也是文学院外有一株榄仁，树影就落在我的窗座。

中山的校园，生态不恶。翠亨宿舍右转上坡，蜿向大学后山出口之处，有一株魁梧的茄苳树，俯临在全校上空，不但出类拔萃，翠叶迎风，也可称"拔翠"。树干之粗，两个大汉不能合抱，因此树上挂牌，说明此树体魄之伟，为全省茄苳之魁。我每天开车去学校，必定绕树而转，无论怎么仰瞻，都难窥其项背。只恨此身非鸟，不能飞到顶上去看个清楚。在茄苳旁边还有一株也颇高大的雨豆树，叶细而密，状如雨点，颇有诗意。我就把树下的夜间阅览室题名为"雨豆屋"。

二

西子湾除了涛声和风声之外，还有其他天籁可听。蝉声聒噪，《水浒传》说，连鲁智深都受不了。我倒觉得其声虽然单调，却少起伏，久之可以充耳不闻，偶尔发觉，也可以当作夏午的背景音乐，可以催眠，不必追究，也无法禁止。高雄在南回归线以南，暑炎最长，蝉噪有时会拖到十一月才歇业。

约在十年以后，一群白鹦鹉侵入西子湾的领空，占据了最高的树顶，威胁到所有的羽族。其呼喝刺耳之中透出骠悍，一树磔磔，众禽默默。一时白鹦鹉在树顶起伏不定，像一群"白帮"在护地盘，令人心慌意乱。有一度它们霸住了幼珊窗外的树梢，扰攘不已。

最可爱的应该是绿绣眼了。此鸟俗名叫做"日本白眼"（Japanese White-eye），其实它并非白眼蔑人，而是眼睛周围有一道白色的眼圈，衬得眼睛分外明显。绒毛绿中带黄，身材十分娇小，只有十公分长。生性活泼而合群，话多却清脆，常在我宿舍饭厅窗外的枝头起落跳纵，像幼儿园上学那样，又像是一群音符起伏，不愿受五线谱的约束。后来我终于有机会跟它亲近，因为有朋友送了我家一只刚生的幼雏，像一个失母的小女婴。我们喂它，它就依偎在人掌中，慢慢啄食。久之它就把我存当成了妈妈，常爱蜷在她虚握的拳中憩息。所谓"小鸟依人"，并非常见。以前我家养过的小鹦鹉，要它高兴才肯来就你，最多是停在你指上，却不容你从容抚弄它羽毛，更不会投身你掌中。最后，这只绿绣眼无意中被我家的门缝压死，令全家难过了很久。

西子湾的白头翁和燕子也不少。燕子在新文学院的屋角筑窝，所以附近常见燕影掠空，多的时候会见到六七只穿梭飞巡，觉得很有诗意。英文成语说"一燕不成夏"（One swallow does not make a summer），中国的燕子却是春之使者，又是故园的象征。在我新文学院五楼的研究室外面，常有好几只燕子来憩在窗台。我不敢惊动它们，只能在百叶窗后窥探。一只燕子的体长约为十七八公分，比绿绣眼大一倍，仍然娇小。翅膀又尖又长，尾部中分如叉；背羽深蓝近黑，额头和咽喉呈棕色，腹部色浅近白。停下来时实在不算好看，古代形容武将，常云"燕颔虎颈"，是威武之相。但是一飞起来，却轻灵迅捷，潇洒极了，转弯尤其浑无痕迹，翩舞过处，即兴变幻的不规则椭圆，令几何学家也只能惊叹，不能追踪。里尔克说诗人正如天鹅，在岸上步态可笑，可是一下水多么优雅。燕子不也一样吗，一升空就无虚不入，无巧不能，自由得可羡。《水浒传》有个好汉叫浪子燕青，名字不是乱取的。

有一次大台风过后，我踏着满地的乱叶断枝去研究室，忽见门楣上面栖着一只小猫头鹰。我哑然失笑，说现在的咕咕钟怎么越做越好，竟像真的一样，说着还向它挥一挥手。不料它毫无表情，却忽然振翅，向长廊尽头飞去。我回过神来，开门入室，发现面海的百叶窗页上颓然垂下一物。近前再看，其物黝黝，并不是利落地挂在窗下，而是不规则的多角体，半悬半缠在百叶的吊索上，赫然竟是一具干瘪僵硬的蝙蝠尸体。我大为震撼，发现风灾的受难者并不止人类。这种事，无论是爱伦·坡或彭斯，大概都会入诗的，当时却被我错过了。

西子湾并非全为人而设，除了草木虫禽，还有较大的动物爱来此地。松鼠身手的矫健，不下于燕子，但是可遇而不可寻，偶尔现身一瞥，背影立刻没入树荫深处。最常见的是狗与猴。闽南话的"猴"与广东话的"狗"同音，不知古代是否如此。校园的野狗至少上百只，大半都还好看，有些可能原有主人，却因故流亡在野。常常三五成群懒散地卧憩在屋后或坡底，不知它们究竟如何维生。

猴子却没有这么本分，常常从寿山下来觅食，胆子越来越大，就公然掠食了。女生常遭它们奇袭，夺去手提的

食物。就算男生向它们吼叫驱逐，有时还逡巡不走。走廊
上的垃圾箱常被翻倒，狼藉满地。有时候电梯门开处，一
头悍猴就赫然在门外，老神在在，直着眼睛跟你对视，女
生常给吓得尖叫。有一次我在新文学院三楼上课，一头猴
子忽然冲进门来，一跃而上连椅的桌面板，再跃、三跃，
就像太平洋战争逐岛奇袭的登陆部队。只是那猴子体格较
大，可能是寿山的猕猴王吧，完全不畏人群，一番恣纵之
后，竟然在后排的连椅桌面坐定，炯炯地熟视着全班。一
时女生歇斯底里，男生犹豫不决。我却火大了。好大胆的
臭猢狲！敢来搅我的局，踢我的馆！说时迟，那时快：顿
悟我手中的麦克风可当武器，便大步向恶客走去，一面凑
近麦克风大吼："滚出去！"凭猴子的智慧，恐怕还识不破
我的洪音并非全靠丹田的元气，还以为此人肺活量如此惊
人，不如避之则吉。它果然退了出去，猴头，猴脑，加猴
尾。全班松一口气，迸出大笑。

三

　　我的教书生涯几乎长达半个世纪，如果不计在美国
的四年，则包括师范大学十年，政治大学两年，中文大学
十一年，中山大学二十二年，在西子湾的悠长岁月约占其
半。但前后我与校园的关系却可分为两段：在台北时我的

住家在校外，跟同事、学生的接触较少；但是到了香港、高雄，我就整个投入了校园，家人也是第一次住进教授宿舍，先是感到新奇，继而感到亲切。这经验对于吾妻我存，更是深刻。她的性格开朗外向，很快就成了人缘不错的"余师母"，添了不少新朋友。以前我和同事、学生的关系，她不过略知一二，而且都是听我口述，虽觉有趣，却不够真切。余家进驻校园之后，她的友谊反而比我广阔，见闻也比我的更"生活化"，因此她生动的"野史"颇能补充我冠冕的"正传"，两者并在一起，不少同事就变得立体而且具体了。

来中山的前六年，除教两门课外，还有双重的行政工作，所以中午就不回宿舍吃饭。同时因为兼管外文研究所，为了接近硕士班的研究生，就常会到所里的大阅览室，跟学生一同午餐，吃的是最简单的便当。久之便成了所里的传统：要见余老师，只需自备便当，十二点以后去阅览室的小圆桌旁等待便可。

最早我是在院长室里午餐，由文姐购买便当，有时幼珊也会买来陪我同吃。后来发现独食无聊，而父女相对吃一样的便当，也不太有趣，渐渐就发展到师生同桌的场面。

师生同桌之趣要形成传统，不能靠生硬的制度，得靠缘分。做老师的，尤其是身为所长，不能无缘无故地忽然找几个"爱徒"来陪自己吃饭，那太不自然了。反过来，学生来找老师，却是天经地义。午餐桌永远在那里，老师准时会出现，想要就教或听"讲古"的学生，只要带一盒便当去，就可以从容亲炙了。另一方面，做老师的也有自己的经验与感想，或者趣事与近闻，或者无伤大雅的笑话，或者刚刚远游归来，想与宝贝学生同乐，而在课堂上不便发挥，免得乱盖误了正课，但在同桌进食之际，却大可天马行空，水银泻地。

在导师制度之外，这种不落痕迹、自然形成的师生共餐，意不在饕餮，言不必及义，话题进展如滚雪球，笑声猝发如打喷嚏，乃正课以外师生之缘的至高境界。虽然"食不言"乃夫子养生之戒，而一张嘴一面要进食一面又要吐话，忙得像进出口的码头，似乎有碍健康，但是说者语妙天下，听者笑得开心，独乐乐何如众乐乐，不但可以促进师生情谊，也有助于校园文化。

初来中山的十年，我常出国参加国际笔会，带回各国的纪念品，也常在午餐桌上与研究生共赏或共尝。她们舔着盐，浅浅尝一口墨西哥带回来的龙舌兰酒，又苦着脸勉强咀嚼又咸又腥的芬兰鹿肉干。马来的芒果干颇受欢迎，榴莲干只有胆大的人敢试。捷克的提线傀儡，俄国的套层木偶，都引发她们的童心。那时候台湾旅客的足迹还不像现在这么普遍，所以我夸张的天方夜谭她们听得十分出神，好像真随我去看了西班牙的斗牛，开普敦的桌山，伊瓜苏的瀑布。

　　围着白色的小圆桌与我共餐的，多为女生。倒不是我排拒男生，而是外文系所甚至整个文学院的学生，都是女多于男，比例约为三比一。希腊神话里，掌管诗歌，亦即广义文学的，虽为阿波罗，但古典诗人寻求灵感时祈祷的神明，却是女神九缪斯（the Nine Muses）。时至今日，不但保佑文艺的是女神，就连读者甚至粉丝也大半是女性了。所以一位老教授兼老作家的磁场能吸来众多女弟子，也不足为奇了。当年袁枚的四周不也如此吗？我家虽有四个女儿，但晚年守在老爸身边的只有幼珊；佩珊任教东海，也不常见面。所以有几个女弟子缤纷于侧，容我大发议论，小发牢骚，偶泄隐衷，甚至言不及义，沦为意识乱流，以博村姑们咯咯傻笑，而补女儿们天各一方的空虚，也不失为晚年一慰吧。

　　是的，后来师徒更熟，拘束渐解，我就泛称她们为"村姑"，而男生来参加时，也就叫"村童"。这称呼自然是来自英文古典诗中的 shepherd[①] 与 shepherdess[②]。她们觉得有趣，也就接受了。与我共餐的村姑前后至少上百人，她们有时也会带校外的朋友或家人一齐来，那就更难胜数。其

---

① shepherd：中文意思为牧羊人。
② shepherdess：中文意思为牧羊女。

中出席率最高的村姑，该是陈亚贝。我和村姑们接触渐频，至于嘻哈程度，就是从她那一班开始，也是在她那一届臻于高潮。其中的"造化"（chemistry）很难分析，大概跟她尊师的热忱和人脉的广阔有关。午间我的便当本来都由所里的文姐负责，但亚贝出现后，就往往自告奋勇，把采购之劳揽了过去，另外还加上合我味蕾的甜点，而对我的盼望不过是多讲些旅游经，或是文坛学府的掌故逸闻，就算是我提供的甜点吧。

　　有一次在那小圆桌边，一位村姑提起，听说我上星期曾去台湾清华大学的毕业典礼上致辞。我问她们知道我跟沈君山校长的故事吗，她们摇头。我便告诉她们：四十多年前沈君山是年轻的归国学人，在台湾清华大学客座，邀我去他学校演讲。那时他不过二十七八岁，我也才三十出头。我的演讲不外是鼓吹现代文学，并朗诵自己的新作为例。前两排的听众有不少理工科的教授，其中一位听我念出什么"也想乘一支超光速的火箭／去探大宇宙的边陲"，忍不住指出，没有飞行器能够超越光速。等到我念完《敲打乐》，另有一位王教授又指责我此诗侮辱了中国。我沉不住气，便应以"不懂诗就不要乱说！"场面顿时僵住，他的太太还上台来向我致歉。当晚沈君山夫妇陪我坐火车回台北，我对他们戏言："你们清华大学真是文化的沙漠，疯子的乐园！"事隔那么多年，沈君山在台湾清大校长任满，即将退休，又再请我去他的学校演讲。他在介绍我时忍不住提到当年的一幕，笑问我对清大的印象是否不变。我答以今日的清大校誉日隆，当然早非"文化的沙漠"。沈君山立刻接口："不过还是疯子的乐园！"一招逆转的自嘲，激起满堂大笑。

四

　　不久也就轮到亚贝这一届毕业了，也就是说，她们就得挥别西子湾了，而这一段师生缘也就要告一段落。村姑与村童一走出连接西子湾与盐埕区的那条隧道，海缘也要告终，去投入茫茫的人海了。以后当然还可以回来，不过不是天长地久，而是做匆匆的过客了。与亚贝同班的陈淑莉、唐慧容，经常同进同出，俨然三位一体。她们往往结伙来敲我的房门，并带来"小王子"（Le petit prince）的巧克力蛋糕，共享一顿下午茶点。但是走出西子湾后，村姑们也都自奔前程。十多年后，亚贝早已做了两个女儿的母亲，教过两家高中。淑莉远去西雅图的华大，曾回西子湾来；我去华大讲学，也曾由她开车，载我和季珊登山看雪。慧容在高雄教过书，后来去了英国，近两年来，像淑莉一样，已失去联络。

　　二十二年来，在西子湾上过我课的本科生与研究生，将近千人，至于来旁听的流动人口，则更难计算。其中也有缘分特长而仍多联系的，例如胡志祥和汤惠媛，两人都在外文系毕业后续读外文所，而终于结成夫妻。母校给了他们双重学位与美好姻缘，收他们做了西湾儿女。

另一组三位一体的硕士生，是黄宝仪、赖锦仪、陈宛玲。宝仪毕业后去英国攻文化评论，很快取得博士学位，已经在台大外文系任教。希望她们三位没有那么快散掉，至少去年她们还回西子湾来参加年终的"校友团圆"。其他的金童玉女，啊不，村童村姑，如果不依数据，仅凭印象，这些年来向那张不朽的小圆桌时常报到，频率较高的，至少还包括林为正、曾建纲、陈耿雄、高统位、余慧珠、吕昀珊、何瑞莲、张礼文、吕淑女、林嘉莹……再写下去就太长了，又不是点名单。还有一位外院常来的村童，叫陈敬勋，是化学系的博士生，报到之频，投入之深，久之村姑们已不"见外"了。虽是理科的高班生，敬勋外表斯文清秀，常识丰富而略带羞涩。我见他笑得脸红，便假装问他："你的脸色有必要这么红润吗？"村姑们大笑。迄今我都分辨不出：他来得这么殷勤，究竟是为了老教授，还是为了村姑。

休要小看那张着魔的白漆小圆桌，二十年来围它而坐的食客，人去人来，也不尽是我最后的爱徒，有些还是我早年的及门弟子，今日都各自学有所成，早成了我的同事。

钟玲、苏其康、王仪君、黄心雅、罗庭瑶、张锦忠，有的在台大，有的在政大，有的在师大，甚至就在中山，先后都修过我的课；前三位依次还担任过中山的文学院长。他们还不是我最早的高足，却是非常资深的村姑村童了。这么说来，小圆桌阅人多矣：今日它仍然守在外文系的教师休息室里，为我悠久而温馨的师生缘默默见证。

有一次我对村姑们说："想念西子湾就回来看看。不要以为老师就没有用了，售后服务还多着呢！"村姑们笑问什么叫"售后服务"，我说："项目繁多，譬如写推荐信啊，证婚啦，为小孩子取名字啦！"村姑们一阵傻笑，可是没等几年，果然就寄来了绯红的喜柬。每次我去证婚，都会带一本自己翻译的王尔德喜剧《理想丈夫》(*An Ideal Husband*)，上台致辞之后就转身面向一对幸福的新人，亮出这本绝妙好书，献给婚纱如雾红颜若花的新娘，引起满堂笑声、掌声。

五

每隔两年我都会在外文所讲授上下两学期的"浪漫诗歌"，选修的研究生颇多。浪漫诗当然满有趣，却未必好读，你要是以为都像徐志摩、戴望舒的诗那么浅易，入口便化，就错了。认真读起原文来，文法这一关就很难过：

主词出现了，动词在何处？代名词一大堆，所代的名词能
还原吗？倒装的句法，理得顺吗？穿插的割裂句，断处如
何承接？平凡的字汇，在古语中作何解？微妙的典故，复
杂的比喻，非英语国家专有名词的发音，这一切，都不容
浮光掠影地蒙混过关。如果不能过关斩将，而要奢求该诗
的妙悟真情，那就永远休想登堂入室。所以三小时的长课，
会把师生都累倒。但如果真能解惑脱困，尝到甜头，也会
像胡桃挑仁，螃蟹剥壳，苦尽甘来，还是值得的。学期结
束时，我就写了一首谐诗，发给学生共娱，并出一口怨气，
诗曰：

> William Blake is a bore,
>
> Wordsworth is little more.
>
> Coleridge is a freak.
>
> Shelley is humourlessly Greek.
>
> Keats is hopelessly sick.
>
> What's in a Romantic
>
> Except panic and frantic
>
> And, what's worse, Byronic ?

　　去年外文系新编折页简介，要我题几行诗。西子湾朝
西，外文系所学不外向西方取经。我就用这联想诌了几句

如下：

> You ask me why we're so carefree.
>
> Because our neighbor is the sea:
>
> Our windows open to the west,
>
> And our minds open to the quest
>
> of what's in Western Muse is best.

去年的硕士班毕业前夕，王文德、许世展请我题言赠别。我想起唐人五绝的名句，"夕阳无限好，只是近黄昏"，又想外文系既向西方取经，则所习之历程也可称《西游记》，便写了下面这首小品，让他们拿去烧在纪念的马克杯上，和村童村姑的合影并列：

> 日日西子湾
>
> 堂堂西游记
>
> 西湾无限好
>
> 西游长堪忆